赵克诚 编著

中国抗日战争对联

周先鸣题

山西出版传媒集团 山西人民出版社

图书在版编目（CIP）数据

中国抗日战争对联/赵克诚编著．—太原：山西人民出版社，2015.8
ISBN 978-7-203-09146-2

Ⅰ.①中… Ⅱ.①赵… Ⅲ.①对联-作品集-中国-现代Ⅳ.①I269.6

中国版本图书馆 CIP 数据核字（2015）第 170239 号

中国抗日战争对联

编　　著：	赵克诚
图书策划：	孔庆萍
责任编辑：	樊　中
装帧设计：	谢　成
出 版 者：	山西出版传媒集团·山西人民出版社
地　　址：	太原市建设南路 21 号
邮　　编：	030012
发行营销：	0351—4922220　4955996　4956039　4922127（传真）
天猫官网：	http：//sxrmcbs. tmall. com　电话：0351—4922159
E — mail：	sxskcb@ 163. com　发行部
	sxskcb@ 126. com　总编室
网　　址：	www. sxskcb. com
经 销 者：	山西出版传媒集团·山西人民出版社
承 印 者：	山西出版传媒集团·山西新华印业有限公司
开　　本：	720mm×1010mm　1/16
印　　张：	20
字　　数：	290 千字
印　　数：	1-2 000 册
版　　次：	2015 年 8 月第 1 版
印　　次：	2015 年 8 月第 1 次印刷
书　　号：	ISBN 978-7-203-09146-2
定　　价：	50.00 元

如有印装质量问题请与本社联系调换

前　言

70年前，灾难深重的中国人民，终于以抗日战争的全面胜利，书写了中华民族历史上最为壮丽的一页，也为世界反法西斯战争的胜利增添了辉煌的光彩。1945年8月15日，日本天皇裕仁以广播《终战诏书》的形式，宣布接受敦促日本无条件投降的《波茨坦公告》。9月2日，日本代表正式在投降书上签字。至此，中国的抗日战争暨世界反法西斯战争胜利结束。1951年8月31日，中华人民共和国中央人民政府政务院发布通告，规定9月3日为中国人民抗日战争胜利纪念日。2014年2月27日，第十二届全国人大常委会第七次会议将9月3日法定为中国人民抗日战争胜利纪念日。

牢记历史，勿忘国耻。中国的抗日战争，是中华民族历史上最伟大的卫国战争，是近现代史上中国人民反抗外敌入侵第一次取得完全胜利的民族解放战争。自1931年九一八事变揭开局部抗战的序幕，到1937年卢沟桥事变开始全国抗战，一直到1945年抗日战争取得全面胜利，中国军民在亡国灭种威胁的危难关头，前仆后继，浴血奋战，英勇抵抗，以血肉之躯筑起了捍卫民族尊严的钢铁长城，用气吞山河的英雄气概谱写了惊天地、泣鬼神的壮丽史诗。在当今时代，用抗日战争中全民抗战、挽救危亡的生动史实进行爱国主义教育，以此激励炎黄子孙为祖国的繁荣富强而拼搏奋斗的雄心壮志，振奋民族精神，凝聚民族力量，推进民族复兴大业，具有十分重要的现实意义。

抗战期间，对联这种为中国民众所喜闻乐见、雅俗共赏的古老而独特的文艺形式，自始至终忠实而鲜活地记录了抗日战争的艰苦斗争历程，带有强烈的时代特征和浓厚的时代气息，系人牵事，切时切地，画龙点睛，感人肺腑，确是深入研究抗日战争史的一笔珍贵资料和有力佐证；且不少联作出自名家巨匠之手，寓意深刻，对偶工整，平仄协调，遣词典雅，为中华对联宝库中金声玉振的传世精品。

盘点抗战对联，无论是作者之众，地域之广，时间之久，种类之多，作用之大，均前所未有，构成了抗战对联文化体系，堪称千年联史上绝无仅有的一大奇观。从作者看，既有国共两党领袖和众多军政要人，也有大批社会贤达和无数民间士子及芸芸众生；从地域看，对联创作无处不在，包括国统区、沦陷区、游击区和根据地，几乎遍及全国各地；从时间看，自九一八事变局部抗战始，直至抗战取得全面胜利，在长达14年之久的漫长岁月里，对联创作可以说无时不有；从种类看，有述志联、悼挽联、行业联、祝寿联、贺婚联、庆胜联、题赠联、讽喻联、春联乃至特殊联等，异彩纷呈，蔚为大观；从作用看，各式联作贯穿抗战始终，以其贴近现实、贴近百姓的独特优势，潜移默化，凝心聚力，鼓劲励志，传承精神，为动员全国军民争取抗战胜利起到了其他文艺形式不可替代的积极作用。

扫描抗战对联，不难发现，悼挽联占有很大比重。这是因为，中日战场作为东方反法西斯的主战场，中国人民蒙受了巨大的灾难，中华民族付出了极大的代价。战争期间，中国军民伤亡总数达3500万人。难以数计的悼挽联中，以悼挽为国捐躯壮烈牺牲在抗日前线的将士和无名英雄为主，还包括期间不幸逝世的投身抗日救亡斗争的各界爱国人士。作者无论是共产党人，还是国民党人，还是其他党派的人士及普通民众，无不在精心撰写的副副挽联中表达了缅怀英烈，同仇敌忾，驱逐日寇，光复河山的壮志豪情。不少挽联大气磅礴，情真意切，文辞典雅，不愧为经典传世佳作。许多挽联被镌刻在各地抗战烈士陵园、公墓、纪念碑，永久保存，被人传诵至今。有的挽联如匕首投枪，矛头直刺反动势力，抨击黑暗统治。如1939年6月"平江惨案"发生后，毛泽东、周恩来、朱德等中共领导人都为死难烈士敬献挽联，痛斥反动派"在国难中惹起内讧"倒行逆施的暴行。在延安、重庆、武汉、南昌、长沙等地的追悼会场，挽联如林，据文献记载的就有四、五十副之多。充分发挥了其团结人民、教育人民，打击敌人、消灭敌人的战斗武器作用。

经过旷日持久的艰苦抗战，中国人民终于迎来了胜利。全国同胞欣喜若狂，纷纷撰联抒怀。庆贺胜利的对联铺天盖地，佳联迭出，美不胜收，在抗战胜利的丰碑上增添了靓丽的一笔。

抗日战争时期对联文化是先辈留给后人的一份丰厚的历史文化遗产，是所有中华儿女共同的宝贵精神财富。本书悉心采集整理千余副抗战对联，

分类汇编，附背景说明和联文简注，部分联作酌加链接，力求为读者全面展示抗战时期对联文化，旨在传承中华文化，向世人传递铭记历史、反对战争、珍爱和平的历史观，并以此纪念抗日战争胜利70周年。

编者

2015年7月25日

编　例

　　一、本书以抗战为主题，以弘扬抗战对联文化为宗旨，从尽可能多地保存抗日战争对联史料的初衷出发，凡时限内表现爱国抗战内容的对联，不论作者当时的政治面貌、政治派别和所处地位如何，均尽量予以甄录。对虽产生于这一时期内但与抗战无关的对联，即使是名家名联佳作，亦不录载。全书收入对联1000余副。

　　二、本书所收对联时限为：上限起自1931年九一八事变局部抗战开始，下限一般至1945年日本投降后止。14年间所有与抗战有关的对联均属收录范围。但以1937年七七事变全面抗战开始后的8年间产生的对联为主。纪念性建筑物上对联的收录时限则适当下延至抗日战争胜利以后。

　　三、本书根据抗战时期对联实际，将全书分为共产党人对联、国民党人对联、社会各界名人对联、抗战纪念建筑物对联、民间对联五个板块，力图全面客观真实地为读者提供一幅中国抗日战争对联全图。

　　四、共产党人、国民党人、社会各界名人，所选均为抗战时期起过重大作用和有重大影响的知名人士。共产党人以毛泽东为首，国民党人以蒋介石为首，社会各界名人以宋庆龄为首，以下则按出生先后顺列，以人系联，将作者在抗战期间的代表性抗战联作，除个别属于明显的常识性错讹的字词酌情修改外，一律依编者所见原文照录，概不擅改。对两人以上联合署名的对联，一般归入排位第一的作者名下，并在该联［背景］条目中酌加说明。一人多联，按撰联时间先后顺列。每副对联正文后，一般设［背景］［简注］条目，部分对联还增设［链接］条目，俾有助于读者对联文的全面理解。对于同一人或同一件事，［背景］中前已介绍的，以后出现时不再赘述。

五、抗战纪念建筑物对联均以物系联，均为实录。编者囿于见闻，这部分遗缺所在多有，尚待以后增补。民间散联采自大量已出版的联书、传记、文史资料及回忆录和各类报刊，还有编者经年收藏的一些内部出版物及民间手抄本等，经筛选甄别，分类编排，分述志联、悼挽联、庆贺联、行业联、讽喻联、春联及特殊联七类。以联系事，酌加说明和简注，对相关人和事点到为止。作者只署姓名，一般不作介绍。无法确认作者姓名，则不署名。

六、全书所收对联，凡短联（四言、五言、六言、七言）上下联尾均不加标点符号。八言以上长联，分句之间一般用逗号，部分联句根据联意使用顿号、句号、冒号、分号、问号、书名号或惊叹号；上下联尾均不加标点符号。

目 录

一、共产党人对联

1. 毛泽东

赠丁玲联 /002
赞朱德联 /003
纪念孙中山暨追悼抗日
　阵亡将士联 /003
挽王铭章联 /004
题延安新市场联 /004
挽杨裕民联 /005
挽"平江惨案"烈士联 /006
挽郭沫若父郭朝沛联 /007
挽白求恩联 /008
挽蔡元培联 /008
挽徐谦联 /009
挽张冲联 /010
挽张浩联 /010

挽柯棣华联 /011
挽蔡和森、蔡畅母葛健豪联 /011
挽朱德母钟太夫人联 /012
挽彭雪枫联 /013
悼念抗日死难烈士联 /014
挽佟麟阁、赵登禹联 /014

2. 徐特立

赠王汉秋联 /015
挽何功伟、刘惠馨联 /015

3. 吴玉章

挽范筑先联 /016
挽"平江惨案"烈士联 /017
挽蔡元培联 /017

挽吴承仕联 /018

挽张自忠联 /018

挽徐谦联 /019

贺李丹生八十寿辰联 /019

4. 谢觉哉

挽抗战烈士联 /020

挽李彩云联 /021

挽任作民联 /021

题延园联 /022

挽左权联 /022

挽王凌波联 /023

挽刘志丹联 /023

挽拉素滴勒盖联 /024

挽朱德母钟太夫人联 /025

挽鲁佛民联 /026

挽李景波联 /026

讽汪精卫联 /027

挽李丹生联 /027

5. 林伯渠

挽郭沫若父郭朝沛联 /028

挽王凌波联 /028

挽马本斋联 /029

挽邹韬奋联 /029

挽李丹生联 /030

贺刘伯承五十寿辰联 /031

6. 朱德

挽刘桂五联 /031

挽范筑先联 /032

挽"平江惨案"烈士联 /032

挽廖磊联 /033

挽宋哲元联 /033

挽张自忠联 /034

挽徐谦联 /034

挽张冲联 /035

贺冯玉祥六十寿辰联 /035

挽鲁艺抗战五周年殉难校友
　　周极明等联 /036

挽左权联 /037

挽戴安澜联 /037

挽马本斋联 /038

挽邹韬奋联 /039

7. 董必武

挽张栗原联 /039

题刘志丹陵园联 /039

挽穆藕初联 /040

挽张一麐联 /040

挽严重联 /041

8. 刘伯承

挽"平江惨案"烈士联 /042

9. 郭沫若

挽刘湘联 /042

贺田汉四十寿辰联 /043

赠张肩重联 /043

赠陈铭枢联 /044

题湖北当阳玉泉寺联 /045

挽张曙联 /045

勉三厅同志联 /047

挽邹韬奋联 /047

挽沈振黄联 /048

10. 贺龙

挽"平江惨案"烈士联 /049

挽郭沫若父郭朝沛联 /049

挽彭雪枫联 /049

11. 叶挺

挽"平江惨案"烈士联 /050

挽廖磊联 /050

狱中书联 /051

贺郭沫若五十寿辰联 /051

12. 叶剑英

挽张冲联 /052

贺冯玉祥六十寿辰联 /052

13. 罗炳辉

挽父联 /053

14. 周恩来

挽"二·一八空战"烈士联 /054

挽吴复夏联 /054

挽王铭章联 /055

挽罗芳珪联 /055

挽"新升隆"轮死难烈士联 /055

题赠南岳佛教救国协会联 /056

赠冼星海联 /056

挽"平江惨案"烈士联 /057

挽郭沫若父郭朝沛联 /057

挽廖磊联 /058

挽蔡元培联 /058

挽吴承仕联 /058

挽宋哲元联 /059

挽徐谦联 /059

贺马寅初六十寿辰联 /059

挽张季鸾联 /060

挽张冲联 /061

挽戴安澜联 /061

挽马本斋联 /062

挽邹韬奋联 /062

15. 刘少奇

赠盛涛联 /062

挽韩国钧联 /063

挽朱德母钟太夫人联 /064

挽邹韬奋联 /064

挽彭雪枫联 /065

16. 彭德怀

挽彭雪枫联 /065

17. 聂荣臻

挽"平江惨案"烈士联 /065

挽郭沫若父郭朝沛联 /066

题狼牙山五勇士纪念塔联 /066

题晋察冀边区参议会联 /067

18. 陈毅

题赠泰州两李将军联 /067

挽"平江惨案"烈士联 /068

挽高梓才、谢应征联 /068

回赠韩国钧联 /069

挽韩国钧联 /070

挽左权联 /070

赞刘伯承联 /071

挽彭雪枫联 /071

19. 黄克诚

挽韩国钧联 /072

挽彭雄、田守尧联 /072

挽童世明联 /073

挽徐岫青联 /073

挽张仲惠联 /074

挽"刘老庄连"烈士联 /074

挽陈鸿发联 /075

20. 李一氓

挽彭雪枫联 /075

21. 邓小平

赠人联 /075

即兴题嵌名联 /076

22. 邓颖超

挽蒋鉴联 /076

贺冯玉祥六十寿辰联 /077

23. 赵一曼

述志联 /077

24. 王稼祥

挽"平江惨案"烈士联 /078

挽张自忠联 /078

25. 左权

挽武士敏联 /078

26. 王首道

挽袁国平联 /079

27. 彭雪枫

1942年军营春联 /079

贺房东子新婚联 /080

28. 张爱萍

挽彭雪枫联 /080

29. 萧华

挽杨靖远联 /081

二、国民党人对联

1. 蒋介石

挽第十七军阵亡将士联 /084

题湖北安陆抗日阵亡将士祠联 /085

挽郝梦龄、刘家骐联 /085

挽饶国华联 /086

挽"二·一八空战"烈士联 /087

挽罗芳珪联 /087

挽李必蕃联 /087

挽空军四烈士联 /088

挽刘桂五联 /089

挽范筑先联 /089

贺马相伯百岁寿辰联 /089

祭成吉思汗联 /090

挽郭沫若父郭朝沛联 /091

挽马相伯联 /091

挽吴佩孚联 /092

题昆仑关战役阵亡将士纪念
　墓园联 /093

挽宋哲元联 /093

挽雷鸣远神父联 /094

挽谢晋元联 /095

挽张冲联 /095

挽张季鸾联 /095

挽李宗仁母联 /096

题南京航空烈士公墓联 /096

题湖南芷江受降纪念坊联 /097

2. 吴稚晖

挽石瑛联 /097

挽徐宗汉联 /098

3. 林森

挽长城抗日阵亡将士联 /099

挽郝梦龄、刘家骐联 /099

挽王铭章联 /100

4. 许世英

挽淞沪抗战阵亡将士联 /100

挽穆藕初联 /101

5. 胡汉民

自挽联 /102

6. 于右任

题湖北安陆忠烈祠26路军阵亡

将士碑联 /102

挽罗芳珪联 /103

挽谭曙卿联 /103

贺马相伯百岁寿辰联 /104

挽郭沫若父郭朝沛联 /104

挽马相伯联 /104

挽张善子联 /105

题常德保卫战阵亡将士公墓联 /105

挽石瑛联 /106

7. 李根源

挽唐淮源、寸性奇联 /106

题云南腾冲思沐小墅联 /107

题腾冲龙光台联 /107

8. 孔祥熙

挽李必蕃联 /108

挽郭沫若父郭朝沛联 /108

挽薛岳父薛宗元联 /109

挽穆藕初联 /109

9. 马君武

挽廖磊联 /110

目 录

10. 冯玉祥

自勉联 /110

题山东益都范公亭联 /111

与李烈钧联句 /111

题山东蓬莱戚继光祠联 /112

题山东威海环翠楼联 /112

挽陈少白联 /113

赠张学良联 /113

赠杜重远联 /114

纪念甲子革命十二周年联 /114

题杭州岳飞墓联 /115

赠赵秀昆联 /116

挽刘湘联 /116

题夔门绝壁联 /116

斥国民党内投降派联 /117

纪念鲁迅逝世三周年联 /117

悼马君武联 /118

挽张自忠联 /118

题理发店联 /119

题重庆"穷人饭店"联 /119

赠峨眉山神水阁众僧联 /119

赠冯洪谦联 /120

赠石凌鹤联 /120

悼佟麟阁、赵登禹联 /120

悼佟麟阁联 /121

11. 李烈钧

挽淞沪抗战阵亡将士联 /121

挽京沪、沪杭甬铁路国
　难殉职员工联 /122

题山东蓬莱阁联 /122

12. 李济深

挽榆关抗日阵亡将士联 /123

挽戴安澜联 /123

题南岳忠烈祠联 /124

挽李宗仁母联 /124

挽李曦联 /125

13. 阎锡山

题山西吉县克难坡昭义大厅联 /125

题山西吉县克难坡望河亭联 /126

14. 张群

挽王铭章联 /127

挽李必蕃联 /127

挽李家钰联 /128

15. 陈铭枢

挽郭沫若父郭朝沛联 /128

16. 何应钦

题南京航空烈士公墓联 /129

挽王铭章联 /129

挽郝梦龄、刘家骐联 /130

挽郭沫若父郭朝沛联 /130

题南岳忠烈祠联 /131

题湖南芷江受降纪念坊联 /131

17. 张治中

题骆建郎纪念碑联 /131

挽王铭章联 /132

挽戴安澜联 /132

18. 李宗仁

挽郝梦龄、刘家骐联 /133

挽王铭章联 /133

挽郭沫若父郭朝沛联 /134

挽廖磊联 /134

题湖南芷江受降纪念坊联 /135

19. 白崇禧

挽郭沫若父郭朝沛联 /135

挽唐淮源、寸性奇联 /136

题南岳忠烈祠联 /136

题湖北宜昌抗日阵亡将士
　公墓联 /136

20. 陈诚

挽阚维雍联 /137

21. 易君左

题湖南行政干校联 /137

22. 梁寒操

挽雷鸣远神父联 /138

挽阚维雍联 /138

挽衡阳保卫战阵亡将士联 /139

23. 张学良

挽淞沪抗战阵亡将士联 /139

挽安德馨联 /139

挽高东园联 /140

三、社会各界名人对联

1. 宋庆龄

挽萨师俊联 /142

挽蔡元培联 /143

挽邹韬奋联 /143

2. 张元济

挽项松茂联 /144

挽汪兆镛联 /145

挽马相伯联 /145

3. 张澜

题重庆特园联 /146

4. 沈钧儒

挽鲁迅联 /147

挽"平江惨案"烈士联 /147

题柳州罗池船厅联 /148

挽沈振黄联 /148

5. 张伯苓

挽杨裕民联 /149

6. 何香凝

题《闻鸡起舞图》联 /149

拒贿讽蒋联 /150

7. 黄炎培

抗战春联 /151

挽穆藕初联 /151

8. 柳亚子

挽沈联璧联 /152

赠张华灵、陈宛璁夫妇联 /153

吊马君武联 /153

愤题联 /154

9. 谢侠逊

题广州棋赛联 /154

题全菲华侨抗日救亡大会联 /155

题万隆棋赛联 /156

赠陈洁如联 /156

即兴抒怀联 /157

题重庆劳军棋赛联 /157

赠贾题韬联 /159

10. 许德珩

挽吉鸿昌联 /159

11. 陈寅恪

偶成联 /160
挽许地山联 /161

12. 续范亭

讽蒋介石联 /162
纪念七七事变五周年联 /162
取高尔基诗意成联 /162
挽朱德母钟太夫人联 /163
挽邹韬奋联 /164

13. 叶圣陶

为推鸡公车者写的春联 /164

14. 茅盾

桂林文化市场有感联 /165
挽邹韬奋联 /165

15. 郁达夫

祭母联 /166
挽郁曼陀联 /166
挽许地山联 /167

16. 章乃器

挽鲁迅联 /168
自勉联 /168

17. 田汉

挽郑正秋联 /169
题赠衡岳佛道教救难协会联 /169

18. 丰子恺

为房东题联 /170

19. 老舍

即事联 /171
自题联 /171
贺茅盾五十寿辰联 /172

四、各地抗日烈士陵园公墓纪念碑联

1. 抗日烈士陵园联

晋冀鲁豫烈士陵园联 /174

陆军第5军昆仑关战役阵亡将士纪念
墓园联 /175

江苏洪湖峰口抗日阵亡烈士陵园联
/176

江苏连云港抗日山烈士陵园联 /176

江苏洪泽朱家岗抗日烈士
陵园联 /177

江西萍乡文昌宫烈士祠联 /177

河南卫河抗战烈士陵园联 /177

江苏海安新四军联抗烈士
陵园联 /178

山东东营牛庄抗日烈士祠联 /179

湖北安陆忠烈祠联 /180

湖北大悟抗日烈士祠联 /180

山东宁津抗日烈士祠联 /181

湖南长沙岳麓山忠烈祠联 /181

湖南南岳忠烈祠联 /182

2. 抗日烈士公墓联

南京航空烈士公墓联 /184

北京密云古北口抗日阵亡将士
公墓联 /185

天水行营三·七殉难烈士
公墓联 /185

湖南长沙比家山史思华营烈士
墓联 /186

湖南岳阳铜鼓山抗日阵亡将士
公墓联 /186

湖南湘阴白骨塔联 /186

湖南常德保卫战阵亡将士
公墓联 /187

湖北通城天岳关无名英雄公墓联
/188

湖南长沙陆军73军阵亡将士
公墓联 /189

缅甸抗日阵亡将士公墓联 /190

3. 抗日烈士纪念碑联

骆建郎碑联 /190

陈光勋碑联 /191

白乙化墓碑联 /191

山东邹平马氏兄弟纪念碑联 /192

苓兰阶墓碑联 /192

华侨陈村生墓联 /193
国际友人汉斯·希伯墓碑联 /193
狼牙山五勇士纪念塔联 /193
山西吉县人祖山抗日烈士碑联 /194
山西左权麻田十字岭左权将军
　纪念亭联 /195

五、民间散联分类汇编

1. 述志联

2. 悼挽联

挽王铭章联 /201
挽郝梦龄、刘家骐联 /203
挽罗芳珪联 /210
挽张自忠联 /210
挽唐淮源、寸性奇联 /211
挽戴安澜联 /215
挽李家钰联 /215
挽"平江惨案"烈士 /215
挽唐惠洽联 /221
挽解固基联 /221
挽蒋伟才联 /222
挽李继昌联 /222
挽鲁雨亭联 /222
挽魏春波联 /223
挽董天知联 /223
挽郑作民联 /224

挽谢晋元联 /224
挽左权联 /225
挽朱程联 /225
挽许国璋联 /225
挽韩子衡联 /226
挽安博联 /226
挽李世林联 /227
挽邹韬奋联 /227
挽齐学启联 /228
挽黄华杰联 /229
挽陈梅生联 /229
挽朱惺公联 /230
挽茅丽英联 /230
挽韦一青联 /231
挽曾儒凤联 /231
挽昆仑关阵亡将士联 /232
挽抗日阵亡将士联 /232
挽郭朝沛联 /234
挽吴佩孚联 /235
挽钱玄同联 /236

挽汪兆镛联 /236

挽薛岳父薛宗元联 /237

挽张善子联 /238

挽马君武联 /238

挽刘仲彬联 /239

挽董维键联 /239

挽龚振鹏联 /239

挽石瑛联 /240

挽宋哲元联 /240

3. 庆贺联

祝寿联 /241

贺婚联 /242

庆胜联 /245

4. 行业联

军政界联 /250

商界店铺联 /252

民居联 /261

学校联 /263

戏台联 /265

5. 讽喻联

讽天皇联 /267

讽"皇军"联 /268

讽"武士道"联 /268

反扫荡联 /268

讽汪伪政权联 /268

讽汪精卫、陈公博联 /269

讽梁鸿志、吴用威联 /269

讽汉奸联 /269

讽汉奸嵌名联 /269

讽蒋中正联 /269

吊热河失陷联 /269

嵌地名人名讽联 /269

讽王缵绪父子联 /270

讽官联 /270

讽刘竹轩联 /270

讽何某联 /271

云南鹤庆讽贪官联 /271

藏名讽刺联 /271

重庆茶馆联 /271

成都文殊院神座联 /272

重庆某学校春联 /272

讽时戏台联 /272

6. 春联

短联（4言—7言） /272

长联（8言以上） /279

013

7. 特殊联

血书联 /292
床单联 /293
地图联 /293

扇子联 /294
镇纸联 /294
象牙筷联 /294

一 共产党人对联

国共合作的基础为何？
孙先生云：
共产主义是三民主义的好朋友
抗日胜利的原因安在？
国人皆曰：
侵略阵线是和平阵线的死对头

一、共产党人对联

1. 毛泽东

赠丁玲联

昨天文小姐

今日武将军

[背景] 丁玲（1904—1986），原名蒋伟，字冰之，湖南临澧人。1922年在上海大学中文系学习。大革命失败后开始小说创作，是一位出身大家闺秀的女作家。1930年参加中国左翼作家联盟。1932年加入中国共产党，曾任左联党团书记。1936年秋，丁玲在党组织帮助下，离开南京国民党监狱，来到陕北革命根据地。中共中央宣传部在保安的一座大窑洞里，为她召开了欢迎会。毛泽东即席题赠了这副联语。后投笔从戎，进入红军总政治部工作，奔赴抗日前线，任西北战地服务团团长、陕甘文协副主任。

[链接] 1936年12月30日，丁玲随军经甘肃赴三原途中收到一份由红一方面军转交来的毛泽东所赠《临江仙》词的电文，词为："壁上红旗飘落照，西风漫卷孤城。保安人物一时新。洞中开宴会，招待出牢人。纤笔一枝谁与似？三千毛瑟精兵。阵图开向陇山东。昨天文小姐，今日武将军。"1937年初，丁玲到延安，毛泽

一、共产党人对联

东又手书此词相赠。新中国成立后,丁玲历任中国作协党组书记和副主席,《文艺报》主编、《人民文学》主编。1957年被错划为右派。1978年平反后,任中国文联党组副书记、《中国》杂志主编。

赞朱德联

度量大如海
意志坚如钢

[背景]1937年3月2日,延安抗日军政大学第二期开学,毛泽东、朱德亲自参加了开学典礼。毛泽东在发表讲话之后,为该校二队学员题词:"要学习朱总司令度量大如海,意志坚如钢。"这一联语式的题词,是对朱德作为工农红军总司令前半生革命生涯中所表现出来的超乎常人的崇高思想品德的形象概括和高度评价。

纪念孙中山暨追悼抗日阵亡将士联

国共合作的基础为何?孙先生云:共产主义是三民主义的好朋友

抗日胜利的原因安在?国人皆曰:侵略阵线是和平阵线的死对头

[背景]1938年3月12日,延安各界召开纪念孙中山先生逝世13周年和追悼抗日阵亡将士大会。毛泽东在前一天的凌晨撰写了几副对联,这是其中之一,由郭沫若书写。

[简注](1)孙先生:即孙中山先生,伟大的中国民主革命先行者。(2)三民主义:孙中山提出的中国资产阶级民主革命纲领,即民族、民权、民生。三民主义有新旧之分。这里指新三民主义,即孙中山于1924年新解释的以"联俄、联共、扶助农工"三大政策为灵魂的三民主义,成为第一次国共两党合作的政治基础。

003

挽王铭章联

奋战守孤城,视死如归,是革命军人本色
决心歼强敌,以身殉国,为中华民族争光

［背景］王铭章(1893—1938),字之钟,四川新都人。抗日爱国将领。早年毕业于四川陆军军官学校第三期步兵科。后任排长、连长、营长、团长、旅长等职,1935年后,任国民革命军陆军第22集团军第41军第122师中将师长。抗日战争爆发后,率部出川抗日,转战于晋鲁及津浦线北沿一带。1938年3月,参加台儿庄会战,率部坚守山东滕县与日军激战,因城破而壮烈殉国。5月,国民政府在武汉举行王铭章将军迎灵公祭。中共中央、八路军总部、新华日报社均派代表参加,毛泽东和秦邦宪、吴玉章、董必武等联名送了这副挽联。

［链接］王铭章已列入中华人民共和国民政部于2014年9月1日公布的第一批300名著名抗日英烈和英雄群体名录。

题延安新市场联

坚持抗战,坚持团结,坚持进步,边区是民主的抗日根据地
反对投降,反对分裂,反对倒退,人民有充分的救国自由权

［背景］1938年10月,延安遭日寇飞机狂轰滥炸,旧市场也成为废墟。1939年又在南门外的大边沟建成新市场,在新市场的一字街街头建了一座牌楼,拱形门楣题"延安新市场",两旁题毛泽东撰的这副对联,表示祝贺。横额及此联均由时任中共中央军委一局局长郭化若书写。

［简注］(1)坚持抗战,坚持团结,坚持进步:出自1939年7月7日中共中央《为抗战两周年纪念对时局宣言》。原句为:"坚持抗战,反对投降;坚持团结,

反对分裂；坚持进步，反对倒退。"这是中国共产党为揭露汪精卫的投降活动，对付蒋介石可能对日妥协投降，为坚持抗日民族统一战线而提出的三大政治口号。（2）边区：指民主革命时期，自1927年以来，中国共产党在九省之间所创立的革命根据地。这里指陕甘宁、晋绥、晋察冀等边区。（3）根据地：是在游击战争中赖依执行自己的战略任务，达到保存和发展自己、消灭和驱逐敌人之目的的战略基地。

挽杨裕民联

国家在风雨飘摇之中，对我辈特增担荷
燕赵多慷慨悲歌之士，于先生犹见典型

[背景]杨裕民（1889—1939），原名彦伦，字灿如，因排行十三，故号"十三"。冀东抗日英雄。河北迁安人。国立高等专门学校毕业，曾留学美国，回国后在河北省工业学院任教授多年。抗日战争爆发后，投笔从戎，积极投身抗日救亡运动，在中国共产党领导下，对策划冀东抗日工作颇有建树。1938年被推举为八路军冀东抗日联军第1路政治部主任。是年冬，应朱德、彭德怀电召，赴太行山八路军总部工作。因长期转战奔波，积劳成疾，于1939年7月21日病逝。由朱德总司令主持，八路军总部召开了追悼大会。毛泽东写了这副挽联。

[简注]（1）担荷：担负，担任，肩负。（2）燕赵多慷慨悲歌之士：句出唐韩愈《送董邵南序》："燕赵古称多感慨悲歌之士。"燕、赵：战国时国名。燕在今河北北部，赵在今河北南部与山西东南部。后以燕赵泛指河北一带。（3）典型：原意指模型、模范。这里指具有代表性的人物，即誉杨裕民先生为燕赵之地诸多杰出人物中之典型人物。

[链接]杨裕民已列入中华人民共和国民政部于2014年9月1日公布的第一批300名著名抗日英烈和英雄群体名录。

挽"平江惨案"烈士联

一

日寇凭陵，国难方殷，枪口应当向外
吾人主战，民气可用，意志必须集中

[背景]"平江惨案"是抗日战争期间，国民党顽固派破坏团结、破坏抗战的罪行之一。抗日民族统一战线形成以后，根据国共两党的协议，新四军在湖南平江县嘉义镇设立了公开的通讯联络机关。1939年6月12日，驻湖南平江的杨森奉蒋介石密令，勾结地方反动势力，派国民党第27集团军包围新四军驻平江的通讯处，惨杀了中共湘赣特委书记兼新四军嘉义留守处主任涂正坤、八路军少校副官罗梓铭、新四军少校秘书曾金声、特委秘书长吴渊等六同志，制造了轰动全国的"平江惨案"。惨案发生后，延安党政军民各界万余人于8月1日为死难烈士举行了隆重的追悼大会，并通电全国。毛泽东在会上发表了《必须制裁反动派》的演说，并题此挽联。

[简注]（1）凭陵：侵扰，进逼。（2）国难方殷：即指国家遭受的灾难正在逐步加深。（3）民气：人民的意志和精神。

二

顽固分子，罪不容诛，挟成见，作内奸，专以残害爱国英雄为能事
共产党员，应该警惕，既坚决，又灵敏，乃是对付民族败类之方针

[链接]此联出自毛泽东手笔，落款原署"中国共产党中央委员会挽"，悬于同年8月1日延安追悼会会场。

三
在国难中惹起内讧，江河不洗古今憾
于身危时犹明大义，天地能知忠烈心

［链接］此联亦为毛泽东代表中共中央致送的两副挽联之一。

挽郭沫若父郭朝沛联

先生为有道后身，衡门潜隐，克享遐龄，明德通玄超往古
哲嗣乃文坛宗匠，戎幕奋飞，共驱日寇，丰功勒石励来兹

［背景］郭朝沛（1854—1939），字膏如，四川乐山人，郭沫若之父。早年从事酿酒、榨油、兑换银钱、粜纳五谷等生意。为人正直，乐善好施，热心公益事业，注重儿辈教育，在家乡颇有声望。1939年7月3日在乐山老家去世，享年86岁。由于郭老先生在当地声望很高，加之郭沫若当时的社会地位和影响，因而治丧期间，社会各界人士纷纷致联追悼，总计收到军政要员、知名人士和国际友人挽联近300副。此联是由毛泽东、陈绍禹、秦邦宪、吴玉章、林伯渠、董必武、叶剑英、邓颖超等中共领导人联名所送。

［简注］（1）有道：指东汉郭泰（127—169），字林宗，山西介休人。德学兼备，博通经典，居家设帐授徒，弟子近千人，时人称有道先生。（2）后身：旧时称来世所生之身，即所谓转世，转胎。此处谓郭朝沛似郭泰（有道）再世，德学兼备，德高望重。（3）衡门潜隐：衡门，横木为门，喻简陋的房屋。出自《诗·陈风·衡门》："衡门之下，可以栖迟。"后借指隐者所居。潜隐，潜藏隐伏不出。喻郭朝沛有古时隐士高风。（4）克：能够。（5）遐龄：遐，长久。高龄，长寿。（6）明德通玄：意为美德远播。（7）哲嗣：对人之子的敬称，即令嗣。这里指郭沫若。（8）宗匠：指学术上成就巨大，为社会所推崇者。（9）戎

幕：指军营。郭沫若时任国民政府军事委员会政治部第三厅中将厅长。（10）勒石：刻于石上，使其永存于世。（11）来兹：来年。泛指今后。

挽白求恩联

> 万里跋涉，树立国际和平，堪称共产党员模范
> 一腔热血，壮我抗战阵垒，应作医界北斗泰山

［背景］诺尔曼·白求恩（1890—1939），国际主义战士，加拿大共产党员，著名胸外科医师。中国抗日战争爆发后，受加拿大、美国共产党派遣，率美加援华医疗队来到解放区。1938年春到延安，不久转赴晋察冀边区工作，以忘我的工作热忱，精湛的医疗技术，为抗日军民服务。后因抢救伤员感染中毒，于1939年11月12日在河北定县逝世，时年49岁。11月17日，晋察冀边区为白求恩举行隆重葬礼。12月1日，中共中央在延安举行追悼会，毛泽东除发表著名的《纪念白求恩》一文外，特意代表陕甘宁边区政府撰此挽联致哀。

［链接］诺尔曼·白求恩已列入中华人民共和国民政部于2014年9月1日公布的第一批300名著名抗日英烈和英雄群体名录。

挽蔡元培联

> 学界泰斗
> 人世楷模

［背景］蔡元培（1868—1940），字鹤卿，号孑民。浙江绍兴人。近代著名教育家。清末进士，1905年加入同盟会。1907年赴德国留学，先后在莱比锡大学研究哲学、文学、美学、心理学，同时在世界文明史研究所研究文明史。曾任南京临时政府教育总长。1917年出任北京大学校长，后任中央研究院院长。1926年参加北伐。九一八事变后，主张抗日，与宋庆龄、鲁迅等发起成立中国民权保障同盟，

任副主席，参与营救被捕的共产党员和其他爱国人士。1937年上海沦陷后移居香港，赞成国共合作。1940年3月5日在香港病逝，3月7日，毛泽东在延安特向蔡元培家属致唁电："孑民先生，学界泰斗，人世楷模，遽归道山，震悼曷极！"4月14日，延安文化界在中央大礼堂举行追悼大会，毛泽东送了这副挽联，并送挽词"老成凋谢"。

[简注]（1）泰斗：泰山北斗。常用以比喻负有盛名、众所敬仰的人物。（2）楷模：模范、典范。《后汉书·卢植传》："故北中郎卢植，名著海内，学为儒宗，士之楷模，国之桢干。"

挽徐谦联

存亡攸关，抗战赖持久，而今正是新阶段
死生同慨，团结须进步，岂能再抄旧文章

[背景]徐谦（1871—1940），字季龙，号安序，原籍安徽歙县，生于江西南昌，寄籍江苏扬州。法学家，国民党左派元老之一。早年追随孙中山，曾任孙中山大元帅府秘书长、司法部长、大理院院长。1924年，积极赞成孙中山"联俄、联共、扶助农工"三大政策，为促进国共第一次合作做了不少工作。1926年当选为国民党中央执行委员、武汉国民政府常委和军委主席团委员。抗日战争爆发后，担任国防委员会委员，从香港到南京、武汉、重庆，并赴南洋一带积极从事抗日宣传活动。1940年9月26日病逝于香港。毛泽东在延安收到唁电后，题此联以悼。

[简注]（1）存亡攸关：关系到生存和灭亡。（2）死生同慨：在生死面前有同样的感慨。（3）旧文章：指第一次国共合作因蒋介石发动"四一二"政变而遭到破坏，造成十年内战的分裂局面这一历史教训。

[链接]1943年在美国纽约印行的《徐季龙先生遗诗》一书中收录有此联。

挽张冲联

大计赖支持，内联共，外联苏，奔走不辞劳，七载辛勤如一日
斯人独憔悴，始病热，继病疟，深沉竟莫起，数声哭泣已千秋

［背景］张冲（1904—1941），字淮南。浙江乐清人。著名爱国民主人士。读中学时参加五四运动，曾就读于北京交通大学和哈尔滨政法大学。1923年加入国民党，1934年赴苏考察。曾与冯玉祥等发起组织中苏文化协会，推行孙中山"联俄、联共、扶助农工"三大政策。1935年当选国民党四届中央执委。抗日战争期间，是国民党方面与中共谈判的代表，为国共合作、抗日救国做了许多有益的工作。1941年8月11日病故于重庆。8月13日，毛泽东闻讯后，给张冲先生家属发唁电致悼。11月9日，在重庆举行追悼会，毛泽东等七名中共参政员送了这副挽联。

［简注］（1）大计：指当时坚持抗日民族统一战线，坚持国共合作，团结以苏联为首的世界反法西斯力量的抗日救亡运动。（2）七载辛勤：指张冲自1935年至1941年为国共两党的和平谈判而奔走。（3）斯人独憔悴：语出唐杜甫《梦李白二首》中的"冠盖满京华，斯人独憔悴。"斯人，即此人，指张冲；憔悴，指张冲为国共合作奔走，因染病憔悴困顿终至不起之状。

挽张浩联

忠心为国
虽死犹荣

［背景］张浩（1897—1942），原名林育英，湖北黄冈人。1922年加入中国共产党，早期从事工人运动，此后历任中共汉口市委书记、湖南省委常委、中共沪西区委书记、中共满洲临时省委代理书记、中国驻赤色职工国际代表团代表、白区工作委员会书记。抗日战争爆发后，任八路军129师政委，参加创建晋冀鲁豫抗日

一、共产党人对联

民主根据地。1938年任中央职工运动委员会副主任，带病坚持从事职工运动工作，1942年3月6日在延安病逝，年仅45岁。中共中央与延安各界举行追悼会，毛泽东撰此挽联致哀。

挽柯棣华联

全军失一臂助
民族失一友人

[背景] 柯棣华（1910—1942），国际主义战士，印度医生。1938年随印度援华医疗队来华，1939年2月到延安，任八路军军医院外科主治医生，到华北各敌后抗日根据地服务，尽力救治伤员，并培养医疗人员。后任晋察冀边区白求恩国际和平医院院长。1942年加入中国共产党。当年12月9日积劳病逝，年仅32岁。12月30日延安各界举行追悼会，毛泽东撰此挽联致哀。

[链接] 柯棣华已列入中华人民共和国民政部于2014年9月1日公布的第一批300名著名抗日英烈和英雄群体名录。

挽蔡和森、蔡畅母葛健豪联

老妇人新妇道
儿英烈女英雄

[背景] 葛健豪（1865—1943），原名兰英，湖南湘乡人。是中共早期领导人蔡和森母亲。辛亥革命后，虽已年近半百，不顾族人非议，变卖嫁妆，带领全家求学，并相继在家乡创办简易小学及湘乡第二女子简易职业学校，任校长。1919年，年已55岁的葛健豪赴法勤工俭学。1923年回国后，又在长沙创办平民女子职业学校，任校长。后积极与儿女一同参加革命斗争，被誉为"革命母亲"。1943年病逝。毛泽东闻讯后，为这位杰出老人撰写了这副挽联。

[简注]（1）儿英烈：指其子蔡和森（1895—1931），中国共产党早期杰出领导人，无产阶级革命家。1931年为中国人民革命事业英勇献身，为著名革命烈士。（2）女英雄：指其女蔡畅和儿媳向警予。蔡畅（1900—1990），中国共产党杰出的妇女领袖，新中国成立后，曾任全国妇联主席和全国人大副委员长。向警予（1895—1928），湖南溆浦人，土家族。1922年加入中国共产党，曾任中共第一任妇女部部长，中国早期妇女运动领导人之一，系蔡和森烈士的爱人。1928年春在汉口法租界被捕，顽强不屈，4月30日在武汉英勇就义，年仅33岁。

挽朱德母钟太夫人联

一

为母当学民族英雄贤母
斯人无愧劳动阶级完人

[背景]钟太夫人（1858—1944），朱德母亲。家居四川仪陇县，祖籍广东，出生于流动艺人之家。一生勤劳俭朴，生有十三个儿女，因家境贫寒，无力养活，最后只剩下八个，朱德排行第三。晚年得知儿子朱德担任八路军总司令，仍然劳作不辍。1944年2月15日，以86岁高龄在家乡逝世。噩耗辗转传到延安，在延安纪念"三八"妇女节的大会上，蔡畅宣布了这一消息，号召延安妇女学习钟太夫人劳动终身和勤俭持家的精神。4月10日，延安各界1000多人在杨家岭中央大礼堂举行追悼大会，毛泽东送了这副挽联。第二副为毛泽东代表中共中央致送。

[简注]（1）民族英雄：指朱德同志。（2）斯人：指钟太夫人。

二

八路功勋大孝为国
一生劳动吾党之光

挽彭雪枫联

一

二十年艰难事业，即将彻底完成，忍看功绩辉煌，英名永在，一世忠贞，是共产党人好榜样

千万里破碎河山，正待从头收拾，孰料血花飞溅，为国牺牲，满腔悲愤，为中华民族悼英雄

[背景] 彭雪枫（1907—1944），原名彭道修，河南镇平人。1925年加入中国共产主义青年团，1926年9月转入中国共产党。1930年加入中国工农红军，历任红军第一方面军师长、师政委，江西军区政委和纵队司令员，中共中央军委第一局局长。抗日战争爆发后，任八路军总部参谋处处长兼驻晋办事处处长。1938年任豫东游击支队司令员，领导豫皖苏边区抗日游击战争。1941年"皖南事变"后任新四军第4师师长兼淮北军区司令员。1944年率部进军津浦路西。9月11日，在河南夏邑县八里庄与日伪军作战中壮烈牺牲，时年37岁。1945年2月7日，延安各界举行追悼大会，毛泽东与朱德、刘少奇、彭德怀、陈毅等联名送了这副挽联。毛泽东还写了挽词："为中华民族悼英魂。"第二副挽联为毛泽东以中共中央名义致送。

[简注]（1）二十年艰难事业：指从1927年大革命失败后，中国共产党领导的工农武装革命斗争事业，到当时（1945年）已近二十年。亦指彭雪枫从1925年加入中国共产主义青年团，投身革命始，直至1944年牺牲止，整整20年革命生涯。

二

为民族，为群众，二十年奋斗出生入死，功垂祖国

打日本，打汉奸，千百万同胞自由平等，泽被长淮

[简注] 泽被长淮：泽，恩德，恩泽。被，覆盖，及于。长淮，指彭雪枫所率之新四军在长江淮河流域活动的地区。

[链接]彭雪枫已列入中华人民共和国民政部于2014年9月1日公布的第一批300名著名抗日英烈和英雄群体名录。

悼念抗日死难烈士联

为人民而生，为人民而死，你们的事业永与人民同垂不朽
为胜利而来，为胜利而去，我们的任务是向胜利勇往直前

[背景]1945年4月23日至6月11日，中国共产党第七次代表大会在延安召开。会上还通过《关于死难烈士追悼大会的决议》。全体七大代表于6月17日参加在延安举行的向抗日战争中牺牲的烈士致哀仪式，毛泽东代表中共中央敬献的这副挽联悬于会场正中。

挽佟麟阁、赵登禹联

抗战到底
浩气长存

[背景]佟麟阁（1892—1937），河北高阳人。早年在冯玉祥部任职，1925年任国民军第1师师长，1935年任国民革命军陆军第29军副军长，率部进驻北平南苑。1937年7月28日，作为南苑驻地指挥官在指挥抗击日军进攻的战斗中壮烈殉国。赵登禹（1898—1937），山东菏泽人。早年在冯玉祥部任职，九一八事变后，任国民革命军陆军109旅旅长。1933年率部在长城喜峰口抗击日本侵略军，战后升任第29军132师师长。1937年7月在北平南苑战斗中牺牲。佟赵二人均为抗日战争初期牺牲的国民党抗日爱国将领。抗日战争胜利后，为纪念佟赵二位英烈的历史功绩，北平市政府及各界人士于1946年7月28日在中山公园举行追悼大会。北平行营主任李宗仁主持。中共领导人毛泽东送此挽联致悼。

[链接]佟麟阁、赵登禹已列入中华人民共和国民政部于2014年9月1日公布的

第一批300名著名抗日英烈和英雄群体名录。

2. 徐特立

赠王汉秋联

> 有关家国书常读
> 无益身心事莫为

[背景] 1937年11月,徐特立受中共中央委派,到长沙任八路军驻湘代表。1938年9月,徐特立赴延安参加中共六届六中全会,途经湘潭在"长丰公"油盐店住宿,王汉秋等几位青年店员请其题词留念。当年12月,徐特立践诺写此联和条幅一张寄王汉秋。此联上款为"汉秋先生正",下款为"弟徐特立书"。

挽何功伟、刘惠馨联

> 革命青年只知有国,不愿煮豆燃萁,让步终当有限
> 反动分子强调对内,反而认友为敌,横行竟到几时

[背景] 何功伟(1915—1941),湖北咸宁人。1936年8月在上海加入中国共产党。历任上海青年抗日救国服务团组织部长、湖北省工委农委委员、武昌区委书记,1938年6月任中共湖北省委委员,受党组织派遣回家乡开辟鄂南抗日根据地,任鄂南特委书记。1939年9月到湘鄂西区工作,任区党委宣传部长。1940年2月任湘西区党委书记,8月任鄂西特委书记。1941年1月20日因叛徒出卖,在恩施被捕。当年11月17日,在恩施方家坝后山五道涧刑场慷慨就义,年仅26岁。

刘惠馨(1914—1941),女,又名一清,江苏淮阴人。1937年11月南京沦陷前夕,与马识途一同撤离南京到武汉;1938年3月加入中国共产党,到鄂西历任宜都

县委书记、施巴特委委员、民运部长兼特委秘书。经组织批准，与马识途结婚。后任鄂西特委妇女部部长兼特委秘书。因叛徒告密，于1940年1月20日与何功伟一起被国民党特务逮捕，在狱中坚贞不屈，同年11月17日被秘密杀害于恩施方家坝大田垭口，年仅27岁。1942年6月7日，延安各界在八路军大礼堂举行何功伟、刘惠馨追悼会，徐特立撰此挽联以悼。《解放日报》为此发表《悼殉难者》的社论。

〔简注〕（1）煮豆燃萁：《世说新语·文学》："（魏）文帝（曹丕）尝令东阿王（曹植）七步中作诗，不成者行大法。应声便为诗曰：'煮豆持作羹，漉菽以为汁。萁在釜下燃，豆在釜中泣。本是同根生，相煎何太急。'帝深有惭色。"后用以喻骨肉相残。此指国民党反动派挑起内战，使中国人自相残杀。（2）对内：指蒋介石在抗战中提出的"攘外必先安内"的反动口号。

3. 吴玉章

挽范筑先联

三友见精神，松体道，竹身直，梅花亦自清香，格高气苍，直到岁寒全晚节
一门尽忠义，夫殉职，妻为民，子女都称勇武，顽廉懦立，共纾国难绍遗风

〔背景〕范筑先（1882—1938），原名金标，字夺魁。山东馆陶（今属河北）人。1904年在北洋陆军第四镇当兵，曾任团长、旅长。1929年投冯玉祥部，任少将参议。九一八事变后，主张抗日，先后任山东第三路军少将参议、沂水县县长、临沂县县长、聊城专署专员。七七事变后，任山东省第6区行政公署专员兼保安司令，积极发展抗日武装，开展抗日斗争，并同中国共产党合作，创建了鲁西北抗日根据地。1938年11月15日，在聊城与日军作战时牺牲。消息传出后，重庆、洛阳等地隆重集会悼念。

[简注]（1）三友：松、竹、梅合称岁寒三友。（2）遒：音qiú，强劲有力。（3）苍：苍莽。（4）晚节：晚年的节操。杨万里有"愿坚晚节于岁寒"句。（5）子女都称勇武：范筑先子女都是革命者。二子范树民是青年挺进大队长，1938年8月在山东齐河县抗击日寇时牺牲。此后范筑先又命二女树琨继任大队长，还送长男、长女、三女到延安抗大学习。（6）顽廉懦立：意为使贪婪者变得廉洁，使懦弱者能够自立。语出《孟子·万章下》："故闻伯夷之风者，顽夫廉，懦夫亦立志。"（7）纾：消除，解除。（8）绍：继承。

挽"平江惨案"烈士联

萁豆相煎，同类相残资敌笑
天日可鉴，临危不苟动人哀

[简注]（1）萁豆相煎：与煮豆燃萁义同，喻骨肉相残。此指国民党反动派挑起内讧，使中国人自相残杀。（2）资：供。

挽蔡元培联

正气长存，文章盖世，尤堪幸组织大同盟力保人权，众话申江思盛德
寇氛尚恶，傀儡登场，更可痛纵容宵小辈横施奸计，我凭延水吊英灵

[简注]（1）大同盟：1932年12月，宋庆龄、蔡元培、鲁迅、杨杏佛等发起组织中国民权保障同盟，宗旨是反对国民党反动派的迫害，援助革命者，争取言论、出版、结社、集会等的自由。（2）申江：上海旧称。因中国民权保障同盟成立于上海，故云。（3）傀儡登场：1940年3月，大汉奸汪精卫发表其"和平建国宣言"，召开伪"中央政治会议"，于南京组成傀儡政府，汪伪政权粉墨登场。

（4）宵小：旧称盗匪坏人。此指国民党反动派的走狗、特务。（5）延水：水名。源出安塞县西北芦关岭，流经延安城东门外，过延长县入黄河。今名延河。

挽吴承仕联

爱祖国山河，爱民族文化，尤爱马列主义真理，学贯中西，著述优于苍水
受军阀压迫，受同事排挤，终受敌寇毒刃摧残，气吞倭虏，壮烈比诸文山

[背景] 吴承仕（1884—1939），字检斋，笔名少白。安徽歙县人。中国近现代著名经学家，语言文字学者。师从章太炎先生，研究文字、音韵、训诂之学及经学。与黄侃、钱玄同并称章门三大弟子。辛亥革命后，曾在司法部任职。1926年任中国大学国学系主任，后历任北京师范大学、民国大学、东北大学等校教授。曾参加"左联"。1936年加入中国共产党，积极投入抗日救亡活动。1939年9月在北平病逝。当时全国皆传为被杀。中共中央于1940年4月18日在延安为他举行了追悼会。吴玉章挽以此联。

[简注]（1）苍水：明代张煌言，字玄箸，号苍水，浙江鄞县人。崇祯十五年（1626）举人。清兵破南京，其与钱肃山、郑成功等起兵抗击。后为清兵所执，不屈而死。著有《张苍水集》。（2）倭虏：意同"倭寇"，元末明初在我国东南沿海侵扰抢掠的日本海盗。此指日本侵略者。（3）文山：宋代文天祥，字宋瑞，一字履善，号文山。元兵东下，他募兵抗战，力图收复失地，兵败被俘，不屈，作《正气歌》以见志。后就义于柴市。著有《指南吟啸》等。

挽张自忠联

降志图存，岂让汉奸轻借口
盖棺论定，只须殉国便成仁

[背景]张自忠（1891—1940），字荩臣，后改荩忱，山东临清人。原为西北军将领，历任旅长、师长，1930年中原大战后接受中央政府改编，任第29军宋哲元部第38师师长，参与喜峰口战斗。1935年冀察政务委员会成立后，曾先后任察哈尔省省政府主席与天津市市长。1937年七七事变后，曾代理冀察政务委员会委员长兼北平市市长。后升任第59军军长，1938年2月奉调至第五战区，率部先后在淮北泌水、鲁南临沂等地作战。后升任第33集团军总司令兼第五战区右翼兵团司令。曾参与台儿庄会战、武汉会战、随枣会战、枣宜会战等。1940年5月16日在襄河南岸南瓜店附近壮烈殉国。张自忠军衔为国民革命军陆军上将，是第二次世界大战中同盟国牺牲的最高将领。

[简注]（1）降志图存：违背自己的意愿以图民族生存。张自忠在抗日战争前后，曾担任国民党当局为适应华北特殊化要求而设立的冀察政务委员会的委员与代理委员长。一度屈己从人自有苦衷，但其爱国抗日之心并未改变。因此与投降变节不可同日而语，岂能让汉奸们从这里轻易找到借口。（2）殉国：为国牺牲。

挽徐谦联

萁豆勿相煎，千里胡尘犹未扫
薰莸终有别，十年往事忆先生

[简注]（1）萁豆勿相煎：活用曹植七步成诗的典故。（2）胡尘：原指古代北方游牧民族进犯中原引起的战争，此指日本帝国主义发动的侵华战争。（3）薰莸：一种香草和臭草，常用以喻善和恶。

贺李丹生八十寿辰联

八千为春，八千为秋，创制趣三三，上寿八旬逢八月
四国联盟，四国联合，惩凶重七七，凯歌四十有四年

[背景]李丹生（1862—1945），名渥，字丹生，陕西延川县人，出名门望族，官宦世家。清末曾任县教谕。民国后任延川县高等小学校长，县自治筹备处主任、县采访局主任。修《延川志》。抗战期间，当选为县参议员、县政府候补委员、陕甘宁边区第二届参议会主席团成员、常驻议员。是年79岁，为边区年龄最长之参议员，被人们敬称为"李老丹"。在任期间，积极参政议政，热忱传达民意，为边区建设献计献策。著有《法西斯必亡论》《告全国青年书》《上级政府必须深悉民情》等。在延安《解放日报》发表《大礼堂序》《大礼堂颂》等文章。与林伯渠、谢觉哉经常吟诗唱和。朱德总司令称之"老成典型"，林伯渠称之"以吕尚之年，辅导建新基"。1942年8月，李丹生先生80寿辰，吴玉章献此贺寿联。

[简注]（1）八千：传说古代的彭祖八千岁为一年。（2）三三：即指"三三制"，从1941年起，中国共产党领导的各解放区政权实行"三三制"，即政府机构中对人员的分配规定为：共产党员、非党左派进步分子和中间派各占三分之一。这种在人数上的大体规定，保证了抗日民族统一战线政权的性质。对巩固抗日根据地，克服困难，坚持抗战起了重要作用。（3）四国：即中苏美英四国。作者自序云："陕甘宁边区首届三三制参议院李丹生先生八旬上寿，适值全世界反法西斯统一战线完成，中苏英美四国联合，今年打倒希特勒，明年打倒日本，胜利在握之际。七七造端之世界大战，可望于1944年凯旋。特献祝词，以申贺悃。"（4）七七：即指"七七"卢沟桥事变。（5）四十有四年：即指1944年。

4. 谢觉哉

挽抗战烈士联

宋无秦桧，谁下金牌
蜀有谯周，惯修降表

［背景］1939年7月，中共中央在延安集会纪念抗日战争两周年，并悼念这两年间在各抗日战场牺牲的烈士。作者从自己所写的一篇祭文中摘引几句而成此联。以古喻今，以历史人物秦桧、谯周影射当今投降派和汉奸汪精卫之流，至为切当。对当时对日妥协投降的反动逆流当头棒喝。

［简注］（1）秦桧：南宋宰相，朝中投降派的代表人物。在金兵南渡时，力主和议，向金称臣纳降。（2）金牌：古代以金粉书写的令牌，供传达最紧急命令时使用。当年秦桧曾于一日内假传12道金牌，令岳飞撤兵回朝，并以"莫须有"的罪名将岳飞害死。（3）谯周：三国时蜀国光禄大夫，曾力劝后主刘禅投降，后被司马昭封为阳城亭侯。（4）降表：主张对敌投降的奏章。

挽李彩云联

电花飞处失元良，造物何残，人命何脆
延水之旁伤逝者，积勋在国，遗爱在民

［背景］1941年6月3日，在延安陕甘宁边区政府会议室召开县长联席会议时，因雷雨大作，会议室触雷电，有八人当场被击中。延川县代县长李彩云伤势最重，不治身亡。6月5日，边区政府在延安举行李彩云追悼会，谢觉哉撰送此联致哀。

［简注］（1）元良：原意大善，后指杰出人物。（2）造物：老天。（3）残：残忍。（4）积勋：积累的功勋。

挽任作民联

心如石，气似虹，入水不濡，入火不爇
志未酬，身先陨，半生事业，斯世楷模

［背景］任作民（1899—1942），湖南湘阴人。1922年加入中国共产党。曾任中共中央秘书兼会计、中共河南省委宣传部部长、沪东区委书记、山东省委书记、

湖南省特委书记。1940年到延安，任中共中央西北局秘书长。1942年2月20日病逝于延安。当时延安各界举行任作民追悼会，谢觉哉撰送此联致哀。

［简注］（1）濡：音rú，沾湿。（2）爇：音ruò，点燃，焚烧。（3）酬：实现愿望。（4）陨：通殒，死亡。

题延园联

风雪漫天仍作客
梨花满地不开门

［背景］1942年6月，谢觉哉因劳累过度，身体不适，中共中央决定让他到延安枣园休养。其时，枣园梨花如雪，景色优美。大家要谢老为延园题副对联，几经推敲，写成此联。

挽左权联

一

大节忠贞彪史册
正气磅礴壮山河

二

鞠躬尽瘁，死而后已
匈奴未灭，何以家为

［背景］1942年5月25日，左权在山西省辽县（今左权县）麻田与日军作战中牺牲，谢觉哉以此联挽之。

［简注］（1）"鞠躬"两句：语出三国诸葛亮《后出师表》："凡事如是，难以逆见，臣鞠躬尽力，死而后已。""鞠躬尽力"亦作"鞠躬尽瘁"，即为国事

而竭尽心力。（2）"匈奴"两句：《史记·卫将军骠骑列传》载西汉名将霍去病语："匈奴未灭，何以家为也。"匈奴，此处指代日本侵略者。

挽王凌波联

回也克己，由也兼人，奋厉直前，才与命悖
治事特勤，求学太勇，积劳到死，我负君多

［背景］王凌波逝世后，谢觉哉作为同乡挚友，撰此挽联致哀。
［简注］（1）回：颜回，孔子学生。（2）由：仲由，孔子学生。

挽刘志丹联

一

龙战当年，巨星遽陨天无色
鹤归何日，忠骨长埋土亦香

［简注］（1）龙战：语出《易·坤》："龙战于野，其血玄黄。"后因称群雄争夺天下为龙战。此指刘志丹为创建陕甘革命根据地而进行的英勇斗争。（2）鹤归：典出《搜神后记》卷一，汉代辽东人丁令威学道于灵虚山，死后"化鹤归辽"。

二

创始着盖世丰功，阶级解放，民族解放，人类解放
永远是我们模范，志气超群，道义超群，谋略超群

三

功业非以前任何人物可比
精神长活在百万群众之中

[背景] 刘志丹（1903—1936），陕西保安县（今志丹县）人。1925年加入中国共产党。为陕甘宁边区革命根据地、红军第26军创建者之一。1935年任15军团副军团长兼参谋长、西北革命军事委员会副主任、北路军总指挥、红28军军长。1936年4月率红28军东征抗日，渡过黄河到达山西，在晋西中阳县三交镇遭国民党政府军阻击，不幸壮烈牺牲。此后中共中央决定，将其故乡保安县改为志丹县。1940年4月，中共中央指示西北局和陕甘宁边区政府在志丹县修建志丹陵园。1943年4月，党中央在延安举行追悼大会，后将烈士遗骨迁入志丹陵园。毛泽东为其题挽词曰："群众领袖，民族英雄。"周恩来题词曰："上下五千年，英雄万万千；人民的英雄，要数刘志丹。"此为谢觉哉代陕甘宁边区参议会撰"奉安志丹同志陵"三联，以志哀思。

[链接] 谢觉哉当时除代拟这三副挽联外，还为边区参议会撰写《致志丹陵祭文》。开篇即为："古圣贤豪杰多矣，有大国之理想且为其理想而实践奋斗，如我志丹同志者不多见！""我志丹同志奋起边地，百折不回，遂而缔造民族解放、阶级解放、人类解放之基地，陕北一隅，成为全国与全世界所属望，奇功伟绩，实罕其伦。"

挽拉素滴勒盖联

一

为民族解放奋斗多年，大义凛然，群雄崛起
正边区抗建设施孔亟，长才遽逝，万众悲恸

二

诚也明也勇也断也，揭正义，抱宏猷，大漠英雄本色
劳欤病欤天欤人欤，是长才，忽短命，边疆万众吞声

三

为蒙汉族团结奋斗以来，率大漠健儿，跃马纵横持正义
正法西斯颠蹶崩颓之际，陨中天巨曜，束刍号泣遍边氓

[背景] 拉素滴勒盖（1886—1943），蒙古族，早年曾参与内蒙古的民族解放运动，后率领很多内蒙古热血青年投入革命队伍。生前任陕甘宁边区参议会参议员、边区政府委员。1943年7月31日因病在延安逝世。临终留下遗言："我相信日寇一定要失败，中国一定要胜利。""共产党奋斗的方向，是全中国人民奋斗的方向，也就是解放蒙古民族的唯一方向。"当年8月8日，陕甘宁边区政府主持召开追悼会，谢觉哉代边区参议会和民政厅撰此三副挽联致哀。

[简注] 第一副（1）抗建：抗战，建国。（2）孔亟：甚为迫切。（3）长才：有专长之人才。第二副（4）大漠：大沙漠，泛指我国西北部一带的广大地区。第三副（5）颠蹶：颠仆、跌倒。（6）巨曜：放射巨大光芒的星。（7）束刍：为了送葬而系着草绳。（8）氓：民众。边氓即边区的民众。

挽朱德母钟太夫人联

红日入怀，盖世勋名光子舍
白云在望，漫天暗淡陨慈晖

[简注]（1）红日入怀：古代传说，母亲怀孕时，梦见红日投入怀抱，必定生非凡杰出的儿子。（2）子舍：前人以正房旁的小屋为子舍，或为诸子所居之屋。此可理解为普通农舍。（3）白云在望：典出《旧唐书·狄仁杰传》："其亲在河阳别业，仁杰赴并州，登太行山，南望见白云孤飞，谓左右曰：'吾亲所居，在此云下。'瞻望伫立久之，云移乃行。"后因以"白云在望"或"望云"指思念父母。（4）慈晖：母亲之谓。

挽鲁佛民联

生东海滨，抱仲连义，才未尽，仇待歼，无可奈何花落去
葬古延城，傍要离冢，骨长埋，心永热，几时同化鹤归来

［背景］鲁佛民（1881—1944），山东济南人。名琛，字献卿。早年创办《公言报》《平民日报》等，宣传民主政治，参加过五四运动。曾加入国民党，又加入中国共产党，旋被国民党开除党籍。后到延安任陕甘宁边区政府法制委员会委员，兼边区银行法律顾问。1944年5月病逝。

［简注］（1）仲连：即战国齐人鲁仲连。喜为人排难解纷。《战国策·赵策》载其"义不帝秦"的事迹，为古人高义的典范。（2）"无可"句：语出宋晏殊《浣溪沙》："无可奈何花落去，似曾相识燕归来。"鲁佛民自知不起，辄诵"无可奈何花落去"之句。（3）要离：春秋时刺客。（4）同化鹤归来：鲁佛民与王凌波等同葬杜甫川，故云。化鹤，辽东人丁令威学道成仙，千年后化鹤归辽（见《搜神记》）。后人因以化鹤比喻去世。

挽李景波联

比短命颜回只多一岁
同临死宗泽奋起三呼

［背景］李景波（1913—1944），生前为陕甘宁边区参议会参议员，1944年7月初患急性盲肠炎英年早逝。7月16日，陕甘宁边区政府举行追悼会，谢觉哉代边区参议会撰此挽联致哀。

［简注］（1）颜回：孔子的学生，以好学著称，可惜只活了30岁，故称短命颜回。（2）宗泽：南宋抗金名将，曾多次上书劝高宗还都开封，收复失地，均遭投降派所阻。后忧愤成疾，临死时仍不忘抗击金兵南侵，犹连呼三声"渡河"。

一、共产党人对联

讽汪精卫联

一钱不值何须说
万死岂足蔽其辜

［背景］此联写于1944年。汪精卫（1883—1944），名兆铭，广东番禺人。早年参加同盟会。20世纪20年代起，历任广州国民政府主席、南京国民政府行政院院长兼外交部部长、国民党副总裁、中央政治委员会主席、国民参议会议长。1938年12月公开投降日本，1940年在南京任伪国民政府主席，1944年死于日本。谢觉哉闻其死讯后，当即写成此联，借以讨伐汪逆精卫，表达对卖国贼的轻蔑愤怒之情。

［简注］（1）蔽：遮挡，掩盖。（2）辜：罪，犯罪。

挽李丹生联

风檐寸晷，古道盎然，行居夷惠之间，人是羲皇以上
志士暮年，壮心未已，亲检点身后事，恨不见九州同

［背景］李丹生于1945年7月3日因病逝世，享年83岁。7月11日，延安各界举行追悼会，谢觉哉撰此挽联致悼。

［简注］（1）风檐：又作风簷，透风的屋簷，指科举时代简陋的考场。（2）寸晷：指很短的时间。风檐寸晷，意为科举时代考场冷酷，时间急迫，十分艰苦。指李丹生早年曾应清末的科举考试。（3）古道：古代所崇尚的节操风义。（4）夷惠：夷，即伯夷，为商朝孤竹君长子，反对武王伐纣，周灭商后逃到首阳山，不食周粟而死。惠，即柳下惠，为春秋时鲁国大夫，以讲究礼节著称，一生对人和善，孔子赞其为"圣之和"。（5）羲皇：上古的三皇之一伏羲氏。羲皇以上，又作羲皇上人。此指其恬淡自适，有古人风范。（6）身后事：指李丹生弥留之际，将两个未成年的孩子托付给谢觉哉关照一事。

5. 林伯渠

挽郭沫若父郭朝沛联

公是地上神仙,仁者乐山,智者乐水
子为人伦表率,威不能屈,贫不能移

[简注](1)仁者乐山,智者乐水:语出《论语·雍也》:"子曰:知者乐水,仁者乐山,知者动,仁者静,知者乐,仁者寿。"朱熹注:"知者达于事理,而周流无滞,有似于水,故乐水。仁者安于义理,而厚者不迁,有似于山,故乐山。动静以体言,乐寿以效言也。"(2)人伦表率:社会及家庭中各种人效法的榜样。(3)威不能屈,贫不能移:语出《孟子·滕文公下》:"富贵不能淫,贫贱不能移,威武不能屈,此之为大丈夫。"

挽王凌波联

天胡为此醉兮,来从追捕,去若电火,一片丹心报党国
我实愧公多矣,学而不厌,诲人不倦,万株桃李迎门墙

[简注](1)"天胡"句:谓老天让王凌波撒手人寰是因酒醉而糊涂。(2)"来从"句:谓从国民党当局的追捕中来到延安。(3)"去若"句:谓突然去世。电火,形容迅速。(4)"学而"两句:语出《论语·述尔》:"子曰:'默而识之,学而不厌,诲人不倦;何有于我哉?'"厌,满足。(5)门墙:师门之称。语出《论语·子张》:"夫子墙数仞,不得其门而入,不见宗庙之美,百官之富,得其门者或寡矣。"

挽马本斋联

　　率大军，抗日寇，远近播英名，冀鲁豫河山增色
　　奉教义，承母志，生死矢忠贞，伊斯兰健儿典型

　　［背景］马本斋（1901—1944），河北献县人，回族。曾在东北军任团长。1932年弃官回乡。抗日战争爆发后，在中国共产党的抗日政策影响下，在家乡组织回民义勇队。1938年率队参加八路军，同年10月加入中国共产党。1939年任冀中军区回民支队司令员，率部转战于冀中和冀鲁豫平原。1942年6月任八路军冀鲁豫军区第三军分区司令员兼回民支队司令员。1944年2月7日在山东莘县病逝。3月17日，中共中央在延安为其举行了追悼会。

　　［简注］（1）奉教义：马本斋信奉伊斯兰教。（2）承母志：马本斋参加八路军后，其母被敌人抓去，妄图以此动摇马本斋的抗日决心。马母大义凛然，宁死不屈，惨遭杀害，堪称抗日英雄。（3）矢：誓，发誓。

　　［链接］马本斋已列入中华人民共和国民政部于2014年9月1日公布的第一批300名著名抗日英烈和英雄群体名录。

挽邹韬奋联

　　是屈大夫贾太傅一流，爱国忧时，文采光芒长万丈
　　与杜国辅徐仲车同病，逊言危行，德人风节动千秋

　　［背景］邹韬奋（1895—1944），原名恩润，江西余江人。1926年在上海主编《生活》周刊。九一八事变后，主张抗日救亡，反对国民党的不抵抗政策。1932年创办生活书店。1933年初参与中国民权保障同盟。同年7月，在国民党政府的迫害下，流亡海外。1935年回国后，参加抗日救亡运动，先后在上海主编《大众生活》周刊、《生活日报》《生活星期刊》等刊物，并参与领导上海各界救国会和全国各

界救国会。1936年11月，与沈钧儒等七人被国民党政府逮捕，是有名的"七君子"之一。获释后，参与反对蒋介石反动政策的政治斗争。1942年赴苏北解放区。1944年7月24日病逝。中共中央根据他生前的申请，追认其为中共正式党员。此联为林伯渠与董必武合挽。

[简注]（1）屈大夫：我国古代伟大爱国诗人屈原。楚怀王时任左徒、三闾大夫。（2）贾太傅：即西汉杰出政论家、辞赋家贾谊。曾遭权臣排挤，出任长沙王太傅。（3）杜国辅：即杜微，三国时蜀国官吏，颇有德行，受诸葛亮器重，但不乐于为官。（4）徐仲车：即宋代楚州名士徐积，养亲以孝，居乡以廉，道德文章，显于东南。死后谥为积孝处士。（5）逊言危行：谦逊的言辞，正直的品行。（6）动：感动。

[链接]邹韬奋已列入中华人民共和国民政部于2014年9月1日公布的第一批300名著名抗日英烈和英雄群体名录。

挽李丹生联

以吕尚之年，辅导建新基，方期大成，百世留芳垂典范
为边区所重，周详达民意，文星遽殒，万人挥泪悼延川

[背景]李丹生于1945年7月3日因病逝世，享年83岁。7月11日，延安各界举行追悼会，林伯渠与李鼎铭撰此挽联致悼。

[简注]（1）吕尚：即周朝辅佐武王灭商而立有大功的姜子牙。相传他被文王重用时已是晚年，民间流传有"太公八十遇文王"之说。李丹生当选陕甘宁边区参议会参议员已79岁，故云"以吕尚之年"。（2）达民意：转达反映人民群众的意愿。（3）文星：李丹生善诗文，著述颇丰，因称文星。（4）延川：即延河，代指延安根据地。

一、共产党人对联

贺刘伯承五十寿辰联

敌后苦撑持，百战英名惊日寇
太行齐庆祝，万家生佛拜将军

［背景］1942年12月16日是刘伯承50寿辰，中共中央决定在太行山抗日根据地举行庆祝活动，不少领导人写了祝寿诗文，林伯渠与吴玉章亦撰此联致贺。

［简注］（1）敌后苦撑持：抗日战争中，刘伯承任八路军129师师长，率部从延安出师东征到建立太行山革命根据地，五年间在敌后艰苦坚持，身经百战，英名远播，威震敌胆。（2）万家生佛：谓家家的活佛。旧时颂扬官吏广施仁德，受民爱戴钦敬如佛。此处借以称颂刘伯承将军。

6. 朱德

挽刘桂五联

贵军由西而东，我军由南向北，正期会合进攻，遽报沉星丧战友
亡国虽生何乐，殉国虽死犹荣，伫看最后胜利，待收失地慰忠魂

［背景］刘桂五（1904—1938），字馨山，热河省朝阳县（今属辽宁省）人。22岁从军，先在宋哲元部当兵，后投热河地方军白凤翔部，先后任连长、营长，1928年入东北边防军骑兵旅。1935年任骑兵18团上校团长。1936年12月"西安事变"时，他与孙铭九身先士卒，冒着枪林弹雨冲进华清池蒋介石卧室，领兵搜山捉拿蒋介石并押送至西安。"西安事变"后，入马占山的"东北挺进先遣军"，升任骑兵第2军6师少将师长，在绥远一带抗日有功。1938年4月22日，在今内蒙古自治

区固阳县与日军交战时牺牲。5月25日，刘桂五的灵柩运抵西安。6月9日，西安各界为他举行了隆重的追悼会。国民政府西安行营主任蒋鼎文主祭，八路军驻西安办事处及各界人士3000多人临祭。此联为朱德与彭德怀合挽，挽联摆放于会场。

[简注]（1）贵军：指刘桂五所的东北挺进先遣军。（2）我军：即八路军。

[链接]刘桂五已列入中华人民共和国民政部于2014年9月1日公布的第一批300名著名抗日英烈和英雄群体名录。

挽范筑先联

战事方酣，忍看多士丧亡，显其忠勇
吾侪尚在，誓必长期抵抗，还我河山

[背景]此联为八路军领导人朱德、彭德怀合挽。

[简注]（1）酣：剧烈，激烈。（2）多士：士子众多。见《诗·大雅·文王》："济济多士，文王以宁。"（3）侪：音chái，辈。吾侪即我辈。

[链接]范筑先已列入中华人民共和国民政部于2014年9月1日公布的第一批300名著名抗日英烈和英雄群体名录。

挽"平江惨案"烈士联

须有同舟共济之心，方能制敌
不明阋墙御敌之道，何足救亡

[背景]1939年8月13日，叶剑英在重庆主持了各界追悼"平江惨案"烈士大会。朱德、彭德怀合挽此联。

[简注]（1）同舟共济：在困难时利害一致，共图解救。（2）阋墙：阋，音xì。阋墙，出自《诗·小雅·棠棣》："兄弟阋于墙，外御其务。"务，即侮。此喻当时国共两党应摒弃前嫌，精诚合作，共御外侮，才是救亡之道。

挽廖磊联

星陨东南，长淮柱折
耗传西北，燕赵悲歌

［背景］廖磊（1890—1939），字燕农，广西陆川人。曾任国民政府陆军第七军军长，长期驻守柳州。抗日战争爆发后，任第21集团军副总司令、总司令，兼48军军长，参加徐州、随枣等战役。1938年9月任安徽省政府主席，兼任豫鄂皖边区游击兵团总司令。在抗日民族统一战线建立后，与新四军一度合作。因公务军务繁忙，积劳成疾，于1939年10月患脑溢血病逝。朱德与彭德怀联名送此挽联致悼。

挽宋哲元联

一战一和，当年变生瞬间，能大白于天下
再接再厉，后起大有人在，可无忧乎九泉

［背景］宋哲元（1885—1940），字明轩，山东乐陵人。曾在冯玉祥部任师长、总指挥。后任国民政府陆军第29军军长和察哈尔省政府主席。九一八事变后第二天，即与部下通电全国，请缨抗日，有"宁为战死鬼，不作亡国奴"的壮语。1932年3月任第三军团总指挥，率部参加长城抗战。喜峰口一役，29军大刀队名扬海内外。1935年8月任平津卫戍司令兼北平市长，11月任冀察绥靖公署主任、冀察政务委员会委员长兼河北省政府主席。卢沟桥事变爆发，率部奋起抗战，打响了全国抗战第一枪，旋任第一战区副司令长官兼第一集团军总司令。1938年因病辞职，旋赴衡山、四川灌县、绵阳疗养。1940年4月5日因中风病故于绵阳。临终前，仍念念不忘抗日战局，曾留下"但愿还我山河之时，有人醑酒相告"的遗言。国民政府颁令追赠他为陆军一级上将。4月17日举行安葬仪式时，朱德和彭德怀合送此挽联致悼。

［简注］（1）一战一和：指宋哲元在1937年7月7日卢沟桥事变开始时，所部奋起抵抗，打响全面抗战第一枪。不久奉蒋介石之命停止抵抗，而对和谈抱有幻

想，因其举棋不定致失战机，遭世人非议。一会儿战，一会儿和，当年这种变化竟产生于一瞬之间。此事不久即由事实证明，所谓"停战协定"完全出于日本侵略者的阴谋和南京国民政府的妥协政策。

挽张自忠联

　　一战捷临沂，再战捷随枣，伟哉将军精神不死
　　打到鸭绿江，建设新中国，责在朝野团结图存

　　［简注］（1）一战捷临沂：临沂，地名，在山东省东南部。1938年3月初，临沂守军庞炳勋部被日军围困，张自忠率第29军奉命增援，协力反攻，三渡沂河，鏖战七昼夜，将日军号称"铁军"的板垣师团击溃，是谓临沂大捷。（2）再战捷随枣：随枣，地名，即随州、枣阳，在湖北省北部。1940年5月，日军分三路大举进攻襄（阳）樊（城），张自忠率领第74师和骑9师及总部特务营，与敌激战，歼敌千余人，将军壮烈殉国。

　　［链接］张自忠已列入中华人民共和国民政部于2014年9月1日公布的第一批300名著名抗日英烈和英雄群体名录。

挽徐谦联

　　安得横磨十万，斩尽奸邪，慰先生平生抱负
　　谨率貔貅百旅，扫尽妖氛，还中华锦绣河山

　　［简注］（1）横磨：即横磨剑。比喻精锐善战的士卒。（2）貔貅：猛兽名。喻勇士。此指勇猛作战的军队，即坚决抗日的八路军、新四军。

一、共产党人对联

挽张冲联

国士无双，斯人不在
九原可作，万里相招

［背景］此联为1941年11月8日重庆各界举行的张冲追悼会上，朱德、彭德怀联名撰送。

［简注］（1）国士无双：国中独一无二的人才。语出《史记·淮阴侯列传》："诸将易得耳。至如（韩）信者，国士无双。"此誉张冲为国民党内不可多得的有识之士。（2）九原可作：九原，山名，在山西新绛县北。因为晋卿墓地，故后世称墓地为九原。作，起，起死复生。后来设想已死之人再生，称九原可作。语出《国语·晋语》："赵文子与叔向游于九原曰：'死者若可作也，吾谁与归。'"（3）招：招魂，古代民间祭奠死人的仪式。

贺冯玉祥六十寿辰联

南山峨峨，生者百岁
天风浪浪，饮之太和

［背景］九一八事变后，冯玉祥积极主张抗日，1933年5月与中国共产党合作，在张家口组织察绥抗日同盟军，任总司令，率部抗击日寇的侵略。1936年任国民政府军事委员会副委员长。抗战爆发后，任第三、六战区司令长官，旋被蒋介石撤职。1941年11月14日，重庆各界为冯六十寿辰举行祝寿会，此联为朱德、彭德怀送的集句贺寿联。

［简注］（1）南山峨峨：语出司空图《诗品·旷达》："孰不有古，南山峨峨。"南山，山名，通常指终南山。峨峨，高峻貌。喻人之高寿。（2）生者百岁：语出司空图《诗品·旷达》："生者百岁，相去几何。"（3）天风浪浪：语出司空图《诗品·豪放》："天风浪浪，海山苍苍。"浪，飘动貌。（4）饮之太

和：语出司空图《诗品·冲淡》："饮之太和，独鹤在飞。"太和，太和之气。古人说阴阳中和，使万物各得其所之气，称为太和之气。

挽鲁艺抗战五周年殉难校友周极明等联

从军杀敌，以笔当枪，正义宣传，参与政治战
为国牺牲，血花齐洒，英雄楷模，是为艺术光

[背景]鲁艺，为鲁迅艺术文学院的简称。1938年成立于延安，下设戏剧、文学、音乐、美术等系，并有研究室和实验话剧团。该院在抗日战争年代培养了大批革命文艺干部。殉难校友之一周极明（1918—1942），字杰奇，化名朱杰明，重庆合川人。1937年加入中国共产党。1938年奔赴延安，进入鲁艺二期戏剧系学习，后到太行山抗日前线，在晋东南长治民族革命艺术学校和晋东南鲁艺分院音乐系担任音乐教员，不久又调八路军前方总政治部鲁迅实验剧团负责音乐工作，编辑《太行歌声》刊物，创作抗日歌曲，组织各种宣传演出。1942年2月21日，在日军"扫荡"中，为掩护群众转移，在山西辽县（今左权县）麻田镇上口村壮烈牺牲。遗体就地安葬。当年3月23日，晋东南鲁艺分院为周极明及一起牺牲的3位艺术家烈士召开追悼会。3月28日，《新华日报》刊登《艺术家的国殇》，文章记述了周极明等烈士的生平和壮烈牺牲的事迹。周恩来从八路军驻渝办事处给周极明父母发去慰问信。1942年7月6日，延安鲁艺为抗战五周年殉难校友周极明等烈士举行追悼大会，朱德总司令送此挽联致哀。

[链接]1950年，中央人民政府向周极明烈士的亲属颁发了革命烈士证书。烈士的遗骨一直由上口村村民赵亚飞保存，后在媒体推动下，烈士遗骨终于在2010年2月回归故里，安葬于合川区革命烈士陵园。

一、共产党人对联

挽左权联

太行浩气存千古
留得清漳吐血花

［背景］1942年5月左权将军牺牲后，同年7月上旬，中共中央和延安各界召开追悼会，朱德撰送此联致哀。

［简注］（1）太行：即太行山革命根据地。（2）清漳：漳河上游分清漳河与浊漳河两条支流，左权当时就牺牲在清漳河畔的辽县。

［链接］朱德总司令在左权牺牲之后曾写过一首七言绝句：名将以身殉国家，拼将热血卫吾华。太行浩气传千古，留得清漳吐血花。此联即为诗中的两句，文字上稍作改动，再次表达对战友的一片深情。

挽戴安澜联

将略冠军门，日寇几回遭重创
英魂羁缅境，国人无处不哀思

［背景］戴安澜（1904—1942），原名衍功，号海鸥。安徽无为人。黄埔军校第三期毕业，参加过北伐战争。先后任国民政府军教导第2师、第17军第25师的连、营、团长等职。参加长城抗战，屡立战功。七七事变后，升任国民革命军陆军第13军第73旅旅长、第89师副师长、第5军第200师师长等职，被国民政府授予陆军少将军衔。在台儿庄战役、武汉会战、桂南昆仑关争夺战中战功卓著。太平洋战争爆发后，于1942年3月奉命率部出师缅甸，协同英军对日作战。同年5月，在率师返国途中，遭日军伏击，在指挥突围中身负重伤，5月26日在缅北芳邦村殉国，遗骸于6月17日随部队运回到云南腾冲，后在全州安葬。7月31日，广西各界在全州为其举行追悼会。国民政府于1942年10月6日颁令追授为陆军中将；美国总统罗斯福于

10月29日颁授其懋绩勋章。1943年4月1日为其在全州隆重举行全国性的追悼大会。中共领导人毛泽东赠五律挽诗一首。朱德和彭德怀合挽。

［简注］（1）将略：用兵的谋略。（2）羁：寄留。（3）缅境：缅甸境内。

［链接］参见毛泽东挽戴安澜将军五律诗：外侮需人御，将军赋采薇。师称机械化，勇夺虎罴威。浴血东瓜守，驱倭棠吉归。沙场竟殒命，壮志也无违。（载中央文献出版社1996年版《毛泽东诗词集》）中华人民共和国中央人民政府内务部于1956年9月21日追认其为革命烈士。1985年由民政部颁发革命烈士证书。已列入中华人民共和国民政部于2014年9月1日公布的第一批300名著名抗日英烈和英雄群体名录。

挽马本斋联

壮志难移，汉回各族模范
大节不死，母子两代英雄

［背景］1944年3月17日中共中央在延安为其举行追悼会时，朱德正在抗日前线指挥作战，仍亲书此挽联派人送至追悼会场致悼。

［简注］母子两代英雄：1941年8月9日，日军联队长抓走马本斋的母亲，妄图以此动摇其抗日决心。马母大义凛然，宁死不屈，于9月7日惨遭杀害。母亲被杀害后，马本斋继续坚持民族大义，继承先母遗志，抗击日寇直至病逝，故云母子两代英雄。

挽邹韬奋联

爱国志士
民主先锋

［背景］1944年11月22日在延安各界举行的追悼会上，朱德出席会议讲话，并

送此挽联。

7. 董必武

挽张栗原联

季良遇害，亦石病亡，挚友渐凋零，西来又哭先生恸
琴台音沉，鹤楼笛裂，故乡久沦陷，东望弥增远客悲

[背景] 张栗原，名朗轩，湖北人。早年留学日本。20世纪20年代曾与董必武组织新教育社，编辑出版《湖北新教育》，大力提倡教育改革，积极拥护中国共产党的革命活动。后任广东省立文理学院教授。1941年8月因病逝世。11月30日，广东省立文理学院举行张栗原追悼会，董必武撰送此联致哀。

[简注]（1）季良：即李汉俊，湖北潜江人，与董必武同为中共一大代表，大革命失败后被捕，在武汉遇害。（2）亦石：即钱亦石，湖北咸宁人，1924年加入中国共产党，曾与董必武在武汉共事。一生致力于宣传马克思主义，1938年病逝于上海。（3）凋零：本指草木凋谢零落，引申为人的死亡。（4）西来：指当时武汉沦陷以后，董必武工作的八路军驻武汉办事处亦随国民政府西迁重庆。（5）琴台：在武汉，相传为战国时晋国琴师俞伯牙在楚鼓琴的地方。宋人为纪念俞伯牙与钟子期友谊而建。（6）鹤楼：即武汉黄鹤楼，李白《与史郎中钦听黄鹤楼上吹笛》诗有"黄鹤楼中吹玉笛，江城五月落梅花"句。此处以黄鹤楼代指武汉，鹤楼笛裂暗喻武汉已沦入敌手，再也听不到悠扬的笛声。（7）东望：指作者身居西部重庆，向东遥望湖北故乡。（8）弥：越发，更加。

题刘志丹陵园联

志士求仁，飞渡黄河勤讨贼

丹心救国，誓扫倭奴不顾身

［简注］（1）倭奴：古代日本别称倭国。倭奴是对日本侵略者的蔑称。

挽穆藕初联

才是万人英，在抗战困难中，多所发明，自出机杼；
功宜百代祀，于举世混浊日，独留清白，堪作楷模。

［背景］穆藕初（1876—1943），上海浦东人。现代著名实业家。早年在棉花行当学徒，后赴美留学，获农学硕士学位回国，相继成立德大、厚生、豫丰纱厂。1928年任南京国民政府工商部常务次长。九一八事变后，与黄炎培等设立上海地方维持会，积极募捐，支援抗日救亡。抗日战争全面爆发后，出任农产促进委员会主任、重庆国民政府经济部农本局局长，大力发展农业和手工业。还在内地省市推广七七纺机，倡导手工纺织，以解决战时迫切需要，于抗战大业贡献尤多。1943年9月6日病逝。10月6日，重庆各界为其举行追悼会，董必武撰此挽联致哀。

［简注］（1）机杼：织机和梭子。常用以比喻具有自己独特的建树和风格。（2）独留清白：穆藕初生前为国民政府高官，但却并未与那些国民党官僚政客同流合污，更没有利用抗战危局去发国难财，独留清白，难能可贵。

［链接］作者事后将下联"功宜百代祀"在原手稿上改为"誉重千载令"，使之更为切合逝者身份地位。

挽张一麐联

反对帝制，拥护共和，竟以去就争，大节凛然不可犯
江汉朝宗，巴渝读诔，倍增生死感，高山仰止曷胜悲

［背景］张一麐（1868—1943），亦作一麟，字仲仁，江苏吴县人。江南名

绅。辛亥革命后任民国总统府秘书长兼机要局长,后出任徐世昌内阁教育总长。袁世凯策动帝制,决然弃官归隐。1921年至1931年闲居期间,与张謇组织苏社。抗日战争爆发后积极宣传抗日,发起组织"老子军"共御外侮,后往重庆。1938年被选为国民参政员。曾大声疾呼:"团结则存,涣散则亡。"1943年10月病逝重庆,11月6日,重庆各界举行追悼会,董必武以此联挽之。

[简注](1)去就:去留,进退。语出《荀子·乐论》:"唱和有应,善恶相象,故君子慎其所去就也。"(2)江汉朝宗:语出《书·禹贡》:"江汉朝宗于海。"江汉:长江、汉江;朝宗,谓百川之归海,此谓张氏在江南为众望所归的名绅。(3)巴渝读诔:谓在重庆为你诵读悼词。巴,指巴山,在四川境内,亦泛指四川境内的山;渝,重庆的别称。诔,音lěi,累述死者功德以示哀悼。即今之悼词。(4)高山仰止:语出《诗经·小雅》:"高山仰止,景行行止。"喻仰慕有高尚品德之人。(5)曷:何以,怎么。

挽严重联

贻我一本书,语重心长,自探立国千年奥
奠君三爵酒,形疏礼薄,难诉回肠九曲深

[背景]严重(1892—1944)湖北麻城人。早年追随孙中山,任黄埔军校教官。大革命前夕,任国民政府军第21师师长。1926年出师北伐,力挫孙传芳,战功卓著。"四一二政变"后,他遁迹杭州。8月,蒋介石下野,严氏复出,历任南京政府军政厅长、湖北民政厅长。后因不满蒋介石所为,乃退居庐山,躬耕治学,著书立说,针砭时弊。1929年,民族危机日趋严重,严氏"知其不可为而为之",代理湖北省政府主席,从事抗日救亡,积劳成疾,于1944年4月逝世于鄂西恩施,湖北各界举行追悼会,董必武以此联相挽。

[简注](1)贻:赠送。(2)一本书:指严重的学术著作《大学辨宗》。(3)爵:礼器。亦通称酒器。(4)形疏:形迹疏远。(5)回肠九曲:即九回

肠。语出司马迁《报任少卿书》："是以肠一日而九回。"肠屡次为之回转，形容忧思之甚。

8. 刘伯承

挽"平江惨案"烈士联

会聚英杰于湘鄂赣边，生而英，死而烈，唯恨抗战方殷，遽尔平江遭暗害
竖立旌旗在冀鲁豫境，我渐强，敌渐弱，正期大勋克集，哪堪朔北奠英灵

［背景］此联为刘伯承与徐向前联名致挽。
［简注］（1）湘鄂赣：湖南、湖北、江西三省的简称。当时三省边境为新四军活动的地区。（2）冀鲁豫：河北、山东、河南三省的简称。这里指冀鲁豫抗日根据地。（3）克集：取得胜利以后会集。（4）朔北：我国北方地区。

9. 郭沫若

挽刘湘联

治蜀是韦皋以后一人，功高德懋，细谨不蠲，更觉良工心独苦
征倭出夔门而东千里，志决身歼，大星忽坠，长使英雄泪满襟

［背景］刘湘（1889—1938），四川大邑人。原系四川地方军阀，曾任川军总司令兼省长、国民政府军第21军军长、四川省政府主席。为了争夺四川控制权，与

蒋介石长期存在矛盾。1936年"西安事变"时，通电支持张学良、杨虎城。抗日战争爆发后，任第七战区司令长官，主动请缨出川抗日。1938年1月病逝于汉口。郭沫若与陈铭枢联名撰送此联致悼。

[简注]（1）韦皋：唐代名将，曾任成都尹、剑南西川节度使。治蜀21年，对平息边患、卫护边疆安全作出很大贡献。（2）懋：同"茂"，意为盛大。（3）蠲：音juān，通"捐"，弃，免除。（4）良工：优秀的工匠。唐杜甫《题李尊卿松树障子歌》："已知仙客意相亲，更觉良工心独苦。"（5）征倭：出征讨伐倭寇。（6）夔门：在四川奉节，为出川东下的必经之地。（7）志决身歼：意志坚决以身殉职。（8）长使英雄泪满襟：语出杜甫诗《蜀相》："出师未捷身先死，长使英雄泪满襟。"

贺田汉四十寿辰联

具田家浑憨气概
扬汉族刚毅精神

[背景]1938年3月，时任武汉国民政府军事委员会政治部第三厅六处处长主管艺术宣传工作的田汉正值四十寿辰，郭沫若撰此燕颔格嵌名联以贺。

[简注]（1）浑憨：浑厚憨直。（2）刚毅：刚强坚毅。

[链接]田汉为现代著名剧作家。著有《获虎之夜》《名优之死》《南归》《丽人行》《关汉卿》等剧作多种。新中国成立后，历任中国戏剧家协会主席、中国文联副主席。

赠张肩重联

一

龙战玄黄弥野血

鸡鸣风雨际天闻

二

道义能担肩似铁
精神不动重如山

[背景]张肩重自1938年春在武汉参加军事委员会政治部第三厅的筹组工作，直至1940年9月郭沫若辞去厅长职务，均在第三厅负责接待工作。工作之余，曾向郭沫若索取"墨宝"，郭沫若先后于1938年春和1939年秋，赠张肩重这两副联语。第二副联上下联第五字分别嵌入张肩重的名字"肩重"。

[简注]第一副（1）龙战玄黄：语出《易·坤》："龙战于野，其血玄黄。"以喻当时全国抗战形势。（2）鸡鸣风雨：语出《诗·郑风·风雨》："风雨如晦，鸡鸣不已。"第二副（3）上联：此句化用明杨继盛名句"铁肩担道义，辣手著文章"。

赠陈铭枢联

真理惟马克思主义
如来是桂百炼先生

[背景]陈铭枢是著名佛学家桂百炼的弟子，对佛学颇有研究。抗日战争期间因派系之争，未受蒋介石重用，任国民政府军委政治部指导委员。1938年，曾请同在国民政府军委政治部任职的郭沫若为他人所出上联"真有人古，谁为真宰"对下联"如是我佛，此即如来。"此联上联嵌两个"真"字，下联嵌两个"如"字，珠联璧合，浑然天成，为现代联史佳话。国民政府自武汉迁重庆后，陈再请郭沫若作嵌"真如"字联，郭遂以此联赠之。

[简注]（1）如来：佛的别名。梵语多陀阿伽陀。如实道来而成正觉之意。

又为释迦牟尼十种法号的第一种。

题湖北当阳玉泉寺联

大千世界，尽被鬼子踏碎
不二法门，唯有抗战到底

［背景］玉泉寺：在湖北当阳县西玉泉山上，为湖北佛教"三大丛林"之一。1938年武汉沦陷前夕，郭沫若陪同张群入川时，曾在此寺小憩，因有感于抗战时局，遂在寺内题此联抒怀。

［简注］（1）大千世界：佛教语，三千大千世界的简称。后用以泛指广大无边的世界。此指中国大片国土。（2）不二法门：佛教语，意谓直接入道，不可言传的法门。后用来比喻唯一的门径、方法。

挽张曙联

一

一片血模糊，辨不出哪是父亲，哪是女儿，父女共捐躯，剩有管弦传革命
连年战坚苦，端只为救我国家，救我民族，国民齐努力，誓完抗建慰忠魂

［背景］张曙（1909—1938），安徽歙县人。现代著名作曲家，与聂耳等齐名，代表作有《洪波曲》等。1933年参加中国共产党，积极投入左翼文艺运动。抗日战争爆发后，参加郭沫若领导的政治部第三厅工作，同冼星海等在武汉进行抗日歌咏活动，致力于抗日歌曲的创作。1938年12月25日，张曙随三厅人员由长沙向重庆转移，途经桂林时，与怀抱的女儿俱被敌机炸死。时任国民政府军委会政治部第三厅厅长的郭沫若撰四联以挽之，以表沉痛哀悼之情。

[简注]管弦：管乐器和弦乐器，代指音乐。

二

慈于为人父，忠于为国民，一死献宗邦，双手未遗弱女
下之穷黄泉，上之穷碧落，九歌招毅魄，千秋常护旌旗

[简注]（1）宗邦：祖国。（2）黄泉：指地下。（3）碧落：指天空。（4）九歌：屈原《楚辞》作品。（5）旌旗：革命红旗。

三

壮烈唱洪波，洞庭湖畔，扬子江头，唤起了三楚健儿，同奔前线
点滴遗冷水，八桂城中，七星崖下，痛飞尽满腔热血，誓报此仇

[简注]（1）洪波：即著名抗战歌曲《洪波曲》，田汉词，张曙曲。（2）三楚健儿：三楚，战国时楚地，有西楚、东楚、南楚之分。三楚健儿代指誓与日寇血战到底的中国人民。

四

黄自死于病，聂耳死于海，张曙死于敌机轰炸，重责寄我辈肩头，风云继起
抗敌歌在前，大路歌在后，洪波歌在圣战时期，壮声破敌奴肝胆，豪杰其兴

[简注]（1）黄自（1904—1938），江苏川沙人。1924年赴美学习音乐，1929年回国从事音乐教学和歌曲创作，作品具有爱国思想和进步倾向。1938年因

病去世。（2）聂耳（1912—1935），云南玉溪人。自幼爱好音乐。1933年加入中国共产党。先后谱写《毕业歌》《大路歌》《义勇军进行曲》等著名歌曲。1935年取道日本赴苏联，在日本不幸溺水而死。（3）抗敌歌：即黄自的代表作《抗敌歌》。（4）大路歌：即聂耳的代表作《大路歌》。（5）洪波歌：即张曙的代表作《洪波曲》。（6）圣战：神圣的抗日战争。

勉三厅同志联

大河前横，流水今日
生气远出，明月雪时

［背景］此联写于1940年秋。当时，国民党当局正策划第二次反共高潮，竟限令政治部第三厅全体人员必须加入国民党，否则即作自动离厅论处。郭沫若当即表示反对，并指出："入党不入党，抗日是一样抗的；在厅不在厅，革命是一样革的。"在他的带领下，三厅同志集体辞职，不少人想奔赴延安。蒋介石又怕这些文化人都去延安，国内外影响不好，因而决定成立文化工作委员会，仍由郭沫若主持。此联即为郭沫若给行将离厅奔赴延安的同志们的题赠联。

［简注］（1）大河前横：当时三厅所在地重庆，地处嘉陵江与长江汇合处，故云。（2）生气：指生命的活力。（3）明月雪时：化用南朝宋诗人谢灵运《岁暮》诗中"明月照积雪，朔风劲且哀"的诗意。

挽邹韬奋联

瀛谈百代传邹子
信史千秋哭贾生

［背景］邹韬奋于1944年7月24日病逝，9月，重庆的朋友们要开追悼会，郭沫若用一张四尺对开宣纸写此挽联。郭沫若在《韬奋先生印象》一文中说，他比韬奋

先生为邹衍,或许有人以为只切到一个"邹"字吧,怎么竟把现实明朗的韬奋先生和阴阳五行的怪论家相比;其实邹衍正是一位现实明朗的有气魄的学者,以邹衍来比韬奋,再贴切不过。他说,韬奋给他的印象是那么年轻,痛陈国事的文字又是那么磅礴有力,所以韬奋又像汉朝的贾谊。

〔简注〕(1)瀛谈:唐李白《梦游天姥吟留别》:"海客谈瀛洲,烟涛微茫信难求。"后以瀛谈指文士海阔天空、滔滔不绝的言谈。(2)邹子:指邹衍,战国齐国临淄人,阴阳家,提出五德终始说。邹韬奋在文坛上有卓绝的言论,故以此相比。(3)信史:纪事翔实的史籍。(4)贾生:即贾谊,西汉杰出的政论家和辞赋家,文帝名为博士,迁太中大夫,曾数次上书陈政事,言时弊,死时年仅33岁。

挽沈振黄联

民主前途,欲明还暗
我兄高义,虽死犹生

〔背景〕沈振黄(1912—1944),原名沈耀中,浙江嘉兴人。其父亲沈阜升是同盟会会员。为人正直,平时经常教育子女无论何时何地,都要爱国爱民。正是在这种言传身教的熏陶下,其二子三女中,有四人在抗战初期就参加了革命。沈振黄是青年画家,曾任上海开明书店美术编辑。抗战时期在柳州第四战区司令部任职。1944年11月,为帮助他人,不幸罹难。1945年4月1日,开明书店、三联书店在重庆为他举行了隆重的追悼会,郭沫若亲致悼词,并献此挽联致哀。

〔简注〕高义:行为高尚合于正义。

〔链接〕1950年,中共中央华东局追认沈振黄为革命烈士。

10. 贺龙

挽"平江惨案"烈士联

北障太行山,战鼓频催,各路寇军皆逃窜
南望平江县,噩音忽至,全体同志尽含悲

[背景] 此联是贺龙与萧克联名撰送。

挽郭沫若父郭朝沛联

国难方殷,竟丧长者
明德之后,必有达人

[背景] 此联是贺龙与刘伯承、徐向前、左权联名合挽。
[简注]（1）长者:多指年高德昭、性情敦厚之人。郭朝沛一生经商,为人正直,乐善好施,在家乡颇有声望,堪称地方长者。（2）达人:指通达事理之人。语出《左传·昭公七年》:"圣人有明德者,若不当世,其后必有达人。"此隐指其子郭沫若为社会贤达之士。

挽彭雪枫联

奋战中原,功在史册
壮志未竟,我来复仇

[简注] 中原:亦称中州,指河南一带。彭雪枫时任新四军第四师师长兼淮北军区司令员,率部转战于此,故云"奋战中原"。

11. 叶挺

挽"平江惨案"烈士联

殉国死犹生，祸起萧墙，忍痛吞声悼忠烈
杀人奸且狠，犹如鹰犬，推波助澜快仇雠

［背景］此联为时任新四军军长的叶挺与副军长项英二人合挽。项英（1898—1941），湖北武昌人。1922年加入中国共产党。抗日战争爆发后，任中共中央东南局书记兼新四军副军长。1941年在皖南事变中率10多人突围后，于3月14日在泾县茂林附近被叛徒杀害。

［简注］（1）祸起萧墙：萧墙，门屏，古代宫官用以分隔内外的当门小墙。后常以萧墙之患喻内部潜在的祸害，即祸起萧墙。（2）仇雠：雠音chóu，仇敌。此指日本侵略者。

挽廖磊联

国难方殷，端仰长材作针指
台星遽陨，缅怀遗志痛挥戈

［简注］（1）殷：深。（2）端：正好，正要。（3）长材：喻有特殊才能之人。（4）针指：指针，比喻正确的指导。（5）台星：即三台星。古代以星象征人事，称三公为三台。《晋书·天文志》："在人曰三公，在天曰三台。"喻位高权重之人。（6）挥戈：挥动干戈，投入战斗。

一、共产党人对联

狱中书联

一

坐牢三个月
胜读十年书

二

四次辞呈,三年军长
一朝革职,无期徒刑

[背景]1941年1月7日,国民党当局悍然发动了震惊中外的"皖南事变",屠杀新四军将士八千余人,军长叶挺被俘,囚于江西上饶李村。他面对坐牢和死亡,表现出大无畏英雄气概。回到囚室满腔悲愤,提笔在玻璃窗上写下"坐牢三个月,胜读十年书"这副联语。随后又在狱中写下第二副联语。

[简注](1)四次辞呈:指新四军成立时,国民党当局多次邀请叶挺出任军长,他曾四次推辞后勉强同意。(2)三年军长:从1938年2月新四军成立上任到1941年1月皖南事变被俘,共三年时间。

贺郭沫若五十寿辰联

寿比萧伯纳
功追高尔基

[背景]1941年11月16日,是郭沫若50岁寿辰和创作生活25周年纪念日。由中国共产党倡导,国内进步文化界分别在重庆、延安、桂林、香港等地举行了隆重的纪念活动。因皖南事变被拘押狱中的叶挺得知这一消息,当即写就一副贺联,托其夫人送给郭沫若。联语为:"寿比萧伯纳,骏逸人中龙。"次日,叶挺感到这副对

联欠工,便又改成此联。

[简注](1)萧伯纳(1856—1950),爱尔兰著名文学家,诺贝尔文学奖获得者,时年已85岁(他去世时年届94岁),可谓高寿。(2)高尔基(1868—1936),苏联无产阶级革命作家。曾任苏联作家协会首届主席。是国际无产阶级革命文学的一面光辉旗帜。

12. 叶剑英

挽张冲联

豺虎尚纵横,大局岂堪重破坏
巴渝多雾障,忠魂何忍早游离

[背景]此联为叶剑英与李克农联名致送。李克农(1899—1962)在抗日战争时期,任八路军、新四军驻上海、南京、桂林等地办事处处长,八路军总部秘书长,中共中央长江局秘书长。

[简注](1)豺虎:此喻日伪和国民党顽固派。(2)大局:指当时全民抗战,救国图存的局面。(3)巴渝:巴,古国名,在今四川省东部一带;渝,重庆别称。巴渝,指以重庆为中心的国统区。(4)雾瘴:重庆以多雾著称,此隐喻国民党反动派的黑暗统治。(5)游离:离别人间,指逝世。

贺冯玉祥六十寿辰联

真体内充,返虚入浑
生气远出,与古为新

[背景]1942年11月14日,重庆各界举行冯玉祥60岁寿辰祝贺会,叶剑英赠此

联以贺。此联集司空图《诗品》句而成。

[简注]（1）"真体内充"句：语出《诗品·雄浑》："大用外腓，真体内充，返虚入浑，积健为雄。"真体，以真道为主体。这里所说的真体，即下文所说的"返虚入浑，积健为雄"的气。虚，指道之所在。《庄子·人间世》："唯道集虚。"返虚，即返归于道的意思。浑，扬雄《太虚经》："混沌无端，莫见其根。"这里说"入浑"，即入于混沌无端的境地。（2）生气远出：语出《诗品·精神》："生气远出，不著死灰。"生气，活气，生气勃勃。远，深。（3）与古为新：语出《诗品·纤秾》："如将不尽，与古为新。"推陈出新之意。

13. 罗炳辉

挽父联

痛吾父幼小困穷厄，备尝炎凉，劬劳七十又六龄，到老来只剩一身孤苦，易簀呼儿难瞑目

感不孝早岁事戎机，历尽艰危，转战二万五千里，看今日挥戈大江南北，誓歼倭寇奠先灵

[背景]此联作于1939年。罗炳辉时任新四军第二师副师长，正在苏皖地区前线指挥同日本侵略者的战斗，得知其父去世的噩耗，因军务在身，不能奔丧，含泪撰此长联哀挽。

[简注]（1）劬劳：劬，音qú，勤劳。辛勤，劳苦。《诗经·小雅·鸿雁》："之子于征，劬劳于野。"（2）易簀：调换寝席。簀，音zé，竹席。春秋时鲁国曾参临终，以寝席过于华美，不合当时礼制，命子曾元扶起易簀。既易，反席未安而死。（见《礼·檀弓》）后因以易簀喻将死。（3）戎机：指战争。《木兰诗》："万里赴戎机，关山度若飞。"

14. 周恩来

挽"二·一八空战"烈士联

为五千年祖国英勇牺牲，功名不朽
有四百兆同胞艰辛奋斗，胜利可期

[背景] 1938年2月18日，日寇集结38架飞机空袭武汉。苏联空军志愿队配合国民革命军空军第四大队在武汉上空与日机激战，击落敌机11架，创武汉空战纪录。在这场战斗中，第四大队大队长李桂丹、队长吕基淳、飞行员巴清正、王怡、李鹏翔五位空军英雄壮烈殉国。2月21日，武汉各界在汉口总商会举行"庆祝空捷追悼国殇"万人大集会，悼念在"二·一八空战"中牺牲的五位烈士。中国共产党和第18集团军的代表周恩来、秦邦宪、董必武、叶剑英、罗炳辉等联名送此挽联。

[简注] 兆：数名。一百万为兆，四百兆即四亿。

挽吴复夏联

精诚团结
驱逐倭虏

[背景] 吴复夏（1912—1938），浙江东阳人，国民革命军空军飞行员。1938年4月，奉命空袭被日军占领的杭州笕桥机场，完成任务返航时遭日机阻击，双方展开激战。吴复夏在击落击伤敌机三架的情况下，不幸因自身飞机中弹爆炸而壮烈牺牲。武汉各界举行追悼会，周恩来送此挽联。

一、共产党人对联

挽王铭章联

一旅守孤城,为民族解放事业牺牲,是真炎黄子孙,流芳青史
万人兴义愤,抗日本帝国主义侵略,将使沦亡大地,复兴中华

[背景]此联为周恩来、朱德、彭德怀联名撰挽。

挽罗芳珪联

为国家合作抗日,南口防守决死战,声震中外
作民族复兴英雄,台庄大捷成壮烈,独有千秋

[背景]罗芳珪(1907—1938)。号建唐,湖南衡东人。1926年入黄埔军校第四期,毕业后参加北伐军。1934年任国民政府军第89师529团团长。1938年4月,在台儿庄战斗中壮烈牺牲。灵柩运回故乡后,各界隆重举行公祭。周恩来写此挽联致哀。

[简注](1)南口防守决死战:1937年7月7日卢沟桥事变后,时任团长的罗芳珪受命率团扼守北平昌平县的南口,曾击退十倍之敌,被誉为抗战初期英勇杀敌的"四大名团"之一。(2)台庄大捷成壮烈:1938年4月初,罗芳珪奉命率团奔赴台儿庄,向日军右翼突击,配合友军夹击城内之敌。他身先士卒,浴血奋战,经过肉搏,收复三个阵地,歼灭大量日军。4月4日,台儿庄大捷的消息传遍全国。4月6日,残敌疯狂反扑,下午,罗亲临前沿阵地,视察敌情,准备夜袭,不料被猝然飞来的炮弹击中,壮烈殉国,年仅31岁。

[链接]此联1990年由湖南衡东县党史工作者在党史征集过程中发现。

挽"新升隆"轮死难烈士联

江上焚舟,空负乘长风破巨浪之志

后方殉国，同于执干戈卫社稷而亡

［背景］1938年10月22日，新华日报社和八路军武汉办事处部分工作人员，租用"新升隆"轮船从武汉撤往重庆，在嘉鱼燕子窝江面，突遭日寇飞机轰炸沉没。我方25位干部、战士为国殉难。其中新华日报社16人，八路军武汉办事处8人，新知书店1人。此外，遇难的还有船员、难民妇孺50余人。10月25日武汉沦陷。12月5日，新华日报社在重庆社交会堂举行"《新华日报》保卫武汉殉难同志追悼会"，公祭烈士。国共双方领导人及相关负责人均送了花圈及挽词、挽联。周恩来作为中共南方局负责人赠此挽联致哀。

［简注］（1）乘长风破巨浪：化用乘风破浪的典故。语见《宋史·宗悫传》："悫少时，炳问其志。悫答曰：'愿乘长风破万里浪。'"（2）执干戈卫社稷：语出《礼记·檀弓下》："执干戈以卫社稷。"此谓在前线战场上拿起武器保卫国家。

题赠南岳佛教救国协会联

上马杀贼
下马学佛

［背景］此联写于1939年春。周恩来时任国民政府军委政治部副部长，曾应约到南岳衡山为游击干部训练班作报告，当时南岳寺庙里的僧人已组成抗日救亡团体——南岳佛教救国协会，还打算建立一支僧军，直接奔赴抗日战场。周恩来特地去看望他们，高度评价僧人们的爱国热情，并应祝圣寺僧之请，挥笔题此联相赠。

赠冼星海联

为抗战发出怒吼
为大众谱出呼声

[背景] 冼星海（1905—1945），广东番禺人。1929年赴法国巴黎音乐学院学习。1935年回国后，在上海积极参加抗日救亡运动。1938年底到延安，任鲁迅艺术学院音乐系主任。同年6月加入中国共产党。先后创作《青年进行曲》《救国军歌》《热血歌》《黄河大合唱》《生产运动大合唱》、管弦乐《民族交响曲》、歌剧《军民进行曲》等著名歌曲，在当时对全国军民的抗日救亡起了很大的鼓舞作用，被誉为"人民音乐家"。1939年7月8日，为欢迎周恩来由重庆返回延安，鲁迅艺术学院特地举行文艺晚会，冼星海亲自指挥演出《黄河大合唱》。演出结束后，周恩来握住他的手，热情祝贺他们演出成功。应冼星海请求，在他的笔记本上用钢笔题写了这副联语式的题词。

[链接] 冼星海于1940年5月赴苏联考察，1945年10月30日病逝于莫斯科。

挽"平江惨案"烈士联

长夜辄深思，团结精诚，仍是当今急务
国人须猛省，猜疑摩擦，皆蒙日寇阴谋

[简注]（1）辄：每，总是。（2）蒙：萌生，来自于。

挽郭沫若父郭朝沛联

功在社稷，名满寰区，当代文人称哲嗣
我游外邦，公归上界，遥瞻祖国吊英灵

[背景] 郭父治丧期间，当时因臂伤正在苏联治疗的周恩来也遥寄此联，以示哀悼。

[简注]（1）外邦：指苏联。当时周恩来正在苏联治伤。（2）上界：天界。道教、佛教所指神仙居住的地方。此沿用"人死升天"旧说，指郭老先生仙逝。

挽廖磊联

百战仰勋劳,当时江右联镳,共誓澄清穷极塞
一瞑为寂寞,此日山阳闻笛,遥看涕泪满江淮

[简注](1)勋劳:功勋劳绩。(2)江右:一般为江西省的别称,亦泛指长江中下游以西地区。(3)联镳(biāo):马衔相连,指并肩而行。此指当时国共合作,廖磊主持皖政,能与新四军并肩作战。(4)澄清:谓澄之使清,比喻使混乱为治平。《后汉书·范滂传》:"滂登车揽辔,慨然有澄清天下之志。"(5)极塞:最遥远的边塞。(6)一瞑:一闭眼,谓人死。(7)为寂寞:谓廖磊一死不免使我们感到寂寞。(8)山阳闻笛:典出晋代向秀《思旧赋序》。魏晋之间,向秀与嵇康、吕安友善,嵇、吕被司马昭杀害,向秀经其山阳旧居,闻邻人笛声,感怀亡友,遂作《思旧赋》。后因以"闻笛山阳"为悼念故友之典。(9)江淮:指长江淮河流域一带新四军抗日活动区域。

挽蔡元培联

从排满到抗日战争,先生之志在民族革命
从五四到人权同盟,先生之行在民主自由

[背景]1940年4月14日延安文化界在中央大礼堂举行的追悼大会上,周恩来送了这副挽联,还有挽词"老成凋谢"。

挽吴承仕联

孤悬敌区,舍身成仁,不愧青年训导
重整国学,努力启蒙,足资后学楷模

[简注]（1）敌区：国民党统治区，指天津。北平沦陷后，吴承仕在中共地下党的安排下，化名汪少白，化装转移到天津英租界，秘密从事抗日救亡工作。（2）国学：指我国固有的传统文化、学术，包括哲学、史学、文学、考古学、中医学、语言文字学等方面的学问。此指吴承仕的经学研究及文字、音韵、训诂之学的成就。

挽宋哲元联

失地未收回，虎威昭垂卢沟月
绵阳惊不起，鹃声啼破锦江春

[简注]（1）卢沟月：指七七事变的发生地北平卢沟桥。"卢沟晓月"为北京一景。（2）锦江：水名，在四川成都南。此代指四川。

挽徐谦联

国难方殷，老成凋谢，愿先生精神不死
抗战正急，团结濒危，幸同胞万众一心

[简注]（1）老成：指年高有德之人。（2）凋谢：本指草木衰败，也比喻人的死亡。（3）濒：面临，迫近。

贺马寅初六十寿辰联

桃李增华，坐帐无鹤
琴书作伴，支床有龟

[背景]马寅初（1882—1982）经济学家，教育家。浙江嵊县人。北洋大学

毕业，曾留学美国，经济学博士。曾任北京大学、南京中央大学、上海交通大学等校教授，1938年初任重庆大学商学院院长，致力战时经济问题研究，并挺身而出利用各种机会做讲演，写文章，反对官僚资本主义和通货膨胀，公开抨击"四大家族"，反对蒋介石独裁统治。因而受到国民党反动派的迫害，于1940年12月被捕入狱。翌年3月30日，为其60寿辰，而他正被关押在贵州息烽集中营。寿辰那天，商学院学生为其举行祝寿会。当时，中共驻重庆办事处的代表周恩来与董必武、邓颖超联合送此寿联以贺，悬挂于寿堂，由董必武亲书。

［简注］（1）桃李增华：桃李，比喻学生；增华，增添光彩。（2）坐帐无鹤：语出庾信《小园赋》："坐帐无鹤，支床有龟。"坐帐，此指设帐授徒。鹤，喻长寿之人，这里指马寅初。因其被捕，身陷囹圄，未能回校授课，亦未能参加祝寿活动，故称"无鹤"。（3）琴书作伴：指马寅初先生尚在狱中，幸有琴书作伴。（4）支床有龟：典出《史记·龟策列传》："南方老人用龟支床足，行二十余岁。老人死，移床，龟尚生不死。"此处借用此典，以龟象征马寅初长寿，又利用"龟"与"归"谐音，表达了盼马寅初早日出狱归来的愿望。

［链接］新中国成立后，马寅初历任中央人民政府委员、北京大学校长、中国人口学会名誉会长、全国人大常委、政协常委。1955年起，提出控制我国人口增长的主张。1957年因发表《新人口论》受到错误批判。1982年5月病逝于北京。

挽张季鸾联

忠于所事，不屈不挠，三十年笔墨生涯，树立起报人模范
病已及身，忽轻忽重，四五月杖履失次，消磨了国士精神

［背景］张季鸾（1888—1941），名炽章，字季鸾。民国时期报界巨擘。祖籍陕西榆林，生于山东邹平。早年留学日本，加入同盟会。归国后进入报界，因从事反袁活动被捕入狱。获释后先后供职于《民信日报》《中华新报》《新闻报》等。1925年接办天津《大公报》，任总编辑。在抗日战争中，创设《大公报》上海版、

汉口版、香港版、重庆版，积极宣传抗战救国。为《大公报》的发展，作出了巨大贡献。1941年9月6日在重庆病逝，1942年9月安葬于西安城南竹林寺。时在重庆的周恩来与邓颖超联名送此挽联。

［简注］（1）三十年笔墨生涯：指张季鸾自1910年回国后应于右任之邀至上海，任《民立报》编辑、记者始，直至1941年病逝，三十年间一直从事新闻工作。（2）杖履：扶杖漫步。（3）失次：错乱，失常。此指张季鸾重病在身，步履艰难。（4）国士：指国中才能出众之人。誉张季鸾。

挽张冲联

安危谁与共
风雨忆同舟

【背景】抗战期间，张冲是国民党方面与中共周恩来等同志谈判的代表。自1937年初至1941年的五年当中，他和周恩来相互在一起的时间，不止二三百次，有时一天就达两三回，甚至吃住在一起。随着时间的推移，私人友谊也逐渐加深。周恩来曾说，他与张冲代表的接触与交谈，都用"敌人所欲为者我不为，敌人所不欲者我为之"的话来相互勉励。张冲不幸于1941年8月11日病逝，周恩来深感悲痛，他领导的《新华日报》出版悼念张冲先生逝世的专页，刊登遗像和生平事略介绍，还撰写了《悼张淮南先生》一文。在11月9日举行的追悼大会上，周恩来致送此挽联。

挽戴安澜联

黄埔之英
民族之雄

挽马本斋联

民族英雄
吾党战士

挽邹韬奋联

忧时从不后人,办文化机关,组救亡团体,力争民主,痛掊独裁,哪怕冤狱摧残,宵小枉徒劳,更显先生正气

历史终须前进,开国事会议,建联合政府,准备反攻,驱逐日寇,正待吾辈努力,哲人今逝去,倍令后死伤神

[简注](1)掊:音pǒu,打击,痛击。(2)宵小:旧指盗匪坏人。此指国民党反动派。

15. 刘少奇

赠盛涛联

陡山隐高士
盛世期新民

[背景]盛涛,字多贤,安徽来安县陡山乡盛郢村人。民间医生。1941年"皖南事变"后,刘少奇出任新四军政委,曾在盛多贤家中住过。当时有位喜欢画画的工作人员给盛涛画了一幅素描肖像,盛涛非常高兴,并请刘少奇在画上题字留念。刘少奇旋即挥毫题写此联相赠。

[简注](1)陡山:本指山势峻峭。此又指盛涛住地陡山乡。(2)高士:

指志行高洁之人,旧多指隐士。此处指民间隐居着像盛多贤这样的品行高洁之士。(3)盛世:兴盛的时代。此指人民革命斗争时代及革命胜利后的新社会。盛,又是盛涛的姓氏。(4)新民:指具有新的精神面貌的人民群众。

挽韩国钧联

林下享贤名,兴利导淮,禹稷精神随左右
报国怀壮志,陷敌之身,文张气节信有征

[背景]韩国钧(1857—1942),字紫石,今江苏海安人。举人出身,民国前先后任行政、矿务、军事、外交等职,官至吉林省民政使。民国后历任江苏民政长、安徽巡按使、江苏省省长、督军等职。1925年辞官归里。抗日战争开始后,拒绝与日军合作,动员各界民众团结抗日,对新四军在华中敌后抗战有过极大支持,保持友好关系。1942年1月23日逝世,苏北盐阜各界在盐城召开追悼大会。刘少奇时任新四军政委,参加追悼会并送此挽联致悼。

[简注](1)林下:树林之下,指幽静之地,多指退隐之所,旧称辞官为"退归林下"。(2)兴利导淮:指韩国钧在军阀混战时期,忧国忧民,1925年辞官归里后多次主持江苏水利工程,曾任苏北入海水道委员会主任,致力兴修水利,政绩卓著。(3)禹稷:禹,即夏禹;稷,即后稷,相传为周的始祖。一为古代治水英雄,一位曾在尧舜时担任农官,教民耕种,后世尊为五谷之神。此处誉韩国钧具有禹稷关心民瘼的崇高精神。(4)左右:此言禹稷精神在韩老身上如影随形。(5)陷敌之身:据载,1940年9月13日,驻海安日军山下队长率兵百余,到韩住所,要韩为"中日亲善"效力,威逼其出任伪江苏省长,韩拒不相从。山下持枪威逼。韩曰:"吾八十老翁,死何足畏!"随拿1905年日本天皇送的一把军刀掷于山下面前,即请动手。山下惶恐而退。后终遭日寇武装软禁数月,身心遭到严重摧残,忧愤成疾去世。(6)文张气节:文,文天祥;张,张煌言。文天祥于1278年抗元兵不幸被俘。元世祖屡劝其降,终不理会,被杀。张煌言(号苍水)南明永历

十三年（1639）与郑成功分兵两路，北伐抗清，旋因郑成功兵败，深入无援，乃散兵隐居，未几为清兵所俘，不屈而死。（7）信有征：即信而有征，言古代民族英雄文张那样的高风亮节在韩国钧身上确实得到了验证。

挽朱德母钟太夫人联

教子成民族英雄，举世共钦慈母范
毕生为劳动妇女，故乡永保好家风

［背景］此联为刘少奇与周恩来、陈云合挽。

挽邹韬奋联

噩耗传来，忆抗敌冤狱，民主文章，革命气骨，涕泪满襟哭贤哲
胜利在望，看欧西革故，敌后鼎新，人民抬头，光芒到处慰英灵

［背景］此联为刘少奇与陈毅合挽。
［简注］（1）抗敌冤狱：指1936年轰动全国的"七君子事件"。（2）民主文章：指邹韬奋出狱后在上海、武汉、重庆主编抗战刊物，发表大量爱国民主文章。（3）贤哲：贤良的哲人。（4）欧西革故：欧西，即西欧，统指除东欧以外的所有欧洲国家。邹韬奋曾于1933年至1935年间游历、考察欧洲英法意德以至苏联等国家现状。（5）敌后鼎新：邹韬奋在1942年至1943年间又在苏北抗日根据地从事文化工作，亲历敌后根据地的新变化、新风气。

一、共产党人对联

挽彭雪枫联

淮上哀音，痛毁长城，忆杀敌中原，革故鼎新，解放人民三千万
全军素缟，永识典型，念服务群众，出生入死，致力革命二十年

［背景］此联为新四军主要领导人刘少奇与陈毅合挽。
［简注］（1）淮上：淮河流域，一般指皖北、苏北一带，为当时新四军活动区域。（2）长城：喻重要、牢靠可倚重之人。（3）三千万：概指彭雪枫率部英勇抗战，扩大和巩固了华中抗日根据地。（4）素缟：即缟素，白色的丧服。指新四军全军将士都为之服丧致哀。（5）二十年：指彭雪枫自1925年参加中国共产主义青年团到1944年牺牲正好二十年的革命历程。

16. 彭德怀

挽彭雪枫联

为革命奋斗，替人民服务，英勇牺牲，无愧共产党员伟大称号
痛壮志未成，誓倭奴必灭，途程艰苦，愿随全体同志努力反攻

17. 聂荣臻

挽"平江惨案"烈士联

丈夫自当马革裹尸，所恨国仇未报，竟中毒谋，千秋从此悼

嘉义

神州哪堪兽蹄混迹,唯幸敌锋少挫,尚须努力,来朝定告复平津

［简注］（1）嘉义：指湖南省平江县嘉义镇，时为新四军办事处所在地，"平江惨案"发生地。（2）敌锋：指日本侵略军的锋芒。（3）平津：北平、天津在1937年8月1日即已沦陷。

挽郭沫若父郭朝沛联

有子文名满天下
唯公潜德式人伦

［背景］此联为聂荣臻与吕正操合挽。

［简注］（1）潜德：指隐而未显的美德。语出刘歆《遂初赋》："处幽潜德，含圣神兮。"（2）式：法式，榜样。（3）人伦：指社会家庭人际关系和应当遵守的行为准则。

题狼牙山五勇士纪念塔联

视死如归,本革命军人应有精神
宁死不屈,乃燕赵英雄光荣传统

［背景］狼牙山，在河北省易县西部，北临易水。山峰挺拔，形势险要，状如狼牙，故名。1941年8月，日军以7万余兵力对狼牙山所在的北岳地区进行惨绝人寰的大扫荡。9月24日，3500名日军带着一批伪军，在飞机大炮的掩护下包围狼牙山。为掩护被包围在山上的三四万人之众的党政机关干部、军队和村民安全转移，晋察冀1分区1团7连2班、6班战士奉命坚守阵地。他们在棋盘陀顶峰上，打完最后

一颗子弹时，大批敌人逼近他们。6班班长马宝玉、副班长葛振林和战士胡德林、胡福才、宋学义砸坏枪支以后，纵身跳下悬崖。三人当场牺牲，两人奇迹般地幸存。战后，当地军民在棋盘陀峰顶上建起了"狼牙山五勇士纪念塔"。聂荣臻题写了碑文，并撰此塔联。

题晋察冀边区参议会联

我们屹立在太行山、五台山、恒山、燕山，旌旗指向长白山
我们驰骋在滹沱河、永定河、潮河、滦河，凯歌高奏鸭绿江

[背景] 1943年1月15日，晋察冀抗日根据地成立晋察冀边区政府参议会。时任晋察冀军区司令员兼政治委员、中共中央晋察冀分局书记的聂荣臻撰此联以贺，表达驱逐日寇抗战到底的决心。

[简注]（1）太行山：在山西高原与河北平原间。海拔1000米以上。（2）五台山：在山西省东北部，主峰北台顶海拔3058米。（3）恒山：在山西省东北部。绵延150公里，主峰玄武峰海拔2017米。为"五岳"之一。（4）燕山：在河北平原北侧，海拔400~1000米。（5）长白山：在东北辽宁、吉林省东部，中朝边境山脉的总称。（6）滹沱河：发源于山西，东流入河北平原。（7）永定河：在河北省西北部，下接海河。（8）潮河：在河北省和北京市北部，潮北河上源之一。（9）滦河：在河北省东北部。（10）鸭绿江：中朝边境的界水。

18. 陈毅

题赠泰州两李将军联

开辟荆榛，千秋功业
驱除日虏，一代英雄

[背景]两李将军,即李明扬、李长江。抗日战争爆发前后,二人曾任江苏省保安处正副处长、第四游击队正副总指挥。后均投靠汪精卫,分别任伪国民党中央监察委员和汪伪第一集团军总司令。1939年7月,陈毅率新四军抗日挺进纵队转战到苏北,为在苏北建立抗日民族统一战线,一度确立"联李打韩"(联合泰州两李,打击国民党顽固派韩德勤)的方针。其时,为借住郭庄整训,陈毅曾亲往泰州拜访二李。让人感到意外的是,两人不仅满口答应借出地盘让新四军整训抗日,而且向陈毅求字以作纪念。陈毅当即挥毫书赠此联相赠,鼓励两李抗日。

[简注](1)开辟荆榛:披荆斩棘,排除万难之意。用当年郑成功从荷兰殖民者手中收复台湾的典故以激励对方抗击外国侵略者。郑成功写有"开辟荆榛逐荷夷,十年始克复先基"的诗句。(2)日房:对日本侵略者的蔑称。

挽"平江惨案"烈士联

锦绣河山方破碎,志士为豆,奸人为萁,难免亲者所痛,仇者所快

炎黄胄裔最英明,领袖在前,群众在后,深信沉冤必雪,国难必除

[背景]此联为陈毅与张鼎臣、罗炳辉、张云逸联名致挽。
[简注](1)志士为豆,奸人为萁:化用煮豆燃萁的典故。(2)胄裔:古代帝王或贵族的子孙后代。炎黄胄裔即炎黄子孙。

挽高梓才、谢应征联

一

元良竟丧,邦家之痛
豆萁相煎,外寇乃肥

二

冷月照中天，触槐鉏麑嗟难再
秋风催肥马，长城道济痛失双

[背景] 高梓才、谢应征是江苏武进县的两位国民党人士。前者是党部书记，后者为某区区长。他俩富有正义感，主张团结抗日。1939年10月前往调停国民党地方武装之间的矛盾冲突时，途中被国民党顽固派派人暗杀。10月15日，陈毅从江苏省的江阴澄西返回茅山途中，得知武进县安家舍乡正举行公祭高、谢的活动。为了表示对抗战盟友的悼念，斥责分裂，陈毅在马上撰写了两副挽联，送给公祭主持人——国民党武进县第三区区长金谷荣。联末附有跋语："马上构思，不及推敲，祈斧正张挂。另付五圆奠仪，聊表哀痛之忱，并向残杀者志公愤云尔，又及。"

[简注]（1）鉏麑：春秋时晋国力士。据《左传·宣公二年》记载，晋灵公恨大臣赵盾多次进谏，遂派鉏麑前往行刺。鉏麑见赵盾深夜还在灯下看书，为之感动不忍加害，遂在赵府院中触槐而死。（2）道济：南朝宋名将，为刘宋王朝立下不少功劳。后为宋文帝所忌，被杀时投愤于地叹曰："乃复坏汝万里之长城！"此处以道济喻高、谢二人。

回赠韩国钧联

杖国抗敌，古之遗直
乡居问政，华夏有人

[背景] 此联作于1940年春夏之交。当时，陈毅担任新四军江南指挥部指挥，正在执行中央提出的"向东进攻，向北发展"的方针。他在春天登门拜访韩国钧老人后，双方仍保持通信联系，且常有诗文、联语往还。老人曾撰一联题赠陈毅，联为："注述六家胸有甲，立功万里胆包身。"陈毅收到后即以此联回赠。

[简注]（1）杖国：古代一种尊老的礼制。《礼记·王制》："五十杖于

家，六十杖于乡，七十杖于国，八十杖于朝，九十者，天子欲问焉，则就其室。"杖国即挂杖于国，后亦用以指从政者七十岁后告老还乡。（2）遗直：谓其人直道而行，有古人遗风。语出《左传·昭公十四年》："仲尼曰：叔向，古之遗直也。"

挽韩国钧联

贤哲云亡，念江淮危局，藐藐吾怀若有失
民心未死，忆商山故迹，悠悠君恨不难平

［简注］（1）藐藐：即邈邈，深远。（2）商山：在陕西省商县东南，地形险阻，景色幽胜。秦末汉初东园公等四位均已年过八旬须眉皆白的老人隐居于此，号称"商山四皓"。这里用以喻韩国钧老人。（3）悠悠：忧思之状。

挽左权联

五年以来，在江南苏北河朔维扬燕岱，纵横驰骋，喋血沙场，几许热血头颅名昭史册
四方转战，集川湘赣闽吴越豫楚黔粤，海外侨胞，工农贤俊，无数中华儿女誓复河山

［背景］1942年左权将军牺牲后，7月初延安各界召开追悼会，陈毅于华中前线送此挽联致哀。
［简注］（1）五年：指从1937年抗战开始至1942年的五年。（2）河朔：泛指黄河以北地区。（3）维扬：旧为扬州府的别称。（4）燕岱：燕山与泰山，指河北、山东地区。

赞刘伯承联

　　论兵新孙吴
　　守土古范韩

　　[背景] 早在1942年间，陈毅就非常佩服刘伯承用兵如神，屡建功勋，曾撰此联语称颂。
　　[简注]（1）孙吴：春秋战国时期的名将孙武和吴起。二人均为我国古代杰出的军事家。（2）范韩：北宋时期的范仲淹与韩琦。二人均以守土有功而名垂千古。

挽彭雪枫联

一

　　延安风雪思朋旧
　　淮水呜咽哭俊才

二

　　献身革命，人民向导
　　埋骨沙场，吾党中坚

　　[简注] 朋旧：旧日的朋友。陈毅与彭雪枫早在红军时期就已相识，后又在新四军并肩战斗，实为老战友、老朋友。

19. 黄克诚

挽韩国钧联

富贵不淫,威武不屈,疾风方知劲草
仰天无愧,俯人无怍,乱世乃识忠诚

[简注](1)"富贵"两句:语出《孟子·滕文公》。(2)疾风方知劲草:比喻节操坚定,经得起考验。语出《后汉书·王霸传》:光武谓霸曰:"颍川从我者皆逝,而子猛留。努力!疾风知劲草。"(3)怍,音zuò,惭愧。(4)"乱世"句:化用唐太宗《与萧瑀》"疾风知劲草,板荡识诚臣"诗句。

挽彭雄、田守尧联

十余年甘苦共尝,患难相处,破浪失忠贞,遥望云天哭战友
数万里河山犹碎,水火益深,卧薪期素愿,誓除贼寇慰英魂

[背景]彭雄(1915—1943),江西永兴人。1930年参加中国工农红军。1937年后,历任八路军115师686团参谋长、补充团团长、独立旅参谋长、黄河支队副司令员和司令员。1941年任新四军第3师参谋长。田守尧(1915—1943),安徽六安人。1930年参加中国工农红军。曾任红军营长、团长、师长。抗日战争时期任八路军115师344旅团长、旅长,后任新四军3师8旅旅长。1943年2月初,彭、田分别担任新四军干部学习队正、副队长,奉命率11名团以上干部赴延安学习。是月16日,在江苏连云港以北的海面上与日本侵略军巡逻艇相遇。在对日作战中,彭雄中弹牺牲,田守尧被巨浪卷走。几天后,新四军3师、盐阜区党委和盐阜参议会在阜宁县芦蒲镇为他们建立了纪念碑。时任新四军3师师长兼政委的黄克诚撰此挽联致哀。

[简注](1)水火益深:犹"水深火热",语出《孟子·梁惠王》,比喻人

民生活陷于极度痛苦之中。（2）卧薪：即"卧薪尝胆"。春秋时越王勾践战败，为吴所执，既放还，欲报吴仇，苦身焦思，置胆于坐，饮食尝之，欲以不忘会稽败辱之耻。（见《史记·勾践世家》）后通用为刻苦自励、不敢安逸之意。（3）素愿：素，平素，往常，旧时。素愿：往常的意愿。

［链接］彭雄、田守尧均已列入中华人民共和国民政部于2014年9月1日公布的第一批300名著名抗日英烈和英雄群体名录。

挽童世明联

单港永存名，典籍流芳，抚墓碑追怀故旧
黄河长饮恨，烽烟尚炽，闻鼙鼓痛失忠良

［背景］童世明（1912—1943年）河南商城人。1930年加入红军，抗日战争中为新四军3师22团副团长。1943年6月，在阜宁单家港与日军作战时英勇牺牲，黄克诚撰此联以挽。

［简注］（1）单港：指阜宁单家港，童世明牺牲地。（2）烽烟：犹"烽火"，指战争，战乱。此指抗日战争。（3）鼙鼓：军中所用乐器，此指战鼓。

挽徐岫青联

壮志迄弥留，光耀滨海君未死
耆绅皆奋起，坚持苏北我何忧

［背景］徐岫青（1873—1943），名永缄。出生于海州的名门望族，晚清秀才。抗日战争中，曾任江苏盐阜区参议会驻会参议、滨海县参议会会长，思想开明，矢志抗日。1943年5月病故，黄克诚以此联挽之。

［简注］（1）"壮志"句：谓弥留之际仍充满雄心壮志。（2）耆绅：年老的绅士。

挽张仲惠联

大业垂成，自有清名留史册
虎氛未尽，岂无遗恨在人间

［背景］1941年，新四军3师进入苏北盐城地区。在时任3师师长兼政委黄克诚的争取下，华成公司稽核张仲惠支援我军枪支弹药，严惩汉奸，保护邹韬奋、贺绿汀、胡考、阿英等文化界民主战士。1943年日寇"扫荡"时，3师曾转移至华成公司。它已成为盐城区抗日斗争的大后方。1944年张仲惠不幸病故，黄克诚题此联致悼。

［简注］（1）垂：将近，即将。（2）虎氛：虎，虎狼。氛，预示灾祸的凶气。此指日本侵略者发动的侵华战争。

挽"刘老庄连"烈士联

由陕西到苏北，敌后英名传八路
由拂晓达黄昏，全连英勇战刘庄

［背景］1943年3月17日，日军突然发动大扫荡，分几路合击苏北六塘河北岸张圩子的淮海区党委和军分区领导机关。在通往张圩子的道路上有个村落叫刘老庄，是张圩子的前哨阵地。驻扎在这里的新四军3师7旅19团2营4连，本可突围出敌人的合围圈，但是，他们为了掩护淮海区党委和军分区领导机关安全转移，主动阻击数倍于己的敌人。以少胜多，打退了日军的几次攻击，使领导机关得以安全转移。而连长白思才、指导员李云鹏和82名战士全部殉难。后来3师重新组建了这个连队，并命名为"刘老庄连"。战事结束后，苏北人民在刘老庄修建了一座烈士陵墓。时任淮海区党委和军分区领导人的黄克诚敬送此挽联致哀。

［链接］刘老庄连八十二烈士已列入中华人民共和国民政部于2014年9月1日公布的第一批300名著名抗日英烈和英雄群体名录。

一、共产党人对联

挽陈鸿发联

痛一弹无情，夺吾勇将
愿三军用命，歼彼顽凶

［背景］陈鸿发20岁参加红军，时任新四军3师22团团长。在抗日战争中，有"虎将"之誉。1944年10月，在解放江苏合德的战斗中不幸中弹牺牲。黄克诚题此联挽之。

［简注］用命：服从命令，效命。语出《书·甘誓》："用命赏于祖，弗用命戮于社。"

20. 李一氓

挽彭雪枫联

半壁河山留战绩
两淮风雨吊忠魂

［简注］两淮：宋代置淮河东路、淮河西路，简称淮东、淮西，合称两淮。为当时新四军抗战活动区域。

21. 邓小平

赠人联

处事须防开口错

075

交友只要到头真

[背景] 此联写于1937年8月。邓小平时任中国工农红军某团政治部主任,在甘肃省正宁县应一位积极支持抗日的粮秣收发主任的要求,为其题写了这副格言式的对联。

即兴题嵌名联

列为无产者
宁不革命乎

[背景] 1939年4月,担任八路军政治部副主任的邓小平从西安到延安开会,行车途中给同行的青年战士即兴口占了这副"嵌字"联,上下联首字嵌入"列宁"二字。

[简注] (1) 列:排列,安排,列入。(2) 宁:岂,难道。

22. 邓颖超

挽蒋鉴联

救护伤兵,保育难童,赢得邦人唤慈母
离开家庭,献身抗日,允为巾帼树芳型

[背景] 蒋鉴(1902—1940),女,浙江宁波人。抗战爆发后,到武汉参加抗敌后援会,做救护伤员工作,被誉为"伤兵之母"。后任保育院院长,又被称为"难童之母"。1940年11月,因积劳成疾逝世。重庆各界举行追悼会,邓颖超、张晓梅、卢竟如、廖似光、张玉琴联名献此挽联。

［简注］（1）邦人：国人。（2）允为：确实是。允，满，充足。（3）巾帼：妇女的头巾和发饰。为妇女的代称。（4）芳型：美好的典型。多用于指女性。

贺冯玉祥六十寿辰联

写诗写文章，亦庄亦谐如口出
反帝反封建，不挠不屈见襟期

［背景］1942年11月14日，重庆各界举行冯玉祥60寿辰祝贺会，邓颖超赠此联以贺。

［简注］（1）亦庄亦谐：指说话写文章既庄重又诙谐。（2）襟期：情怀，抱负。

23. 赵一曼

述志联

清贫兴赤县
热血救苍生

［背景］赵一曼（1905—1936），东北人民革命军第3军1师2团政治委员。负伤被俘后，敌人怕她伤重死亡，便立即送入医院抢救。住院期间，有位医护人员问她："你革命这么长时间，为什么还这么清贫？"赵一曼笑了笑，即以此联作为回答。

［简注］（1）赤县：即赤县神州，指中国。（2）苍生：指百姓，民众。

［链接］赵一曼已列入中华人民共和国民政部于2014年9月1日公布的第一批300名著名抗日英烈和英雄群体名录。

24. 王稼祥

挽"平江惨案"烈士联

白昼杀人，应有纲常扶正义
赤忱抗日，纵然枉死亦光荣

挽张自忠联

誓驱倭寇，三载沙场千日战
尽忠民族，一朝殉国万古传

［简注］三载：三年。指张自忠自1938年起参加抗战，到1940年殉国，计三年时间。

25. 左权

挽武士敏联

尽忠于民族国家，努力求团结进步，磊落奇才，一世如君有几
坚持在敌后抗战，英勇至杀身成仁，感怀将略，数年知己情深

［背景］武士敏（1892—1941），字勉之，河北怀安人。参加过同盟会，1936年参与"西安事变"。后任国民革命军陆军第98军中将军长。1941年9月29日在对日军激战中身先士卒，壮烈殉国。1942年1月28日，太行山抗日根据地党政军民举行隆重追悼大会，时任八路军副参谋长的左权将军撰送此联致哀。

[链接] 武士敏已列入中华人民共和国民政部于2014年9月1日公布的第一批300名抗日英烈和英雄群体名录。

26. 王首道

挽袁国平联

从戎黄埔军校，首义南昌，发展红军丰功在
纵横湘鄂赣边，抗敌江南，坚持革命壮志存

[背景] 袁国平（1906—1941），字醉涵，湖南邵阳人。1925年考入黄埔军校第四期，同年加入中国共产党。1926年参加北伐，1927年参加八一南昌起义、广州起义，并协助彭湃建立海陆丰革命根据地。1930年后任红三军团政治部主任兼红八军政委，参加二万五千里长征。到达陕北后，任陕北留守兵团政治部主任，红军大学工科政委，红军教导师师长兼政委，陇东特委书记。抗战爆发后，担任新四军政治部主任，与叶挺、项英一道领导新四军开辟敌后根据地、开展游击战争。1941年"皖南事变"中壮烈牺牲。

[链接] 袁国平已列入中华人民共和国民政部于2014年9月1日公布的第一批300名著名抗日英烈和英雄群体名录。

27. 彭雪枫

1942年军营春联

政府卫队，保卫政府，乃是义务
人民护兵，爱护人民，原为本分

[背景]1942年2月14日,正值农历壬午年除夕,时任新四军4师师长兼淮北军区司令员的彭雪枫亲自撰写这副春联,要求各下属部队把它贴在军营的大门上,时刻对照遵守,把拥政爱民当作一项长期的政治任务抓好。因此,4师不论走到哪里,都与当地政府和人民群众鱼水情深,被豫皖苏三省边区人民誉为"天下文明第一军"。

贺房东子新婚联

树国树人,长期抗战
宜家宜室,并蒂腾欢

[背景]此联写于1942年,时任新四军4师师长的彭雪枫住在安徽怀远龙亢集一名叫李广悦的农民家中,适逢李广悦的儿子结婚,邀请彭师长参加婚礼,彭雪枫高兴地撰写此联表示祝贺。

28. 张爱萍

挽彭雪枫联

恨贼寇夺去我战友
率全师誓为你复仇

[背景]彭雪枫牺牲后,由张爱萍代理新四军4师师长之职。

29. 萧华

挽杨靖远联

一

抗战方兴，竟在盐山留遗恨
建国未艾，空对鬲水吊英魂

二

断头流血乃革命之家常便饭
奋斗牺牲是抗日的应有精神

[背景] 杨靖远（1902—1938），满族，原名赵容山，辽宁沈阳人。1931年加入中国共产党。九一八事变后，参加东北抗日自治联军，后受党组织派遣，在平津一带从事抗日活动。抗日战争爆发后，任国民革命军别动总队第31游击支队副司令员，八路军冀鲁边区冀南第六督查署专员兼冀南军区第6军分区司令员。1938年12月14日在与反动民团作战中不幸中弹，英勇牺牲。开追悼会时，八路军东进抗日挺进纵队司令员兼政委萧华亲笔写了此副挽联致哀。

[链接] 1940年，中共冀鲁边区党委作出决定，将盐山南部和乐陵北部划出，设立靖远县，以纪念烈士。后将烈士陵墓迁入盐山县烈士陵园，供后人瞻仰。杨靖远已列入中华人民共和国民政部于2014年9月1日公布的第一批300名著名抗日英烈和英雄群体名录。

二 国民党人对联

碧血卫山河，百里危城，留与社会树模范
浩气存天地，千秋青史，合为民族表英雄

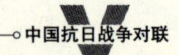

二、国民党人对联

1. 蒋介石

挽第十七军阵亡将士联

血战七旬，先争赴义捐躯，捍卫平津思壮绩
英名千古，应共报功崇德，□明俎豆妥忠魂

[背景] 1933年春、秋两季，国民革命军第17军在长城抗战的古北口、新开岭之战中，历经大小战斗数十次，英勇杀敌，视死如归，伤亡将士一万多人。长城抗战结束后，第17军举行全军阵亡将士追悼会，蒋介石撰送挽联致哀。

[简注] (1) 先争：即争先，争先恐后之意。(2) 平津：北平与天津。(3) 报功崇德：亦作崇德报功。语出《书·武成》："惇信明义，崇德报功。"(4) 俎豆：俎和豆都是古代祭祀用的器具，可引申为祭祀崇奉之意。(5) 妥：安慰。

题湖北安陆抗日阵亡将士祠联

威武靖萑苻，百战殊勋昭汉水
精忠报党国，千秋浩气护燕云

［背景］1936年冬，国民革命军第26路军为纪念抗日阵亡将士，在湖北省安陆城内考棚旧址建祠一座及两亭一坊。蒋介石应约为忠烈祠题联。

［简注］（1）威武：威武之师，此指第26路军。（2）靖：平定。（3）萑苻：音huánfú，泽名。为芦苇丛密之泽，易于藏身，旧时常以此指盗贼聚众出没之处。这里代指入侵我国的日本强盗。（4）汉水：长江最大支流，流经陕西、湖北，在武汉入长江。（5）燕云：即燕云十六州。五代石敬瑭割让给契丹十六州的总称。其地相当于今之河北、山西北部。燕指契丹所建之燕京，云指云州。联中泛指北方的土地。

挽郝梦龄、刘家骐联

浩气亘长城，策马衔枚思二将
悲风寒白水，日星河岳共千秋

［背景］郝梦龄（1898—1937），河北藁城县人。国民革命军陆军第9军中将军长。1935年调往贵阳负责修筑川黔、川滇公路。1937年由贵阳率部北上，赴石家庄前线抗日。同年10月，率部参加忻口会战。16日凌晨，亲临大白水前线指挥作战，不幸牺牲。刘家骐（1894—1937），湖北武昌人。1937年任国民革命军第54师少将师长。1937年抗战爆发后，主动请战赴晋北前线抗日。同年10月参加忻口会战，16日在激战中殉国。当时，国民政府为他们举行了追悼会，蒋介石撰送挽联致哀。

［简注］（1）亘：横贯。（2）策马衔枚：策马前行，衔枚疾走。策，马鞭。枚，其形如箸，两端有带，可系于颈上。古代进军袭击敌人时，常令士兵衔在口中以

防喧哗。欧阳修《秋声赋》:"又如赴敌之兵,衔枚疾走,不闻号令,但闻人马之行声。"联中形容我军将士开赴抗日前线。(3)白水:即大白水河,郝、刘二将殉国之地。

[链接]郝梦龄已列入中华人民共和国民政部于2014年9月1日公布的第一批300名著名抗日英烈和英雄群体名录。

挽饶国华联

一

虏骑正披猖,闻鼓鼙而思良将
上都资捍卫,冒锋镝以建奇勋

二

秉节之来,捍国卫民方倚舁
存仁而达,唁生吊死倍哀思

[背景]饶国华(1895—1937),字弼臣,四川资阳人。曾任国民革命军陆军第21军第145师师长。1937年9月出川抗日,10月奉命设防广德,阻敌北犯,拱卫南京。11月在广德保卫战中以身殉职。忠骸经长江运回四川故乡时,重庆、成都分别举行了追悼会,蒋介石亦为两地所设灵堂撰写了挽联。

[简注]第一副挽联为重庆灵堂题。(1)虏骑:敌骑。此指日本帝国主义的军队。(2)披猖:猖狂。(3)鼓鼙:大鼓和小鼓,古代军队常用以指挥军事行动。(4)上都:古代对京都的通称,这里指南京。(5)资:凭借。(6)锋镝:锋为刀口,镝指箭头。犹言刀箭,泛指兵器,亦可引申为战争。

第二副挽联为成都灵堂题。(1)秉节:手持符节。节为古代使者所持以作凭证。(2)倚舁:倚赖其全力支持。舁,音yú,扛、抬。(3)存仁:想念仁厚之人。存,想念、思念。(4)唁生吊死:唁,慰问生者;吊,哀悼死者。

二、国民党人对联

［链接］饶国华已列入中华人民共和国民政部于2014年9月1日公布的第一批300名著名抗日英烈和英雄群体名录。

挽"二·一八空战"烈士联

武汉踞天下之中，歼敌太空，百万军民仰战绩
滂沱挥同胞之泪，丧我良士，九霄风雨招英魂

［背景］1938年2月21日，武汉各界隆重集会，追悼在"二·一八空战"中牺牲的五位烈士，蒋介石、宋美龄与会，并送挽联致哀。

［简注］（1）滂沱：大雨貌。此处用来形容挥泪如雨。（2）九霄：九天云霄，指天的极高处。

挽罗芳珪联

善战久知名，讵冀妖氛摧猛士
临危能受命，好将浩气振军魂

［简注］（1）讵：音jù，何、岂。（2）妖氛，妖气，多指灾害与祸乱。（3）临危能受命：即临危受命，语出诸葛亮《出师表》："受任于败军之际，奉命于危难之间。"

挽李必蕃联

转战徐淮，早识精忠能报国
同舟风雨，眷怀节烈信念悲

［背景］李必蕃（1892—1938），字子琪，湖南嘉禾人。保定军官学校毕业。

曾任国民革命军第23师师长。抗战爆发后，转战于津浦、陇海各线。1938年春，率部守卫山东郓城，在与日军作战中牺牲。同年5月29日，武汉各界举行李必蕃追悼会，蒋介石撰送挽联致哀。

［简注］（1）徐淮：指以徐州为中心的广大地区。跨地约今江苏、山东、安徽部分地区，实即津浦、陇海沿线。（2）同舟风雨：即风雨同舟，患难与共。（3）眷怀：眷顾怀念。（4）节烈：气节功业。

挽空军四烈士联

搏斗太空，非成功即成仁，无负十年教训
死生常事，惟为国不为己，永怀万古云霄

［背景］1938年4月29日，日寇36架战斗机和18架重型轰炸机直扑武汉，进行狂轰滥炸，扬言要以空战胜利，为裕仁天皇祝寿。中国空军会同苏联空军志愿队共驾69架战斗机迎敌，击落敌机21架，取得空战大捷。6月5日，武汉各界为空战中殉职的陈怀民、张效贤、杨慎贤、孙金鉴四位空军烈士举行追悼大会，蒋介石主祭并撰送挽联致哀。

［简注］（1）非成功即成仁：意谓不能取得成功自当献出生命。（2）十年教训：据《左传·哀公元年》记载，吴王夫差败越于夫椒，越王使大夫文种求和，吴王将许之，伍员力陈不可，吴王弗听。伍员退而告人曰："越十年生聚，十年教训，二十年之外，吴其为沼乎！"这里指经过十年努力，越国由弱变强，终于打败吴国。（3）万古云霄：典出杜甫《咏怀古迹》之五："三分割据纡筹策，万古云霄一羽毛。"原意赞颂诸葛亮在历史上好比鸾凤高翔独步云霄，联中以此喻武汉空战中牺牲的四烈士。

二、国民党人对联

挽刘桂五联

绝塞扫狂夷，百战雄师奋越石
大风思猛士，九边毅魂拟睢阳

[背景] 1938年6月9日，西安各界举行刘桂五追悼会，蒋介石亦送挽联致哀。

[简注]（1）绝塞：极远的边塞。（2）狂夷：狂妄的夷狄。这里指日本侵略者。（3）越石：晋代著名将领刘琨，字越石，此以刘桂五比刘琨。（4）大风思猛士：典出《史记·高祖本纪》，刘邦平定天下后，回到故乡。"酒酣，高祖击筑，自为歌诗曰：'大风起兮云飞扬，威加海内兮归故乡，安得猛士兮守四方？'"（5）九边：本谓明代设在北方的九个边防重镇。这里指绥远、固阳一带，两处均系当年九边之地。（6）睢阳：指古代忠义之士张巡。据《旧唐书·张巡传》载，张巡为唐开元进士，曾出任县令。安禄山造反，张起兵固守睢阳（今河南商丘），与太守许远共同作战。在内无粮草外无救兵的情况下，依靠民众坚守数月不屈，直至城破被杀。此以刘桂五比张巡。

挽范筑先联

碧血卫山河，百里危城，留与社会树模范
浩气存天地，千秋青史，合为民族表英雄

[简注] 百里：百里之地，常指一县。此指范率部坚守的山东聊城。

贺马相伯百岁寿辰联

天下皆尊一老
文章独擅千秋

［背景］马相伯（1840—1939），早年曾任驻日公使馆参赞、驻神户领事，创办震旦学院、复旦公学。辛亥革命后，历任北京大学代理校长、参政院参政、国民政府委员。20世纪30年代不断向国民政府呼吁团结抗战，积极投入抗日救亡活动，被誉为爱国老人。1939年4月，马相伯百岁诞辰，蒋介石撰送贺联祝寿。

［简注］（1）一老：指有德行的老人。《诗·小雅·十月之交》："不憖遗一老，俾守我王。"（2）独擅千秋：独揽千秋，独步千秋，亦即在历史上胜过他人。

祭成吉思汗联

扬震旦天声，前无古人，后无来者
作欧亚盟主，博我皇道，宏我汉京

［背景］成吉思汗（1162—1227），名铁木真，古代蒙古族首领。1200年在忽里勒台（大聚会）上，被尊称为"成吉思汗"，建立了蒙古国。一生东征西讨，曾经建起庞大帝国，后被追尊为元太祖。1939年初，日军占领归绥，阴谋劫走安葬在伊金霍洛的成吉思汗灵柩，以分裂蒙汉，诱逼蒙古族同胞成立降日的"蒙古联合政府"。为抵制日寇这一行动，晋陕绥边区总司令邓宝珊等，根据国民政府行政院决定，于同年6月将成吉思汗的灵柩迁至甘肃省榆中县兴隆山，而且设灵堂祭吊。蒋介石为成吉思汗灵堂题联。

［简注］（1）震旦：古代印度人对中国的称谓。（2）天声：用以比喻盛大的声威。班固《封燕然山铭序》："振大汉之天声。"（3）盟主：古代诸侯盟会中的首领，主持盟会的人。此指成吉思汗在位期间展开大规模军事行动，将版图扩大到中亚和南俄，成为亚洲、欧洲的盟主。（4）"博我"二句，语出班固《西都赋》："愿宾摅怀旧之蓄念，发思古之幽情，博我以皇道，弘我以汉京。"博，丰富、广大。皇道，帝王治世之道。宏，弘扬、光大。汉京，汉朝都城。

挽郭沫若父郭朝沛联

耄寿喜能跻,忧时何竟成千古
中原终克定,告庙毋忘慰九泉

[简注](1)耄寿:高寿。《礼记·曲礼上》:"八十、九十曰耄。"(2)跻:登上,进入。(3)忧时:忧伤时世。(4)中原:即中土、中州,以别于边远地区而言。原指河南一带,后延伸到黄河中下游地区。(5)克定:攻克平定。收复我国北方大片失地。此指抗日战争终将取得胜利。(6)告庙:古代皇帝及诸侯外出或遇有大事,按例需向祖庙祭告,称"告庙"。这里是指祭祀。

挽马相伯联

毕生广造英才,化育百年尊绛帐
临死尚饶敌忾,精神万古式炎黄

[背景]马相伯于1939年4月度过百岁华诞之后,同年11月即在越南谅山不幸病逝。蒋介石闻讯即撰此挽联致哀。

[简注](1)英才:杰出的人才。语出《孟子·尽心上》:"得天下英才而教之。"马相伯毕生从事教育工作,因而广泛造就杰出人才。(2)化育:自然生成和长育万物。《管子·心术上》:"化育万物谓之德。"此指教化教育众生。(3)绛帐:红色帷帐,典出《后汉书·马融传》,后则以此作为师长或讲座的代称,含尊敬称颂之意。(4)饶:很多、丰富。(5)敌忾:对于敌人的仇恨与愤怒。(6)式:榜样、模范。(7)炎黄:传说中的上古帝王炎帝和黄帝。此指中华民族子孙后代。

挽吴佩孚联

一

落日黯孤城,百折不回完壮志
大风思猛士,万方多难惜斯人

二

三呼渡河,宗泽壮心原未已
一歌见志,文山正气自常存

[背景]吴佩孚(1873—1939),字子玉,山东蓬莱人。北洋军阀直系首领,多次参与军阀混战和镇压工人运动。1926年被北伐军打垮,逃至四川依附地方军阀。1931年九一八事变后,蛰居北平,倾向抗日,公开拒绝与日伪合作,表现出一定的民族气节。1939年12月病逝。当时,国民政府因其能在逆境中保全晚节,明令褒扬,并在重庆举行吴佩孚追悼会,蒋介石特撰送挽联致悼。第一副挽联写于1940年1月。第二副挽联写于抗战胜利后。1946年12月15日,国民政府在北平拈花寺举行公祭,蒋介石另撰第二副挽联致祭。

[简注]第一副挽联(1)孤城:指亦已沦陷的北平。(2)完壮志:实现抗日爱国的壮志。吴佩孚于1932年1月由成都返北平定居之后,始终拒绝与日伪合作,反对"华北自治"。抗日战争爆发后,拒不出任北平维持会长、华北五省行政长官等伪职。故以抗日之志百折不回赞之。(3)大风:即汉高祖刘邦大风歌。这里作者自比汉高祖,又以猛士喻吴佩孚,二者均属揄扬失当。(4)万方:指全国各地。杜甫《登楼》:"花近高楼伤客心,万方多难此登临。"

第二副挽联(1)宗泽:为南宋抗金名将,曾任东京(今河南开封)留守,并用岳飞为将,屡败金兵。他还多次上书力请高宗还都开封,收复北方失地,都被投降派所阻。后忧愤成疾,临死时又连呼三声渡河,抗击金兵南侵。(2)一歌见志:指吴佩孚1930年病重时所写的"自挽联"。据传,1939年1月30日,日本间谍头子土肥原曾在吴佩孚住宅导演一场"傀儡登场"的记者招待会,企图造成吴氏赞同"中日和议"的假象。吴佩孚却在中堂挂起"自挽联",并即席发表"华夷之界,仇友之分"的爱国演说。(3)文山:即南宋抗元英雄文天祥,虽在大都狱中仍作《正气歌》以铭心志。

[链接]吴佩孚写于1930年重病之际的自挽联:"得意时清白乃心,不纳妾,不积金钱,饮酒赋诗,犹是书生本色;失败后倔强到底,不出洋,不入租界,灌园抱瓮,真个解甲归田。"

题昆仑关战役阵亡将士纪念墓园联

烈士长存,为国家尽忠,民族尽孝
英豪继起,信抗战必胜,建国必成

[背景]昆仑关,在广西邕宁和宾阳两县交界的昆仑山,位于南宁市东北45公里处。此关向为南宁天然屏障,易守难攻,素称天险。1939年11月,日本侵略军从钦州湾登陆。占领此关,并企图长驻以控制我桂南地区。同年12月18日,国民革命军第5军军长杜聿明奉命率部攻关,浴血奋战,搏斗兼旬,终于将号称"钢军"的日本第5师团第12旅团围困,击毙日军旅团长中村正雄,取得全歼守敌的昆仑关大捷。次年为庆贺这一胜利,建陆军第5军昆仑关战役阵亡将士纪念墓园,蒋介石题写了这副联语。

挽宋哲元联

一

佛日方中,忽痛阴云遮护法
倭奴未灭,为怜民族失干城

二

砥柱峙中流，终仗威棱慑骄虏
星芒寒五丈，不堪殄瘁恸元良

[简注] 第一副挽联（1）佛日：佛教用语，谓佛的法力广大，如太阳之普照大地。（2）方中：正处于天空中央。（3）护法：护持佛法，亦称保护佛法的人。（4）干城：干，盾牌；城，城郭。二者都起捍御防卫作用，因用以比喻捍卫者或御敌立功的将领。

第二副挽联（1）砥柱峙中流：即中流砥柱。常用中流砥柱比喻能顶住危局的坚强力量。（2）威棱：声威、威势。（3）星芒：星光昏暗。芒通"茫"，模糊不清。（4）五丈：即五丈原，在今陕西岐山县南，三国蜀汉丞相诸葛亮伐魏病死之地。这里借指宋哲元病逝。（5）殄瘁：殄，音tiǎn，困苦。《诗·大雅·瞻仰》："人之云亡，邦国殄瘁。"毛传："殄，尽；瘁，病也。"（6）恸：大哭，哀痛之至。（7）元良：至德，大善之人。

挽雷鸣远神父联

博爱谓之仁，救世精神无愧基督
威武不能屈，毕生事业尽瘁中华

[背景] 雷鸣远（1877—1940）比利时人。1902年来华传教，并在天津、绍兴等地创办报纸、开设学堂。1920年返欧，从事资助中国留学生的工作。1927年再度来华，在河北省安国县开设神学院。抗日战争爆发后，积极援助中国抗战，曾任宋哲元部残废军人教养院院长、傅作义部前线救护队队长，多次受到国民政府表彰。1940年6月病逝，蒋介石闻讯，撰送挽联致哀。

[简注] 博爱：兼爱，广泛的爱。语见韩愈《原道》："博爱之谓仁。"

挽谢晋元联

　　坚苦矢成仁，终古光腾孤岛血
　　英魂应不泯，从今怒吼浦江潮

[背景] 谢晋元（1905—1941），广东蕉岭人。抗战初期任国民革命军陆军第9集团军88师524团团长，率部驻防上海北火车站，与敌对峙两月之久。后率一营守卫四行仓库，为掩护我军撤退，激战四昼夜，人称"八百壮士"。直至奉命带领余部退入公共租界，遭羁禁三年。1941年4月为叛兵刺杀。同年5月中，国民政府追赠陆军少将，蒋介石撰联致悼。

[简注]（1）矢：通"誓"。（2）终古：久远。（3）孤岛：指1937年11月至1941年12月被沦陷区包围的上海租界。谢晋元所部三百余人即被羁禁在上海租界的"孤军营"内。（4）泯：泯灭，消失。（5）浦江：即黄浦江，在上海市境内。

[链接] 谢晋元等八百壮士已列入中华人民共和国民政部于2014年9月1日公布的第一批300名著名抗日英烈和英雄群体名录。

挽张冲联

　　赴义至勇
　　秉节有方

[简注]（1）赴义：自愿献身国家急难。（2）秉节：执持符节。此指张冲作为国民党代表与中国共产党多年进行谈判。（3）有方：具有一定的方略、原则、办法。

挽张季鸾联

　　天下慕正声，千秋不朽

崇朝嗟永诀，四海同悲

［简注］（1）正声：原指纯正的乐声，亦指和平中正的诗文。（2）崇朝：一个早晨。《诗·卫风·河广》："谁谓宋远，曾不崇朝。"谓卫距宋不远，不需一个早晨即可到达。

挽李宗仁母联

大地遍干戈，正倚贤郎同扫荡
寸心怀饥溺，遥瞻慈范更低回

［背景］李宗仁为国民党桂系首脑，抗战时期任第五战区司令长官兼安徽省主席。其母于1942年在广西桂林病逝，蒋介石撰送挽联致哀。

［简注］（1）干戈：古代战争中常用的防御和进攻的武器。《礼记·檀弓》："能执干戈以卫社稷。"亦可引申指战争。（2）贤郎：您的儿子。贤为旧时对人的敬称。（3）扫荡：扫除涤荡，意即用武力肃清敌人。（4）寸心：内心。心位于胸中方寸之地，故称寸心。（5）饥溺：即己饥己溺，意谓对别人的苦难表示同情，并把解除这些苦难引为己任。语出《孟子·离娄下》："禹思天下有溺者，由己溺之也；稷思天下有饥者，由己饥之也；是以如是其急也。"（6）遥瞻：遥遥仰望。（7）慈范：慈母的风范。（8）低回：徘徊、流连，含有恋恋不舍之意。

题南京航空烈士公墓联

英名万古传飞将
正气千秋壮国魂

［背景］此联写于抗日战争胜利以后。南京航空烈士公墓，位于南京东郊紫金

山北麓的王家湾。公墓始建于1932年8月，至1948年3月，先后五次共计安葬了159名为抗日而牺牲的中国、苏联、美国空军烈士，抗日战争胜利后全面进行整修，多次举行祭奠活动。蒋介石为公墓牌坊题联书额。横额是："精忠报国"。

［简注］（1）飞将：亦作飞将军。《史记·李将军列传》："广居右北平，匈奴闻之，号曰汉之飞将军。"后以称矫健敏捷的将领。联中以"飞将"喻为抗战而牺牲的空军烈士。（2）国魂：国家崇高的精神。

题湖南芷江受降纪念坊联

克敌受降，威加万里
名城揽胜，地重千秋

［背景］1945年8月15日，日本政府宣布无条件投降。18日，蒋介石急电侵华日军总司令冈村宁次，要求日方代表于8月21日到达湖南芷江洽降。日方代表今井武夫等八人按时来到洽降会场乞降。为了永久纪念这一伟大胜利，国民政府拨款在芷江城东七里桥洽降旧址建"受降纪念坊"。1947年2月，"受降纪念坊"落成。此坊正、背两面均刻有国民政府军政要员的题额、题联。中柱为蒋介石所题此联。

［简注］（1）克敌：克敌制胜，战胜敌人。（2）威：威名、声威。（3）加：施于、加诸。（4）名城：指湖南芷江。（5）揽胜：收揽这一胜迹。

2. 吴稚晖

挽石瑛联

抱建设现代国家之才，未能一试
得遗留超人风节而逝，自足千秋

［背景］石瑛（1878—1943），湖北阳新人。早年留学欧洲。辛亥革命后归国，总办禁烟事宜。二次革命后再度赴欧留学，回国后应蔡元培之邀任北京大学教授。1932年出任南京特别市市长兼财政局局长。1939年6月任湖北临时参议会议长，通电声讨汪精卫投日卖国罪行。为政清廉、刚正，与严重、张难先并称"湖北三怪"，被誉为"民国第一清官"。1943年11月4日病逝。弥留之际，仍以抗日救国为念。12月27日，重庆举办追悼会公祭石瑛，国民政府要员及湖北省政府、省参议会的代表共500多人参加了公祭仪式。吴稚晖及居正、于右任等送挽联致悼。董必武代表中共中央出席。《新华日报》为此发表短评，并送挽联。

挽徐宗汉联

赤手犹存，为国未邀功，妇女节足惊太保良玉
黄花遍地，端居不言禄，巾帼中亦有绵山介推

［背景］徐宗汉（1876—1944），广东香山人。黄兴夫人。1907年在南洋加入中国同盟会，开始革命活动。1911年参与广州黄花岗起义，负责枪弹运送，奔走于省港之间。武昌起义后，随黄兴奔赴前线。1913年又随黄兴流亡国外。1916年黄兴死后，主要从事社会慈善工作。九一八事变后，赴美洲各国，宣传抗日，筹集捐款。1944年3月病逝于重庆，吴稚晖撰送挽联致哀。

［简注］（1）太保良玉：即秦良玉。明代四川石柱宣抚使马千乘妻，马死代统其众，所部号白杆兵。天启元年，率部北上御后金（清）。崇祯三年，复入援京师。因其战功，授以太保之衔。（2）黄花：既指秋日黄花（菊花），亦指广州黄花岗。徐宗汉当年曾参与广州黄花岗起义。（3）巾帼：古代妇女的头巾和发饰，后作为妇女的代称。（4）介推：即介子推。春秋时晋国贵族，曾从晋文公流亡国外。文公回国后赏赐随从臣属，没有赏到他，遂和母亲隐居绵山山中而死。这里以绵山介子推相比，言其功成不居，隐于民间。

3. 林森

挽长城抗日阵亡将士联

　　　　青山有幸瘗忠骨
　　　　黑水何时入版图

　　[背景]1933年3月，日本侵略军侵占热河后继续向华北进攻，驻守长城沿线的中国军队奋起抗战。国民政府军第7军团总指挥、第59军军长傅作义率部防守昌平、怀柔一带，保卫北平。当时在怀柔曾与日军展开激战，双方死伤惨重。同年7月，傅作义派人到怀柔收殓烈士遗骨，并在城北大青山下修建"华北军第五十九军抗日阵亡将士公墓"。次年春天，绥远各界召开追悼大会，南京国民政府主席林森撰送挽联。

　　[简注]（1）青山：指大青山。（2）瘗：音yì，埋、埋葬。《诗·大雅·云汉》："上下奠瘗，靡神不宗。"孔颖达疏："奠谓置之于地，瘗谓埋之于土。"（3）忠骨：指长城抗日将士的遗骨。（4）黑水：本指黑龙江，这里泛指整个东北地区。其时东北三省已被日本侵略军占领。

挽郝梦龄、刘家骐联

　　　　壮烈可传，张许双忠光历史
　　　　英灵如在，甫申再毓翌兴邦

　　[简注]（1）壮烈：勇敢而有气节。（2）可传：可以立传。传为记述某人事迹的文字。（3）张许：为唐代名臣张巡、许远的并称。二人作为地方官吏，在安史之乱中守城数月不屈而死。喻郝、刘二将。（4）甫：即甫田，古泽薮名。（5）申：古国名，姜姓，传为伯夷之后，在今山西、陕西间。这里指代烈士牺牲的地方。

(6)再毓：再次孕育。(7)翌：明天。

挽王铭章联

一

执干戈以卫家邦，拼取忠诚垂宇宙
闻鼓鼙而思将帅，忍标遗像肃清高

［简注］（1）鼓鼙：大鼓和小鼓，古代军中常用以指挥军事行动。《礼记·乐记》："听鼓鼙之声，则思将帅之臣。"（2）标：标树。（3）肃清：肃穆而清高。

二

云暗鲁天，魂归蜀道
忠昭党国，绩著旌旗

［简注］（1）鲁：山东省的简称。因王铭章牺牲在山东滕县，故言云暗鲁地的天空。（2）蜀：四川省的简称。因王铭章为四川新都人，死后灵柩送回故乡安葬，故言魂归蜀道。

4. 许世英

挽淞沪抗战阵亡将士联

东望琉球，南望台澎，北望旅大，铁血巩金瓯，九世复仇还国土
一战盘泽，再战野村，三战植田，青山埋白骨，万家坠泪哭

二、国民党人对联

忠魂

[背景]1932年1月28日,日本侵略军由上海租界向闸北、吴淞一带进攻,我驻守上海的19路军奋起抵抗,开始了震惊中外的淞沪抗战。上海军民英勇斗争,坚守了一个多月,给日本侵略军以沉重打击,终因国民党政府坚持不抵抗政策遂告失败。当年5月28日,19路军在苏州举行"一·二八抗日阵亡将士追悼大会",许世英撰此挽联致悼。

[简注](1)琉球:即琉球群岛,在中国台湾省与日本九州岛之间。(2)台澎:即台湾省与澎湖列岛。(3)旅大:即旅大市,包括旅顺、大连等地,为我国北方重要港口城市。这些地方在清末均已先后割让给日本。(4)金瓯:原为盛酒器,后用以比喻疆土完固,亦可代指国土。(5)盐泽、野村、植田:日本人名。三人均为当时发动"一·二八事变"的日本军事指挥官。由于19路军和上海民众奋起抵抗,迫使日军三易前线司令官。

挽穆藕初联

> 侠骨慈肠,凭吊铁板铜琶,无复唱大江东去
> 农粟女布,遗有宏规矩制,是真擅科学西来

[简注](1)侠骨慈肠:勇武仗义的性格,慈悲的心肠。(2)凭吊:对着坟墓、灵堂或遗迹悼念古人或感慨往事。(3)铁板铜琶:典出宋俞文豹《吹剑续录》。形容豪迈激越的文辞。(4)大江东去:指宋苏东坡词《念奴娇·赤壁怀古》。(5)农粟女布:男耕女织。(6)宏规矩制:穆氏为我国近代民族实业家与现代企业科学管理的创始人,改革棉纺企业管理体制,并在农工商方面均有建树。(7)真擅科学西来:是真正擅长从西方传来的科学技术。

5. 胡汉民

自挽联

抱道独能坚，险阻半生完大命
救亡空有愿，归来万里负初心

［背景］胡汉民1936年5月12日病逝于广州。生前曾留此自挽联，用以表明心态。

［简注］（1）抱道独能坚：道指思想、学说，语见《论语·里仁》："吾道一以贯之。"抱道，持守正道。此句意谓自己抱定宗旨，独自坚持孙中山的三民主义学说。（2）大命：重大的命令和决定，多指帝王的命令。这里是指接受当年孙中山所安排的任务。（3）救亡空有愿：指蒋介石在九一八事变后，对日本采取不抵抗政策，胡汉民表示坚决反对，公开与蒋对抗，采取了多种形式的倒蒋活动。他还想借助桂系势力，在广州另组国民政府，与南京分庭抗争。这一计划未能实现，因此感到"救亡空有愿"。（4）归来万里：指1935年6月胡赴欧洲考察，次年1月回国。自己万里归来，本想在当时全国抗日救亡运动的高潮中有所行动，却于5月一病不起，实在有"负初心"。逝者生前曾多次声言参加抗日救亡运动，客观上有利于当时抗日斗争。

6. 于右任

题湖北安陆忠烈祠26路军阵亡将士碑联

经百战浴血功，洗清汉水
留一片伤心地，还我长城

[简注]（1）汉水：长江最大支流，流经陕西、湖北两省，在武汉汇入长江。洗清汉水，即指保卫了长江汉水流域的广大地区。（2）伤心地：让人伤心的地方。指纪念26路军阵亡将士的忠烈祠。（3）长城：指代北方广大区域，亦指抵抗异族侵略的正义之师。

挽罗芳珪联

转战输忠烈
成仁作楷模

[简注]（1）转战：指抗日战争爆发后，罗芳珪团受命扼守北平昌平县南口，后又南下参加台儿庄会战。（2）输：捐输、献纳。

挽谭曙卿联

衡岳降英豪，鼙鼓方殷，百战功名思大将
云湖崇马鬣，松楸在望，万里风雨吊忠魂

[背景]谭曙卿（1884—1938），字镇湘，湖南湘潭人。早年加入滇军与粤军，参与东征和北伐。1932年任新编第3军军长，中将参议。抗日战争爆发后襄理西北军务。1938年病故于甘肃平凉。于右任闻讯，撰送挽联致悼。

[简注]（1）衡岳：南岳衡山，代指湖南。（2）降：降生。（3）殷：沉重紧急。（4）云湖：地名，在湖南湘潭县。（5）崇：崇敬，崇拜。（6）马鬣：鬣，音liè，马鬣，坟上的封土。即高大的坟墓。（7）松楸：松树和楸树因多植于墓地，故常用为墓地的代称。（8）风雨：《诗·郑风》篇名。《诗序》云："《风雨》，思君子也。乱世则思君子不改其度焉。"

贺马相伯百岁寿辰联

一

先生年百岁
世界一晨星

二

当全民族抗战之时,遥祝百龄,与将士同呼万岁
自新教育发萌以后,宏开复旦,论精神独有千秋

[简注](1)晨星:清晨出现在天空的行星。联中含义有二:一是指百岁老人,寥若晨星;二是世界反法西斯战争终将取得胜利,这位百岁爱国老人矢志抗日,犹如黎明前的一颗明星。(2)宏开:大力开办。(3)复旦:即复旦公学(今复旦大学前身)。马相伯早年在上海创办震旦学院、复旦公学。

挽郭沫若父郭朝沛联

中兴有哲嗣
遗惠溥西川

[简注](1)中兴:由衰落而重新兴盛。《诗·大雅·烝民序》:"任贤使能,周室中兴焉。"(2)哲嗣:旧时称人之子为哲嗣。此指郭沫若。(3)遗惠:身后遗留在世间的恩惠。(4)溥:音fū,通"敷",分布。(5)西川:郭氏家乡乐山在四川西部,因称这一带为西川。

挽马相伯联

光荣归上帝

二、国民党人对联

生死护中华

[简注]光荣归上帝：马相伯早年入徐家汇天主教耶稣会小修院为教徒，后获神学博士，经教会授职为神甫，成为耶稣会教士。这位信仰天主教的爱国老人，一生为我国民主革命作出了重大贡献，按照宗教说法，光荣归于上帝。

挽张善子联

名垂宇宙生无忝
气壮山河笔有神

[背景]张善子（1881—1940），字虎痴，四川内江人。早年加入同盟会，参加反对袁世凯的斗争。后任上海美术专科学校教授，以画虎见长，与其弟张大千同为著名画家。抗日战争期间，积极投入抗日救亡运动，曾赴欧美各国宣传中国抗日主张，并以举办画展、卖画募捐支持国内抗战。1940年9月回国之后不久即病逝于重庆，于右任撰送挽联致哀。

[简注]（1）忝：音tiǎn，羞辱、有愧于，后多用作自谦之词。生无忝，即无愧于一生。（2）笔有神：具有高超的绘画艺术技巧，笔下如有神助，足以气壮山河。

题常德保卫战阵亡将士公墓联

御侮身殉国，绩勋耀九州
名成瘗忠骨，壮烈永千秋

[背景]1943年11月，日军分三路进犯鄂西南和湘西北，主力则指向常德附近地区。国民革命军有8个军应战，其中第74军57师坚守常德，6000多人参战，5000多人阵亡。1945年，在这里修建了常德保卫战阵亡将士公墓，并修建了纪念塔和纪念坊。于右任应约题写楹联。

挽石瑛联

人传清操真余事
世际艰难悟大贤

7. 李根源

挽唐淮源、寸性奇联

大署英名，忠肝义胆迈巡远
是唯浩气，岳色河声共昔今

[背景]唐淮源（1886—1941），云南川江人。抗战期间任国民革命军陆军第3军军长，1941年5月在中条山战役中以身殉国。寸性奇（1895—1941），云南腾冲人。国民革命军第3军12师师长。1941年5月亦在中条山战役中英勇牺牲。唐、寸均为云南人，云南各界为他们举行了有数万人参加的追悼会，李根源时任国民政府监察委员兼云贵监察区主任，撰送挽联致哀。

[简注]（1）大署：签署、题写。"大"指称对方有关事物的敬辞。（2）迈巡远：超过了历史上的张巡、许远。二人均为唐代名臣，安史之乱坚守睢阳数月，城破后遭杀害。（3）是惟：唯独，只有。（4）岳色河声：此指中条山的色彩与黄河的声音。

[链接]唐淮源、寸性奇已列入中华人民共和国民政部于2014年9月1日公布的第一批300名著名抗日英烈和英雄群体名录。

题云南腾冲思沐小墅联

静听鼓鼙思将帅
好栽桃李耀旌旗

[背景] 李根源是云南腾冲人,思沐小墅即为其退休以后准备的栖身之所。抗战时期,作者一度家居,曾为思沐小墅题字题联。

[简注](1)好:喜爱。(2)旌旗:旗帜的通称。《周礼·春官·司常》:"凡军事,建旌旗。"

题腾冲龙光台联

鲲鹏水击三千里
组练军驱十万夫

[背景] 龙光台,在云南腾冲城西山上。始建于明代嘉靖年间,为腾冲著名古刹。大盈江水从断崖一泻而下形成瀑布,称为"叠水瀑布",瀑布下有一深潭称"龙潭"。因寺正对大盈叠水瀑布处有一平台,登台观瀑,时虹时霓,故得寺名。李根源曾为龙光台题写此楹联。

[简注](1)鲲鹏:典出《庄子·逍遥游》:"鹏之徙于南冥也,水击三千里,抟扶摇而上者九万里,去以六月息者也。"联中是在形容大盈江叠水瀑布奔流而下的气势。(2)组练:"组甲被练"的简称,组甲、被练皆指古代将士的衣甲服装,后因借指精锐的部队或军队之武装阵容。腾冲为我国西南边防重镇,蜀汉诸葛武侯、明朝王骥尚书均曾在此用兵。作者回顾前人业绩,亦想能组练十万大军驱驰疆场,实现自己救国救民的理想。

8. 孔祥熙

挽李必蕃联

　　一死振英声，风云河岳千秋壮
　　长歌发哀奋，子弟湖湘百战余

［简注］（1）英声：美好的名声。（2）河岳：黄河和泰山，亦可泛指山川大地。（3）长歌：即长歌当哭，以歌代哭，多指用诗文抒发胸中悲愤之情。（4）哀奋：悲哀奋发的感情。（5）湖湘：因李必蕃为湖南人，故作者希望湖湘子弟百战有余，继承逝者遗志，与日寇战斗到底。

挽郭沫若父郭朝沛联

一

　　仁术泽乡间，有道碑铭无惭德
　　佳儿恢志事，景纯文采有高名

［简注］（1）仁术：指医术。逝者懂医术会治病，因而恩泽及于乡间。（2）有道：东汉郭泰博学多闻，不应征召。居家讲学，弟子千人。蔡邕在其死后为作碑铭，曾言自己所撰碑铭，唯于郭有道无愧色。这里以郭泰喻逝者。（3）佳儿：指逝者之子郭沫若。（4）恢：发扬光大。（5）志事：逝者的志节与事业。（6）景纯：东晋文学家、训诂学家郭璞字景纯，博洽多闻，擅长辞赋。且好古文奇字，释《尔雅》《方言》等书。此处以郭璞喻郭沫若，言其富于文采而有高名。

二

　　乃翁德望在乡，远绍汾阳福泽

二、国民党人对联

令子文章名世，蔚为西蜀灵光

[简注]（1）乃翁：你的父亲。（2）绍：承继。（3）汾阳：指唐代名臣郭子仪，累官至太尉、中书令，封汾阳郡王，世称郭汾阳。（4）令子：对别人儿子的美称。这里称颂逝者之子郭沫若以学问文章闻名于世。（5）灵光：汉代宫殿名，为景帝之子鲁恭王所建。后称硕果仅存的人或事物为鲁殿灵光或灵光。

挽薛岳父薛宗元联

至德跻郭陈，早树人伦千秋范
律功媲韩范，伫看家祭九州同

[背景]薛宗元为国民政府军高级将领薛岳的父亲。1939年9月病逝于广东省乐昌县家中。当时正值第一次湘北会战，薛岳遵父遗嘱，移孝作忠，未返乡奔丧。直至1941年1月才回乡安葬其父，国民党军政要员蒋介石、孔祥熙等均发唁电、唁函或送挽联致悼。

[简注]（1）至德：最高尚的道德。（2）跻：登、上升。（3）郭陈：指汉代郭泰和陈遵，均为两位道德高尚的古人。（4）律功：律为古代爵命的等级。《礼·王制》："有功德于民者，加地进律。"（5）媲：媲美、比美。（6）韩范：即韩琦、范仲淹，均为宋代守土有功的名将。

挽穆藕初联

往事记工曹，百折能宏衣被愿
危时策农务，一哀竟压老成人

[简注]（1）工曹：曹为古代分职治事的官署或部门，工曹即管理工业的部门。这里是指逝者生前曾应孔祥熙之邀出任工商部常务次长。孔祥熙因而记起当年

合作的往事。(2) 宏：通"弘"，扩充、光大。(3) 衣被：犹言给人衣服穿，以喻加惠于人。此指逝者当年在工商部任职期间，百折不挠地光大加惠于民的愿望。(4) 策：策划。此指抗日战争危难时期，穆氏参与策划农务，出任农本局局长。(5) 老成人：年高有德之人，亦指社会上有声望的人。

9. 马君武

挽廖磊联

大树威名，饮马长淮惊敌胆
千秋遗爱，驻军三皖颂循声

[简注] (1) 大树：语见《后汉书·冯异传》："异为人谦退不伐。每所止舍，诸将并坐论功，异常独屏树下，军中号曰：'大树将军'。"此处言廖有古代名将的勇猛、谦和之风。(2) 遗爱：语见《左传·召公二十年》："及子产卒，仲尼闻之，出涕曰：'古之遗爱也'。"指仁爱遗留于后世。(3) 三皖：皖为安徽省的别称，因地分皖南、皖北与皖中平原，亦称"三皖"。(4) 循声：奉职守法的美好名声。

10. 冯玉祥

自勉联

救民安有息肩日
革命方为绝顶人

二、国民党人对联

[背景] 1933年5月，冯玉祥在中国共产党影响下，在张家口组织民众抗日同盟军，自任总司令。6月出师，收复察北四县，民心大振。后因日伪与蒋介石联合进攻而失败。冯玉祥再次隐居泰山，发愤读书，砥砺志节。他在泰山住所石壁上刻下此联自勉。

[简注]（1）息肩：让肩头得到休息，即放下肩上的担子。此句意谓，为了救国救民哪有放下肩上重担的日子。（2）绝顶人：登上高山极顶的人。杜甫《望岳》："会当凌绝顶，一览众山小。"这里是说，只有胸怀大志，投身革命，才能算是站得最高，亦即高瞻远瞩的人。

题山东益都范公亭联

兵甲富胸中，纵教他虏骑横飞，也怕那小范老子
忧乐关天下，愿今人砥砺奋起，都学这秀才先生

[背景] 范公亭，在山东益都县城西门外阳河畔。宋皇祐二年，范仲淹任青州知府，居官清廉，遗爱在民。相传当时阳河边忽出醴泉，范仲淹即建亭于此，后人遂名之曰范公亭。1934年5月，冯玉祥游览益都范公亭时题写此联。

[简注]（1）虏骑：虏为对敌人的蔑称，虏骑指敌方的军队。（2）小范老子：据史书记载，范仲淹曾任陕西经略副使，兼知延州，大力巩固边防。西夏王喟然叹曰："今小范老子胸中自有数万甲兵，不比大范老子（范雍）可欺也。"（3）砥砺：磨刀石。精为砥，粗为砺。可引申为磨砺。（4）秀才先生：范仲淹原系宋朝进士出身，是一位很有建树的文臣、儒将。联中为求通俗，且与上联"小范老子"相对，因称之为"秀才先生"。

与李烈钧联句

蓬莱阁中高谈抗日（冯玉祥）

抗倭城头纵论保民（李烈钧）

〔背景〕李烈钧为国民党元老之一。辛亥革命后，曾任江西都督、护国军第二军总司令、大元帅府总参谋长。1931年九一八事变后，力主"停止内战，一致抗日"。1934年5月登泰山看望冯玉祥，二人同游胶东半岛。5月19日在蓬莱阁纵谈国内形势，即兴联句抒发抗日爱国之情。

〔简注〕（1）蓬莱阁：在山东省蓬莱县丹崖山上，是一组闻名中外的古建筑群。海拔千仞，气势雄伟，下临波涛滚滚的大海。仙阁凌空，优美壮观。（2）抗倭城头：指蓬莱水城，为我国最早的海军要塞之一。宋代已置水寨，屯战船，驻水师。明代始建水城，筑有城墙、码头、灯塔、炮台，民族英雄戚继光曾在此训练水师，巡戒海域。

题山东蓬莱戚继光祠联

先哲捍宗邦，民族光荣垂万世
后生驱劲敌，愚忱惨淡继前贤

〔背景〕戚继光祠，在山东蓬莱县城，为明代抗倭英雄戚继光旧居，后人立祠纪念。1934年5月19日，冯玉祥与老友李烈钧一同瞻仰戚继光祠堂，即兴题写此联述怀。

〔简注〕（1）先哲：先贤、前代有才德的人。（2）后生：本指晚辈、年轻人。此为冯玉祥自谦之词。（3）劲敌：指日本侵略者。（4）愚忱：愚，自称的谦词。忱，忠诚。（5）惨淡：思虑深至貌。

题山东威海环翠楼联

劲节励冰霜，对万顷碧涛，凭此丹心垂世教
登临馀感慨，望中原戎马，擎将热血拜乡贤

二、国民党人对联

[背景] 1934年5月30日，冯玉祥登临威海环翠楼，瞻仰了丁汝昌、邓世昌等甲午海战阵亡将士的牌位，徘徊良久，书联志感。

[简注]（1）劲节：原指竹、木生出桠杈处质地坚固，后常用以比喻坚贞的节操。（2）励：通"砺"，磨炼。此指冰霜严寒的环境可以磨炼人的坚贞节操。（3）"对万顷"二句，意谓甲午海战中战死的丁汝昌、邓世昌等人，面对万顷碧波，凭着一片丹心，给后世留下了爱国的思想。（4）登临：登山临水。这里是说，我们登临山水不禁产生诸多感慨，面对中原戎马（军队），决心要用热血来拜祭这些抗击日寇为国捐躯的先贤。

挽陈少白联

失土未收，临终恨事
此目不瞑，爱国雄心

[背景] 陈少白（1869—1934）为近代民主革命者，孙中山先生挚友之一。早年参加兴中会，主编香港《中国日报》。1905年任香港同盟会会长。1911年任广东都督府外交司长。1921年任孙中山总统府顾问。晚年致力于家乡建设并从事著述，著有《兴中会革命史要》等书。1934年因病逝世，冯玉祥撰送挽联致哀。

赠张学良联

要想着收咱失地
别忘了还我河山

[背景] 此联写于1935年11月。当时，冯玉祥出任国民政府军事委员会副委员长，与时任西北"剿总"副司令的张学良在南京开会相晤时，书此联相赠。

[简注] 还我河山：原为岳飞题词，表示决心从侵略者手中夺回本属自己的国土。"收咱失地，还我河山"，这里明显与蒋介石的"攘外必先安内"的政策针锋

相对。同时激励张学良学习民族英雄岳飞,早日率领东北军打回老家去。

[链接]抗战期间,冯玉祥还将此联多次书赠他人。抗战后期,冯玉祥带头卖字鬻画,献金抗日,亦常书写此联。

赠杜重远联

真学问都从悲愤起
大文豪何惮斧钺加

[背景]杜重远(1897—1943),吉林怀德人。早年留学日本,九一八事变后,积极投入抗日救亡运动,任东北民众抗日救国会常务委员。1935年5月,因上海《新生》周刊发表艾寒松(署名"易水")的《闲话皇帝》一文,语涉日本天皇,日方恼羞成怒,以"侮辱天皇"、"妨碍邦交"为名向国民党当局问罪。《新生》被查封,时任《新生》发行人的杜重远入狱,以"散布文字,共同诽谤"的罪名被判处有期徒刑一年两个月。1936年出狱后赴西安,促成张学良、杨虎城发动"西安事变"。冯玉祥在杜重远出狱时赠送此联以表崇敬,以示慰问。

[简注](1)真学问:指杜重远在上海帮助邹韬奋编辑《生活》与《新生》周刊,满怀悲愤,针对时局,写了不少有真知灼见的好文章。(2)惮:惧怕。(3)斧钺:古代刑罚用以杀人的斧子。这里暗喻国民党当局因"《新生》事件"将杜重远判刑入狱。

纪念甲子革命十二周年联

烈士竞捐躯,记昔年为国兴师,芟余孽,逐元凶,励志有诸贤,漫说春秋无义战
同袍咸奋袂,当此际合群拒寇,修戈矛,聚糇饷,竭诚扶大厦,要从板荡识忠臣

[背景]1924年10月，原直系将领冯玉祥在南方革命势力影响下发动政变，将自己所部改称国民军。包围总统府，囚禁曹锟，迫使北京政府下令停战并解除吴佩孚的职务，从而打破了直系军阀企图武力统一全国的美梦。这一事件史称"北京政变"，冯称"甲子革命"。1936年10月23日，冯玉祥在北京主持召开"国民军甲子革命十二周年纪念会"，会上宣读"甲子革命十二周年纪念日祭诸先烈文"，此联内容亦与之相应。

[简注]（1）芟：音shān，除去杂草。芟余孽，铲除封建余孽。（2）逐元凶：元凶指清朝末代皇帝溥仪。当时为防清室复辟，曾将溥仪驱逐出宫。（3）漫说：不要枉说。（4）春秋无义战：典出《孟子·尽心下》。后人因将春秋三百年间诸侯混战，互相残杀，斥之为"春秋无义战"。（5）同袍：语出《诗·秦风·无衣》："岂曰无衣，与子同袍。"旧时军界常用同袍互称。（6）咸奋袂：全都举起衣袖，形容奋发的样子。袂，音mèi，衣袖。（7）糈饷：音xùxiǎng，粮饷、军粮。（8）板荡：《诗·大雅》，有《板》《荡》二篇，皆咏周厉王无道，后用以指政局混乱，社会动荡不宁。

题杭州岳飞墓联

还我河山，一片忠心唯报国
驱尔异族，百年奇耻不共天

[背景]岳飞墓，通称岳坟，在杭州栖霞岭下岳王庙西侧。此处埋葬南宋抗金英雄岳飞及其子岳云。墓道阶下跪着四个反剪双手的生铁铸造像，即陷害岳飞的秦桧、王氏、张俊、万俟卨四个奸臣。1936年，冯玉祥任国民政府军事委员会副委员长期间，曾到杭州西湖拜谒岳飞墓，并题写此联。

[简注]（1）还我河山：岳飞生前曾手书"还我河山"四字，作为决心抗金北伐、收复失地的誓言，可见其一片忠心报效国家。（2）驱尔异族：驱逐你们这些异族侵略者。（3）百年奇耻：亦即岳飞《满江红》词中所言"靖康耻"。宋朝

115

当时徽钦二帝被掳，北方大片土地沦陷，实属"百年奇耻"。（4）不共天：不共戴天。语出《礼记·曲礼上》："父之仇，不与共戴天。"

赠赵秀昆联

抗战必须到底
坚持就是胜利

[背景]1937年底，冯玉祥到达武汉。当时国民党内部与社会上的恐日分子，鼓吹向日求和之声甚嚣尘上。冯玉祥面对社会上的悲观动摇情绪，则到处演讲，宣传必须坚持抗日的意义。他作为国民政府军事委员会副委员长，曾给担任112军军长的赵秀昆题写此联，以激励三军将士。

挽刘湘联

倭寇未灭，必伤良将
抗战必胜，足慰英灵

题夔门绝壁联

踏出夔巫
赶走倭寇

[背景]1939年5月，冯玉祥从宜昌乘船去重庆，途经瞿塘峡的夔门，满怀挽救民族危亡的激情，针对大后方出现的投降论调，挥笔题写此联于南岸绝壁之上。

[简注]夔巫：即夔峡（瞿塘峡）、巫峡。

二、国民党人对联

斥国民党内投降派联

头可断，身可杀，民族斗争不可屈
将非骄，卒非惰，外交妥协岂非忧

［背景］1939年夏，冯玉祥来到重庆。他针对国民党内投降派的反动言行和一些人的动摇情绪，写此联直接予以抨击。

［简注］（1）民族斗争：指反对日本帝国主义的民族解放斗争。（2）将非骄，卒非惰：我们的将领并非骄横之士，我们的士兵亦非懒惰之人。（3）外交妥协：指国民党当局内部存在的妥协投降的对日外交活动。继1938年12月汪精卫公开投降日本之后，次年1月国民党五届五中全会亦确定政策由对外转向对内，这一切怎能不让人为之担忧！

纪念鲁迅逝世三周年联

学博思深，群尊儒林巨擘
笔枪墨剑，实开抗倭先河

［背景］1939年10月，中华全国文艺界抗敌协会在重庆举行纪念鲁迅逝世三周年大会。冯玉祥时任"文协"理事，结合全国抗日战争形势，撰书此联悬于会场。

［简注］（1）学博思深：学识渊博，思想深厚。（2）儒林：即儒者之群。《史记》中有《儒林列传》。（3）巨擘：擘，音bò，大拇指，比喻杰出的人物。《孟子·滕文公下》："于齐国之士，吾必以仲子为巨擘焉。"也泛指各种行业中的特出人物。这里指鲁迅为我国文化界杰出的人物。（4）笔枪墨剑：以笔作枪，以墨为剑，意谓鲁迅以笔墨为武器投入现实斗争。（5）先河：语出《礼记·学记》："三王之祭川也，皆先河而后海。"河是海之本源，故先祭河，后祭海。后指事物或学术的创始人和倡导人。这里肯定鲁迅当年实开抗日救亡斗争的先河。

悼马君武联

大雅云亡,击铎临风思国士
寇氛日亟,挥戈洒泪哭先生

[背景] 马君武早年加入同盟会。辛亥革命后,历任南京临时政府实业部次长、孙中山非常大总统府秘书长、广西大学校长。1940年秋因病逝世,冯玉祥撰送挽联致哀。

[简注] (1) 大雅:原为《诗经》组成部分之一,后亦作对才德高尚者的赞词。(2) 云:语助词。(3) 铎:音duó,古代乐器,形似大铃,宣布政教法令或有战事时用之。(4) 国士:旧指一国杰出的人才。(5) 寇氛:日寇侵略者的嚣张气焰。(6) 亟:音jí,急切,迫切。

挽张自忠联

抗战屡建最大功勋,正气千秋,死无遗恨
从我后同半生患难,国仇初雪,恸失元良

[背景] 1940年冬,冯玉祥在重庆亲自迎张自忠灵柩并主持安葬仪式,并撰此挽联致哀。

[简注] (1) 最大功勋:指张自忠于1938年3月大败日军板垣师团、坂本旅团,取得临沂大捷,以及在碾庄、徐州突围、潢川之战、长寿店之战中立下的战功,还有1939年取得的鄂北第二次大捷等。(2) 从我后:张自忠从1916年至1930年一直在冯玉祥部担任军职,二人一同半生患难。(3) 国仇初雪:因抗日战争初期取得平型关大捷、台儿庄会战等一些胜利,故称"国仇初雪"。

二、国民党人对联

题理发店联

　　倭寇不除，有何颜面对镜
　　国仇未报，负此头颅为人

　　［背景］此联写于抗战期间。其时重庆闹市区有家理发店，老板趋炎附势，专为达官权贵服务。冯玉祥经过此店，看到进出店门的都是西装革履、长袍马褂的新旧官僚和妖里妖气的太太小姐，遂愤而题写此联，并让卫兵贴于该店门面。

题重庆"穷人饭店"联

　　你要俭省，我也要俭省，咱们都要俭省
　　你是穷人，我也是穷人，咱们都是穷人

　　［背景］此联写于抗日战争期间。当时，大量难民离乡背井，啼饥号寒，流落城市街头。冯玉祥体恤民瘼，便派人在重庆陈家桥开了一家"穷人饭店"，并且写了这副白话对联贴于店门。
　　［简注］（1）俭省：勤俭节约，省吃俭用。（2）我也是穷人：冯玉祥出身安徽巢湖农村贫苦人家，从小懂得生活的艰难。

赠峨眉山神水阁众僧联

　　试思父母未生汝身体以前，本来面目是怎样
　　为何寇仇正灭我国家之际，列位师徒当如何

　　［背景］峨眉山，在四川省峨眉县西南，为我国四大佛教名山之一。神水阁，一名圣水阁，因阁前有玉液泉著名。泉出石下，清冽异常，终年不涸。泉旁石室存有不少历代题刻。冯玉祥在重庆期间，曾为峨眉山神水阁题写此对联。

[简注]（1）汝：你。（2）本来面目：佛教用语，指人本有的心性。（3）列位师徒：指神水阁众僧。

赠冯洪谦联

孝子贤孙，须先救国
志士仁人，最重保民

[背景]冯洪谦为冯玉祥之侄，安徽巢湖人。九一八事变后，曾到山西汾阳投奔伯父，冯玉祥劝其回乡组织民众抗日。1941年夏，冯洪谦从敌后游击队到重庆看望冯玉祥，伯父得知侄儿参加抗战非常高兴，遂赠此联。

[简注]（1）孝子贤孙：本指孝顺父母、尊崇祖先的人。（2）志士仁人：语出《论语·卫灵公》："志士仁人，无求生以害仁，有杀身以成仁。"

赠石凌鹤联

判明是非无烦恼
铲走倭寇好做人

[背景]石凌鹤为现代著名剧作家。1906年生于江西乐平。1927年加入中国共产党。抗日战争期间，先后在国民政府军委政治部第三厅和文化工作委员会工作。1941年，冯玉祥在重庆题赠此联。

[链接]新中国成立后，石凌鹤曾任中国剧协常务理事、江西省文化局局长等职。

悼佟麟阁、赵登禹联

报国敢云天职尽

二、国民党人对联

立身当与古人争

[背景]1946年7月28日,北平市政府和各界人士为纪念佟麟阁、赵登禹的历史功绩,在中山公园举行了追悼大会,冯玉祥撰送挽联致哀。

[简注](1)天职:天的职责。《荀子·天论》:"不为而成,不求而得,夫是之谓天职。"后称人所应尽的现职为天职。(2)立身:树立己身。

悼佟麟阁联

儒雅端悫,经武知兵,博爱尤娴基督义
慷慨悲歌,同仇敌忾,成仁共许道麟忠

[背景]冯玉祥在1946年7月28日北平各界举行的追悼大会上,除向佟、赵二位烈士共献挽联外,还为自己当年的部将佟麟阁单独写了此副挽联。

[简注](1)儒雅:风度温文尔雅,而又富有学问。(2)端悫:悫,音què,端正诚实。荀子《修身》:"端悫诚信,拘守而详。"(3)经武:整治武备。(4)知兵:通晓军事。(5)"博爱"句:谓逝者充满爱心,尤其熟悉于基督的教义。佟麟阁早年信奉基督教,并把它引入军中,用以教育官兵效法耶稣的献身精神。

11. 李烈钧

挽淞沪抗战阵亡将士联

赖有雄师摧劲敌
休将协定告英魂

[简注]（1）雄师：指19路军将士。（2）劲敌：指日本侵略军。（3）协定：指1932年5月5日中日双方签订的丧权辱国的《淞沪停战协定》。

挽京沪、沪杭甬铁路国难殉职员工联

东北苦烽烟，军令无闻诛马谡
员工殉国难，邦人垂泪吊忠魂

[背景]1932年6月，有关方面为悼念京沪、沪杭甬铁路死于国难的员工举行集会，李烈钧撰联致哀。

[简注]（1）烽烟：即烽火，原为古代边防报警的信号，亦可代指战争、战乱。（2）马谡：蜀国大臣。诸葛亮出师北伐，以谡为先锋，街亭之战，违反节制，为魏将所破。诸葛亮执行军令，挥泪斩了马谡。这里是说，东北人民正在饱受战争之苦，而今失去了东北三省，却没有听说当局执行军令而诛当代马谡（应当承担失去东北责任的将领）。

题山东蓬莱阁联

攻错若石，同具丹心扶社稷
江山如画，全凭赤手挽乾坤

[背景]1934年5月19日，冯玉祥隐居泰山期间，曾陪老友李烈钧同游蓬莱阁。李烈钧此行特为约请冯玉祥出山抗日，并即兴题写此联。

[简注]（1）攻错：本谓琢磨，后多比喻借鉴他人的长处，改正自己的过失。语出《诗·小雅·鹤鸣》："他山之石，可以为错。""他山之石，可以攻玉。"（2）社稷：社是土神，稷是谷神。古代皇帝和诸侯都祭社稷，后用"社稷"代表国家。（3）乾坤：天地。

12. 李济深

挽榆关抗日阵亡将士联

热血溅榆关，哭倒春申十万家
忠魂归渤海，义重田横五百人

[简注]（1）榆关：即山海关，在河北省秦皇岛市。因连接华北与东北地区，自古为交通要冲，有"天下第一关"之称。（2）春申：即春申江，上海市境内黄浦江的别称。这里代指上海。（3）渤海：我国的内海，在辽宁、河北、山东、天津三省一市间。因榆关在渤海之滨，故言榆关阵亡将士"忠魂归渤海"。（4）田横：齐国贵族，秦末起兵反秦。在楚汉战争中自立为齐王，不久为汉军所破，遂率部属五百人逃亡海岛。刘邦称帝后，遣使者往招降，因不愿称臣，于赴洛阳途中自杀。留居海岛五百人闻田横已死，也全部自杀。后人称田横及其部属均为义士，联中引用此典借以赞颂榆关抗日阵亡将士义重古人。

挽戴安澜联

孤军歼敌，捷报频来，伟绩缅家声，完节更逾谢幼度
万里招魂，灵旗倏下，遐荒归战骨，临风痛哭马文渊

[简注]（1）孤军：戴安澜率远征军先头部队出师缅甸，孤军深入，仍取得了守卫同古、克复甘棠等一系列战役的胜利。（2）缅：缅怀、缅想。（3）家声：家世的名声，一家素有的声誉。（4）完节：全节，完美的节操。（5）谢幼度：即东晋名将谢玄，字幼度。曾率晋军八万击败前秦苻坚八十七万大军，取得淝水之战的重大胜利。（6）灵旗：祭奠逝者的旗帜。（7）倏：忽然，很快地。（8）遐荒：偏远荒僻之地，此指缅甸边境。（9）马文渊：即东汉伏波将军马援，字文渊。他

为东汉王朝立下不少战功，后再进击武陵五溪蛮时病死军中。

题南岳忠烈祠联

煌煌功烈，成仁取义
郁郁佳城，千载如生

[背景] 南岳忠烈祠，在湖南衡山香炉峰下，系国民政府为纪念抗日阵亡将士而建。1940年动工，1942年建成。李济深亦应约题联。

[简注] （1）煌煌：辉煌，光彩鲜明。（2）功烈：功绩。《左传·襄公十九年》："铭其功烈，以示子孙。"（3）郁郁：茂盛貌。《古诗十九首》之二："青青河畔草，郁郁园中柳。"（4）佳城：墓地。张华《博物志·异闻》："汉滕公薨，求葬东都门外，公卿送葬，驷马不行，踣地悲鸣。跑蹄下地，得石有铭，曰：'佳城郁郁，三千年见白日，吁嗟滕公居此室！'遂葬之。"后因称墓地为佳城。

挽李宗仁母联

举世说奇勋，百战归来，暂息征尘悲陟岵
懿范闻令母，八旬寿考，陡瞻遗像怅登堂

[背景] 抗日战争期间，李宗仁任第五战区司令长官、军事委员会汉中行营主任、北平行辕主任。1942年曾回广西桂林省亲，适逢老母病故。李济深时任军事委员会西南办公厅主任，特撰送挽联致哀。

[简注] （1）奇勋：特殊的功勋。此指李宗仁在抗战初期曾指挥军队取得台儿庄大捷等几次战役的胜利。（2）征尘：旅途中的风尘。（3）陟屺：音zhìqǐ，登上没有草木的山。语出《诗·魏风·陟岵》："陟彼岵兮，瞻望父兮，陟彼屺兮，瞻望母兮。"后以陟岵、陟屺喻思亲。陟屺，原为征人遥念母亲，此指李宗仁身经百战归来，曲尽孝道为母亲送终。（4）懿范：美好的典范，多用于称颂妇

女。（5）令母：称对方母亲的敬辞。（6）寿考：年高，长寿。《诗·大雅·棫朴》："周王寿考。"（7）陡瞻：突然看到。（8）登堂：登上厅堂。

挽李曦联

课诸生慷慨昂扬，犹忆洪宪改元，曾著义声传梓里
抗暴敌牺牲激烈，遥继常山骂贼，永留正气壮河山

[背景]李曦为抗日爱国志士，抗日战争期间任广西岑溪中学校长，积极投入抗日救亡运动。1944年10月被日本侵略军活活刺死。李济深作为国民党左派人士，时在广西南部组织民众抗日动员委员会，闻讯后撰送挽联致哀。

[简注]（1）课：考查、考核。（2）诸生：众弟子。韩愈《进学解》："国学先生晨入太学，招诸生立馆下。"此指逝者生前从事教育工作。（3）改元：汉武帝即帝位，以建元为年号。以后新君即位，于次年改用新的年号纪年，因称改元。联中是指袁世凯恢复帝制，在1916年元旦废除民国纪元，改为洪宪元年。（4）著：显示、显著。（5）义声：正义的声音。即在反袁护国战争期间进行革命宣传。（6）梓里：故乡。（7）常山骂贼：典出《新唐书·颜杲卿传》。唐代安禄山叛乱，常山太守颜杲卿虽城陷被俘，依然骂不绝口，不屈而死。

13. 阎锡山

题山西吉县克难坡昭义大厅联

一

千秋庙貌光华胄
九曲涛声壮国瑰

二

百战鼓鼙思壮士
三河袍泽仰英灵

[背景] 抗日战争时期，阎锡山任第二战区司令长官。1940年春将山西省政府和第二战区长官司令部设在山西省吉县克难坡。昭义大厅系阎自己命名，实为用于办公的窑洞，并为之题联两副。

[简注]（1）庙貌：语出《诗·周颂·清庙序》郑玄笺："庙之言貌也，死者精神不可得而见，但以生时之居，立宫室象貌为之耳。"后因称庙宇及神像为庙貌。这里指附近有座千年古寺杨经略祠，祀金代守土殉难的吉州经略使杨贞。（2）光华胄：光耀华夏民族的后代子孙。（3）九曲：言黄河河道之曲折，代指黄河。九曲涛声，指吉县黄河壶口瀑布发出的声音。（4）三河：汉以河内、河南、河东三郡为三河。《史记·货殖列传》："昔唐人都河东，殷人都河内，周人都河南，夫三河在天下之中，若鼎足，王者所更居也。"（5）袍泽：语出《诗·秦风·无衣》："岂曰无衣，与子同袍。""岂曰无衣，与子同泽。"衣中衬棉絮者为袍，贴身里衣曰泽。旧时军人相称为"同袍"。

题山西吉县克难坡望河亭联

裘带偶登临，看黄流澎湃，直下龙门，走石扬波，淘不尽千古英雄人物

风云莽辽阔，正胡马纵横，欲窥壶口，抽刀断水，誓收复万里破碎河山

[背景] 阎锡山曾在山西吉县克难坡修建一座八角亭，取名"望河亭"，并于1942年题此楹联。

[简注]（1）裘带：即"轻裘缓带"，穿轻暖的皮衣，束宽缓的腰带，形容

从容闲适。典出《晋书·羊祜传》："祜在军常轻裘缓带，身不披甲。"后用以称具有儒将风度。（2）龙门：在山西河津县西北与陕西韩城县东北，黄河至此，两岸峭壁对峙，形同阙口，故名。（3）风云：喻局势。（4）莽辽阔：苍茫辽阔，景色迷茫。（5）胡马：胡人的兵马，此指日本侵略者。（6）窥：窥伺、窥探。（7）抽刀断水：语出李白《宣州谢朓楼饯别校书叔云》："抽刀断水水更流，举杯销愁愁更愁。"

14. 张群

挽王铭章联

> 卮酒告英灵，已有先声清海岱
> 旗常昭上烈，长留正气壮山河

［简注］（1）卮：音zhī，古代的一种酒器。（2）先声：即先声夺人，用兵先大张声势，挫伤敌人士气。（3）海岱：语出《书·禹贡》："海岱唯青州。"指东海与泰山之间地区。指台儿庄会战的胜利澄清了东海与泰山之间的国土。（4）旗常：即旗帜。"常"为古代旗帜的称谓。（5）上烈：上等的功业。

挽李必蕃联

> 壮士不生还，丹旐入云增岳色
> 万人争巷哭，素车挥泪咽湘沧

［简注］（1）丹旐：旐，音zhào，古代葬礼中为棺柩引路的旗幡。（2）岳色：指泰山山色。（3）巷哭：大街小巷的人都在哭泣。相传春秋时郑子产死，郑人巷哭三月，芋瑟不作。后多用作称颂官吏生前有政声者的套语。（4）素车：涂

以白土的车,古代用于凶丧之事。后亦泛指丧事用的车子。(5)湘沧:即湘江。李必蕃是湖南嘉禾人,因言"咽湘沧"。

挽李家钰联

孔曰成仁,孟曰取义,一死遏横流,万里忠魂归故土
上为日星,下为河岳,千秋传壮烈,九天灵爽佐中兴

[背景]李家钰(1890—1944),四川蒲江人。抗日战争爆发后,率部出川抗日,任国民革命军陆军第36集团军总司令兼第47军军长,在山西、河南作战多年,屡立战功。1944年5月,在豫中与日军交战中以身殉国。国民政府在成都举行公祭,张群撰送挽联致哀。

[简注](1)孔曰成仁,孟曰取义:语出《论语·卫灵公》与《孟子·告子上》,后以杀身成仁、舍生取义指为正义事业而牺牲。(2)遏:阻止、遏止。(3)横流:本指洪水泛滥,亦喻动荡局势。(4)上为日星,下为河岳:语出文天祥《正气歌》:"天地有正气,杂然赋流形。下则为河岳,上则为日星,于人曰浩然,沛乎塞苍冥。"(5)灵爽:指神明、精气。郭璞《江赋》:"奇相得道而宅神,乃协灵爽于湘娥。"

[链接]李家钰已列入中华人民共和国民政部于2014年月1日公布的第一批300名著名抗日英烈和英雄群体名录。

15. 陈铭枢

挽郭沫若父郭朝沛联

有子蔚国华,经济文章光宇内
维公归太素,薇垣斗极暗江天

[简注]（1）蔚：文采华美。《汉书·叙传》："多识博物，有可观采，蔚为辞宗，赋颂之首。"（2）国华：国家的精华，多指杰出的人物。（3）经济：经世济民，治理国家。（4）文章：文辞，亦指礼乐法度。《史记·儒林列传》："文章尔雅，训辞深厚。"（5）维：语助词，用于句首。（6）公：指逝者。（7）太素：古谓形成天地的物质。《列子·天瑞》："太素者，物之始也。"此指天上。（8）薇垣：即紫薇垣，星座名。（9）斗极：即北斗星与北极星。下联意谓，因逝者魂归天界感动天上星宿，以致江上天空均为之暗淡。

16. 何应钦

题南京航空烈士公墓联

捍国骋长空，伟绩光照青史册
凯旋埋烈骨，丰碑美媲黄花岗

[简注]（1）骋：原为纵马奔驰，可引申为放任。（2）烈骨：烈士的遗骨。（3）美媲：即媲美，比美。南京航空烈士公墓的丰碑可与广州黄花岗烈士陵园比美，亦即具有黄花岗七十二烈士一样的历史功绩。

挽王铭章联

木梃夜撄城，罴威当道
铁枪今殉国，豹死留皮

[简注]（1）木梃：棍棒。《孟子·梁惠王上》："杀人以梃与刃，有以异乎？"可引申为凶器，这里代指日寇。（2）撄：迫近、侵犯。（3）城：指滕县城。（4）罴：熊的一种，俗呼人熊。罴威当道，意同豺狼当道，比喻残暴的

歹人逞凶。（5）铁枪：一种兵器，代指烈士。（6）豹死留皮：比喻留美名于后世。《新五代史·王彦章传》："（彦章）常为俚语人曰：'豹死留皮，人死留名。'"

挽郝梦龄、刘家骐联

一死壮山河，立懦廉顽，已起鼓声作士气
双忠昭日月，报功崇德，应隆祠典吊国殇

［简注］（1）立懦廉顽：即顽廉懦立。语出《孟子·万章下》："故闻伯夷之风者，顽夫廉，懦夫有立志。"赵岐注："后世闻其风者，贪顽之夫更思廉洁，懦弱之人更思有立义之志也。"后常以此指志节之士对改造社会风气的模范作用。（2）双忠：此指郝梦麟、刘家骐两位烈士的忠魂。（3）报功崇德：酬报有功之人与崇尚有德之人。《书·武成》："惇信明义，崇德报功。""有德尊以爵，有功报以禄。"

挽郭沫若父郭朝沛联

市隐然圭，医鸣华扁
身怀成德，子尽达才

［简注］（1）市隐：在闹市中隐居。《晋书·邓粲传》："夫隐之为道，朝亦可隐，市亦可隐。"（2）然：乃、是。（3）圭：原指玉器，亦用以喻人美好的品德。（4）鸣：著称，闻名。（5）华扁：古代名医华佗和扁鹊。上联谓逝者在闹事中隐居如玉器有着美好品德，且精通医术，犹如古代名医华佗与扁鹊著称于乡里。（6）成德：盛德、全德。（7）达才：通达之才。下联谓逝者身怀美好品德，其子郭沫若极尽通达之才。

二、国民党人对联

题南岳忠烈祠联

　　　　湘水忠魂齐永壮
　　　　衡岳正气共长存

〔简注〕（1）湘水：即湘江，湖南省最大的河流。（2）衡岳：即南岳衡山，在湖南省衡山县西。

题湖南芷江受降纪念坊联

　　名城首受降，实可知扶桑试剑，富士扬鞭，还输一着
　　胜地倍生色，应推倒铜柱纪功，燕然勒石，独有千秋

〔简注〕（1）名城：此指湖南芷江。当时在这里首次举行受降仪式。（2）扶桑试剑，富士扬鞭：扶桑：东方古国名，后亦代指日本。富士：日本第一高山，山顶终年积雪，日人奉为"圣山"。试剑、扬鞭，即指日本帝国主义者张扬武力，发动侵华战争。最后还是输了一着，而以失败告终。（3）胜地：亦指湖南芷江。此地成了名胜之地而倍加生色。（4）推倒：意在称颂抗日战争胜利的丰功伟绩超越前代。（5）铜柱纪功：东汉伏波将军马援南征平乱后，曾竖起两根巨大铜柱纪功。（6）燕然勒石：燕然，即今蒙古境内的杭爱山。据《后汉书·窦宪传》载，东汉永元元年车骑将军窦宪领兵出塞，大破北匈奴，登燕然山，勒石记功，颂汉威德。

17. 张治中

题骆建郎纪念碑联

　　　　血战淞江，千秋赢得英名在

猿啼巫峡，万古长为烈士悲

［背景］骆建郎，四川省古蔺县人。早年投笔从戎，后在国民革命军第19路军担任军职。1932年"一·二八"淞沪抗战中为国捐躯。古蔺县有关部门为纪念这位抗日英雄，专门建立了一座纪念碑。张治中应约为纪念碑题写此联。

［简注］（1）淞江：通称吴淞江，亦称苏州河。当年淞沪战争中19路军将士曾在上海苏州河一带浴血奋战。（2）巫峡：长江三峡之一。在湖北巴东县西，与四川巫县接界，因巫山得名。据北魏郦道元《水经注·江水》一节所引渔歌："巴东三峡巫峡长，猿鸣三声泪沾裳。"另据此书记载："山中林间，常有高猿长啸，声音凄厉，空谷传响，哀啭久绝，令人泪下。"下联意谓，巫峡猿啼，哀啭久绝，仿佛长为抗日烈士发出万古悲鸣。

挽王铭章联

滕县裹尸还，大节无惭书信史
台庄歼敌寇，捷音料可慰重泉

［简注］（1）裹尸还：典出《后汉书·马援传》："男儿要当死于边野，以马革裹尸还葬耳，何能卧床上在儿女子手中邪？"（2）大节：谓临难不苟的节操。（3）信史：纪事翔实的史籍。《公羊传·昭十二年》："如尔所不知何，春秋之信史也。"（4）台庄歼敌寇：即台儿庄会战。（5）重泉：犹黄泉，指地下。

挽戴安澜联

国外播雄威，万里尸归魂壮烈
军中草露布，千秋言在气清刚

［简注］（1）露布：文书不加缄封，公开宣布之意。多用以指与军事有关的

捷报、檄文等。这里是指戴安澜军中起草胜利的捷报。(2)千秋言在:这里既指军事捷报中报告胜利喜讯与表示决心的言词,亦包括将军平日军中写成的军事论著《磨砺集》与诗文《战场行》等。(3)气清刚:气势清厉刚强。

18. 李宗仁

挽郝梦龄、刘家骐联

为国家作抗战,为民族争生存,忻口领雄军,杀敌本无畏精神,一暝捐躯,忠烈牺牲钦节概
留浩气在寰宇,留殊勋垂党史,汉皋归遗梫,翘首念同胞风谊,千秋崇祀,褒扬典礼慰英灵

[简注](1)忻口:在山西忻州市北境的忻口村一带。(2)汉皋:汉口的别称。(3)梫:音chèn,棺材。(4)风谊:即风义,风概高义。

挽王铭章联

一

君真三峡豪,拼血肉作墙垣,顿使瓮城成铁壁
我忝五区帅,率健儿驱丑虏,誓将凯奏慰忠魂

[简注](1)三峡:即长江三峡,王铭章为四川新都人,率师出川抗日,因称其为长江三峡真正的英雄豪杰。(2)瓮城:大城门外的月城,用以增强城池的防御能力。王铭章所守的滕县县城,系徐州的门户,故以此喻。(3)忝:有愧于,谓愧对超过自己才德的职位。常用作谦词。李宗仁时任第五战区司令长官,负责指挥台儿庄会战。

133

二

碧血洒滕城，壮志难酬，只惜英才多死职
玄棺归蜀道，忠魂不返，当作厉鬼助平倭

［简注］（1）死职：死于职守。（2）玄棺：黑色的棺材。王铭章牺牲后，其灵柩运回四川新都故乡安葬，因称"玄棺归蜀道"。（3）厉鬼：本指恶鬼，这里则有"生当作人杰，死亦为鬼雄"之意。即希望烈士忠魂不返蜀地，留在抗日前线，自当化作厉鬼帮助我们扫平倭寇。

挽郭沫若父郭朝沛联

唯仁人克善其终，上寿全归，成仙恰值落梅日
有德者必昌厥后，九泉可慰，育子同钦绝世才

［简注］（1）上寿：高龄。王充《论衡·正说》："上寿九十，中寿八十，下寿七十。"郭父终年85岁，可称上寿。（2）全归：全身返回，犹言寿终。（3）落梅日：黄梅季节结束的日子。江南初夏气候湿润多雨，正当黄梅成熟，俗称此时为梅天。郭父死于7月5日，正值该年出梅的日子，因称"成仙恰值落梅日"。（4）昌：兴盛。（5）厥：其。（6）"育子"句：你所培育的儿子，大家都钦佩他的绝世才华。

挽廖磊联

死而后已，无愧完人，举世自滔滔，独劲勤昭大节
天不憖遗，遂摧良栋，前尘犹历历，那堪风义平生

［简注］（1）滔滔：盛多，普遍。《论语·微子》："滔滔者，天下皆是

也，而谁以易之？"此处含有贬义。（2）劲：坚强有力。（3）勤昭大节：昭示勤王大节，即为国家效忠尽力。（4）天不慭遗：语出《诗·小雅·十月之交》："不慭遗一老，俾守我王。"慭，音yìn，不慭，犹言宁不、何不。（5）良栋：良好的栋梁。（6）风义：唐李商隐《哭刘蕡》："平生风义兼师友，不敢同君哭寝门。"风义，即情谊。

题湖南芷江受降纪念坊联

得道胜强权，百万敌军齐解甲
受降行大典，千秋战史记名城

[简注]（1）得道：符合道义。《孟子·公孙丑下》："得道者多助，失道者寡助。"（2）大典：盛大的典礼。此指举行隆重的受降仪式。

19. 白崇禧

挽郭沫若父郭朝沛联

仲子为民族诗人，大海发龙吟，顿使虾夷胆慑
先生乃华阳真逸，寥天回鹤御，犹令鸿彦心仪

[简注]（1）仲子：旧时兄弟排行以伯、仲、叔、季为序。郭沫若排行第二，因称"仲子"。（2）龙吟：琴曲名。《北齐书·郑述祖传》："述祖能鼓琴，自述《龙吟》十弄，云尝梦人弹琴，寤而写得，当时以为绝妙。"后因用以形容琴声。此喻郭沫若其诗作犹如大海发出龙吟之声。（3）虾夷：北海道的古称，这里代指日本。（4）华阳真逸：巴蜀真正的隐逸之士。（5）鹤御：即鹤驭。旧谓仙人驾鹤升天。挽词中常用为死的讳称。（6）鸿彦：对于社会上有才德之人的美称。

挽唐淮源、寸性奇联

百战英雄，钦羽足成壮烈老
太行云暗，传芭遥望国魂归

［简注］（1）钦羽：钦佩其羽化而成仙。（2）传芭：语出《楚辞·九歌·礼魂》："成礼兮会鼓，传芭兮代舞。"芭为初开的鲜花。古代南方祭祀时，巫女一边舞蹈，一边将花朵互相传递。联中借以礼赞为国捐躯的英魂，家乡人民传芭代舞遥望英魂归来。

题南岳忠烈祠联

射马擒王，英风浩气
有我无寇，虽死犹生

［简注］（1）射马擒王：此句化用民谚："射人先射马，擒贼先擒王。"意谓必须狠狠打击日本侵略者。（2）英风：英雄风采。（3）浩气：浩然正气。（4）寇：日寇，日本侵略者。

题湖北宜昌抗日阵亡将士公墓联

千年留碧血
两地挺黄花

［背景］湖北宜昌抗日阵亡将士公墓在湖北省宜昌市北黄花场，于1943年建成，内葬有保卫宜昌战役中牺牲的国民革命军第32军141师抗日阵亡将士。白崇禧题写挽联。

［简注］（1）碧血：典出《庄子·外物》："苌弘死于蜀，藏其血，三年而

化为碧。"后尝以"碧血"指为正义事业而流血牺牲。（2）两地：指广州黄花岗和宜昌黄花场，两地均有烈士公墓，墓地黄花挺立，仿佛是在凭吊这些烈士。

20. 陈诚

挽阚维雍联

>　　白日青天，忠昭宇宙
>　　丹心碧血，气壮山河

[背景]阚维雍（1900—1944），广西柳州人。1921年毕业于广西陆军讲武堂。早年追随孙中山参加北伐战争，又在李宗仁所属桂系部队任团长、副师长等职。1942年任国民革命军陆军第31军131师师长。1944年湘桂战役期间率部坚守桂林，与敌激战旬余，终因弹尽援绝而自戕殉国。陈诚闻讯撰送挽联致哀。

[简注]（1）白日青天：亦作青天白日，本谓天气晴好，比喻政治清明。后用作国民党党徽。（2）宇宙：天地万物的总称。《淮南子·齐俗训》："往古来今谓之宙，四方上下谓之宇。"

[链接]阚维雍已列入中华人民共和国民政部于2014年9月1日公布的第一批300名著名抗日英烈和英雄群体名录。

21. 易君左

题湖南行政干校联

>　　为中国建设湖南，以湖南复兴中国
>　　欲生存唯有抗战，必抗战始能生存

[背景]1937年12月,时任湖南省政府主席的张治中为配合抗战需要与适应战时形势,决定创设湖南行政干部学校,以训练地方行政人员。学校开学之日,易君左挥笔书联,悬于牌楼。

22. 梁寒操

挽雷鸣远神父联

　　一士诞于欧陆,毕生献于中华
　　本自来从天阙,如今复返神家

[简注](1)士:原指士子、士民。这里一语双关,既称逝者为友好人士,亦切合其传教士的身份。(2)天阙:星名。南斗六星之一。(3)神家:神仙的家族。这里是说,逝者本自从天上而来,如今回到神仙居处。

挽阚维雍联

　　铁血铸孤城,不许红羊沦万劫
　　馨香崇百世,岂惟黄鸟痛三良

[简注](1)红羊:即红羊劫,指国难。古人迷信,以丙午和丁未为国家发生灾祸的年份,而丙、丁均属火,色赤,未属羊,故称红羊劫。唐殷尧藩《李节度平虏》:"太平从此销兵甲,记取红羊换劫年。"联句意谓,逝者生前用铁与血浇铸坚守桂林这座孤城,不许在红羊之年让国家沦入万劫不复的地步。(2)馨香:香气远闻,喻流芳后世的声誉。(3)黄鸟:黄莺。(4)三良:三个贤良之人。黄鸟痛三良,典出《诗·秦风·黄鸟》。哀悼好人的残死。

挽衡阳保卫战阵亡将士联

贯日丹心辉楚乘
参天黛色峙衡峰

［背景］1944年6月至8月间，日本侵略军占领湖南长沙后进犯衡阳。国民革命军第10军坚守衡阳，血战47昼夜，歼灭日军两万余人，即让日寇两个师团遭重创，进行了一场轰轰烈烈的保卫战。抗战胜利后，在此次保卫战的主要阵地岳屏山修建牌坊亭阁，以作纪念。蒋介石将这片建筑题名为"衡阳抗战纪念城"。

［简注］（1）贯日丹心：即丹心贯日，谓一片丹心贯穿太阳，系精神感天之兆。（2）楚乘：楚国的史乘，楚地的历史。（3）参天黛色：参天，高出天际。黛色，青黑色，形容树叶的颜色。指阵亡将士墓地古木参天耸立于南岳衡山之上。

23. 张学良

挽淞沪抗战阵亡将士联

百战为公理，浩气丹心，赢得誉满全世界
千里吊英雄，凄风苦雨，忍看血染吴淞江

［简注］千里：张学良时任北平绥靖主任，未能亲临致祭，因言"千里吊英雄"。

挽安德馨联

守土共存亡，先鞭着我三军气
挥戈思勇决，信史传兹百世名

[背景]1933年1月,日军对山海关发动袭击,守军第626团官兵奋起抵抗。一营营长安德馨(1893—1933)与几位连长战死沙场,一营、三营亦伤亡殆尽。2月12日,上海回教徒举行追悼安德馨等殉国烈士大会。张学良时任国民政府军事委员会北平分会代委员长,为部下安营长壮烈殉国撰送了这副挽联。

[简注]先鞭:典出《晋书·刘琨传》:"与范阳祖逖为友,闻逖被用,与亲故书曰:'君枕戈待旦,志枭逆虏,常恐祖生先吾著鞭耳。'"后以"先鞭"表示占先一着。

挽高东园联

泽壮梓桑崇雅望
裴兴风树有雄才

[背景]高东园(1859—1934),辽宁开原人。毕生从事教育工作。其子高崇民曾是张学良的部属,九一八事变后,一直从事抗日救亡活动。1934年12月,高东园因病逝世,其子高崇民举行祭奠活动,张学良撰送挽联致哀。

[简注](1)梓桑:即桑梓,故乡。语出《诗·小雅·小弁》:"维桑与梓,必恭敬止。"(2)裴:通"俳",俳徊。裴兴,俳徊寄兴。(3)风树:典出《韩诗外传》卷九:"树欲静而风不止,子欲养而亲不待也。"这是齐国孝子嘉鱼对孔子所说的话,后以"风树"比喻父母去世,子女不得奉养。这里称颂逝者之子高崇民。

[链接]高东园之子高崇民(1891—1971)早年留学日本,曾任张学良秘书,参与西安事变,抗日战争期间积极从事抗日救亡活动。新中国成立后,曾任东北人民政府副主席,民盟中央副主席,全国人大常委,全国政协副主席。

三 社会各界名人对联

广州护领袖,武汉杀寇仇,
成功成仁,旧名新名芬芳流百世
黄海捐世昌,长江失师俊,
可歌可泣,前浪后浪澎湃搏千秋

三、社会各界名人对联

1. 宋庆龄

挽萨师俊联

广州护领袖，武汉杀寇仇，成功成仁，旧名新名芬芳流百世
黄海捐世昌，长江失师俊，可歌可泣，前浪后浪澎湃搏千秋

[背景]萨师俊（1895—1938），福建闽侯人。烟台海军学校毕业后在海军服役，历任公胜、威胜、楚泰舰舰长。后被提升调任国民政府军海军第一舰队永丰舰舰长。1938年10月24日，在武汉保卫战中因舰艇被日机炸沉而壮烈牺牲。宋庆龄在香港闻讯后，即撰此联寄往海军司令部，表示沉痛哀悼。

[简注]（1）广州护领袖：指1922年6月，广东新军阀陈炯明背叛革命，炮轰总统府，孙中山登永丰舰避难。萨师俊时任永丰舰舰长。因永丰舰保护过孙中山，后更名中山舰。（2）武汉杀寇仇：指1938年10月，中山舰在武汉金口布防，在与日寇飞机展开互射时，萨师俊足断臂伤，仍抱铁柱指挥战斗，直至舰艇沉没壮烈牺牲。（3）世昌：即清朝北洋水师提督邓世昌。1894年中日甲午战争黄海海战中，邓世昌指挥致远舰与日本海军作战，在军舰受到重创的情况下，下令致远舰向日舰吉野号猛撞，准备与其同归于尽。冲击时不幸被敌鱼雷击沉，与全舰官兵同时殉

难。（4）长江：武汉金口在长江流域，中山舰被日机炸沉于此。

［链接］萨师俊已列入中华人民共和国民政部于2014年9月1日公布的第一批300名著名抗日英烈和英雄群体名录。

挽蔡元培联

组织光复，组织同盟，革命先锋，孙宋益友
主张抗战，主张合作，民族典范，国共楷模

［简注］（1）光复：即光复会，清末革命团体。1904年冬在上海正式成立，蔡元培任会长。次年与同盟会合作。1910年陶成章重组光复会，并在浙江、上海等地组织光复军，响应武昌起义。直至1912年因陶成章被刺解体。（2）同盟：即中国同盟会。1905年8月，在孙中山领导下，以兴中会、华兴会为基础，联络光复会，在日本东京正式成立。这是一个属于资产阶级革命性质的政党，后在国内各地建立组织，多次发动反清武装起义。1912年8月改组为中国国民党。（3）孙宋：孙中山、宋庆龄。

挽邹韬奋联

一

《生活》《大众生活》，迎接光明挥巨笔
《抗战》《全民抗战》，冲破黑暗砸顽石

［简注］（1）《生活》《大众生活》：为邹韬奋于20世纪20、30年代主编的进步刊物。（2）《抗战》《全民抗战》：为邹韬奋于抗战期间主办的宣传抗日救亡的刊物。刊物要求作者撰写战斗文章，一起去冲破黑暗，砸烂顽石，亦即粉碎日本帝国主义的侵略。联中连续嵌入邹韬奋主办的四个重要刊物，因而构成一副典型的嵌名联。

二
森森寒光一把匕
袅袅香气七株兰

[简注]（1）森森：形容寒气逼人。（2）一把匕：一把匕首。赞颂邹韬奋像一把锋利的匕首，具有强烈的战斗精神。（3）袅袅：形容烟雾或香气向四周散布。（4）七株兰：七株君子兰，喻轰动一时的"七君子事件"。1936年11月，邹韬奋、沈钧儒、李公朴、沙千里、史良、章乃器、王造时七人，因参与全国各界救国会领导工作，积极从事抗日救亡活动，被国民党当局逮捕入狱，史称"七君子事件"。

2. 张元济

挽项松茂联

福国惠民，良药苦口利于病
同仇敌忾，志士杀身以成仁

[背景]项松茂（1880—1932），浙江鄞县人。民国时期上海著名的爱国实业家，中国新药业先驱。早年创办上海五洲药房和五洲皂厂，曾任上海市商会议董、中国工商协会专门委员、中国红十字会特别委员。九一八事变后，积极参加上海抗日救国委员会，并把五洲药厂及其分支机构的职工编成义勇军一个营，自任营长。1932年1月29日，日军搜查上海五洲药房，捕去店员11人。项松茂于次日下午赶赴虹口营救，自己亦被劫持，不久遇害。张元济闻讯书此联痛悼亡友。

[简注]（1）福：降福、保佑。（2）惠：恩赐、施惠。（3）良药苦口利于病：指逝者生前创办五洲药房。

挽汪兆镛联

> 阅世感沧桑，别有伤心在怀抱
> 招魂荐泉菊，忍来挥泪对河山

[背景] 汪兆镛 (1861—1939)，广东番禺人。汪兆铭 (精卫) 胞兄。光绪举人。一生从事著述，精经史，善诗词，为近代著名词家，有《雨屋深灯词》传世。他与汪精卫泾渭分明，曾多次对人说："精卫心术不端，他日不仅贻羞汪氏，且将为国家罪人。""汉贼不两立，我宁死不能为虎作伥！"1939年夏病逝于澳门。同年10月，张元济、陈垣等数十人在上海功德林举行公祭，并献此挽联致悼。

[简注]（1）阅世：经历时世。（2）沧桑："沧海桑田"的略语，比喻世事变迁很大。（3）怀抱：心意、胸襟。这里是说，逝者经历世事有感于沧桑变化，而别有一番伤心滋味在心头。此指抗战以来祖国大片河山遭受日寇铁蹄蹂躏，而汪精卫更于1938年底公开投敌，并与日本签订卖国密约，作为胞兄更加感到痛心。（4）荐：献、进。（5）泉：原指地下水，亦可借指地下阴间。（6）忍来挥泪：即忍泪、含泪。面对日寇侵凌，国土沦陷的祖国河山，怎能不为之挥泪！

挽马相伯联

> 垂老投荒，可怜暮景
> 尽忠报国，无愧后人

[背景] 此联写于1939年间。联前原有小序："相伯先生以大耋之年，受政府知遇，膺要职。不幸遭国难，流离迁徙，寄迹炎荒，偶染微疴，以药物不济，逮至不起。先生言论时时以激发国人爱国为职志，其见义勇为之概，大足为后进楷模。谨制哀词，伏维灵鉴。"

[简注]（1）垂老：将老。杜甫《垂老别》："四郊未宁静，垂老不得

安。"（2）投荒：被迫迁徙或流放到荒远之地。（3）暮景：老年光景，亦称"晚景"。此指抗战初期，马氏已近百岁，尚不得已而流离迁徙，羁留越南谅山，可怜老人晚景凄凉。

3. 张澜

题重庆特园联

谁似这川北老人风流，善工书，善将兵，善收藏图籍，放眼达观楼，更赢得江山如画
哪管他法西斯蒂压迫，有职教，有文协，有政治党团，抵掌天下事，常集此民主人家

［背景］此联写于1941年秋。特园，位于重庆嘉陵江南岸的半山坡，20世纪30年代初四川南充知名人士鲜英所建，是一座宽敞幽雅的庭院式建筑。鲜英，号特生，故其私宅被称为特园。它是抗战时期重庆爱国民主人士的主要活动场所，中共代表团成员周恩来、董必武亦常来此与大家交换意见。1944年9月，中国民主政团同盟在此召开全国代表大会，正式通过改称中国民主同盟，鲜英也被选为中央执行委员。特园亦公开成为民盟总部所在地。因而成为全国闻名的"民主之家"。1941年秋，张澜曾为特园题写此楹联，刻于大门石柱之上。

［简注］（1）川北老人：指特园主人鲜英，当时亦已年近六旬，长髯飘胸，颇有长者风度。（2）善工书：鲜英抗战期间先后出任《新蜀报》《新生报》的社长，平时亦喜欢读书，且收藏不少图画书籍。（3）善将兵：鲜英系军人出身，毕业于四川陆军速成学堂，曾任川军第10师师长。（4）达观楼：特园主楼，内设主人书斋、客厅和卧室。（5）法西斯蒂：原指第一次世界大战后意大利出现的厉行恐怖和独裁的政党，也指鼓吹这种专政形式的反动思想。（6）职教：黄炎培主持

的进步团体中华职业教育社。（7）文协：全称中华全国文艺界抗敌协会，是当时为广泛团结一切抗日力量而成立的文艺界统一战线组织。（8）政治党团：指当时包括中国民主政团同盟在内的各民主党派和社会团体。（9）抵掌：击掌。这里是在形容社会各界爱国人士在一起谈论时局与国家大事时慷慨激昂状。

4. 沈钧儒

挽鲁迅联

这世界如何得了，请大家要遵从你说的话语，彻底去干
纵身躯有时安息，愿先生永留在我们的心头，片瞬勿离

［背景］1936年10月19日，我国现代伟大的文学家、思想家鲁迅因病逝世。沈钧儒为鲁迅治丧委员会成员和主祭人之一，不仅亲书"民族魂"三个大字覆盖在鲁迅的灵柩上，还撰送挽联致哀。

［简注］这世界如何得了：1936年春，随着日本控制的半傀儡式政权——冀察政务委员会的建立，华北五省已名存实亡，日本侵略者正向着吞并整个中国的目标急进，而国民党当局仍继续执行"攘外必先安内"的妥协投降政策，中华民族处于危急存亡关头。

挽"平江惨案"烈士联

在抗战时代如是牺牲，哪能会死而无憾
望贤明当局彻底查究，使共知责有所归

［背景］1939年8月13日，八路军驻渝办事处举行平江惨案烈士追悼会，沈钧儒与邹韬奋联名撰送挽联致哀。

［简注］（1）如是牺牲：即如此牺牲，指惨遭国民党军队杀害。（2）贤明：本指有才能有见识，这里"贤明"，应加引号，此语绵里藏针，实刺国民党当局。（3）查究：调查追究。（4）责有所归：责任有所归属。让大家都知道应由谁来承担责任。

题柳州罗池船厅联

谁挽狂澜，每念时艰怀击楫
民犹止水，莫因水利过张帆

［背景］罗池船厅，在广西柳州市柳侯公园内。"罗池夜月"为柳州一景。唐代柳宗元任柳州刺史时常来池边散步，并留下"馆我于罗池"的遗言，其部属遂在罗池立祠纪念。抗日战争初期，沈钧儒曾应约为柳州罗池船厅题写联语。

［简注］（1）挽狂澜：即力挽狂澜，比喻尽力挽回险恶的局面。语出唐韩愈《进学解》："障百川而东之，挽狂澜于既倒。"（2）时艰：时局艰难困苦。（3）击楫：敲击船桨。典出《晋书·祖逖传》："仍将本流徙百余家部曲渡江，中流击楫而誓曰：'祖逖不能清中原而复济者，有如大江！'"后以"击楫"或"中流击楫"比喻有志复兴的壮烈气概。（4）止水：静止不流的水。《庄子·德充符》："人莫鉴于流水，而鉴于止水。"止水澄清，可以照鉴。后用以比喻心境宁静，胸怀纯洁。（5）张帆：张开风帆行船。劝喻当局应当关心爱护民众，勿滥用手中权力。

挽沈振黄联

小己生命轻一掷
服务精神足千秋

［简注］生命轻一掷：既指逝者不惜献出自己年轻的生命，亦含撤离途中坠车

身亡的遇难经历。

5. 张伯苓

挽杨裕民联

> 精蔡伦术，有烈士声，即知即行，一代英贤飏棫朴
> 奋张良椎，湔儒士耻，允文允武，千秋忠义炳枌榆

［简注］（1）蔡伦：东汉工匠，发明了造纸术。因杨裕民早年学习工艺，精于化工专业，故誉其堪比古代名匠蔡伦。（2）飏：显扬。（3）棫朴：《诗·大雅》篇名。棫，白桵；朴，枹木。意谓棫朴丛生，根枝茂密，共相附着。喻贤人众多，国家振兴。后也用以喻人才众多。（4）奋张良椎：即指秦末韩国人张子房曾椎击秦始皇于博浪沙，后辅佐刘邦灭秦事。（5）湔：洗涤，洗刷，洗雪。（6）允文允武：文事和武功兼备。《诗·鲁颂·泮水》："允文允武，昭假烈祖。"（7）枌榆：据《史记·封禅书》载，汉高祖为丰枌榆乡人，初起兵时祷于枌榆社。故后以枌榆为故乡的代称。

6. 何香凝

题《闻鸡起舞图》联

> 国破家亡恨未已
> 诓衣长夜负鸡鸣

［背景］1933年夏天，何香凝为祝贺上海《社会日报》发行1000期而画了一幅

国画《闻鸡起舞图》。何香凝在将《闻鸡起舞图》送给该报时，还在画上题了这副联语。既是对于画意的诠释，真切地表达了誓雪国仇家恨的决心；亦为激励新闻工作者和广大读者积极投入当时正在风起云涌的抗日救亡运动。

［简注］（1）已：停止。可引申为消除。这里是说，由于日本帝国主义侵略以致国破家亡，我国人民难以消除心头之恨。（2）讵：岂，何。（3）衣：衣服。古时上曰衣，下曰裳。《诗·齐风·东方未明》："东方未明，颠倒衣裳。"（4）鸡鸣：《诗·齐风》篇名，全篇以对话形式，写妻子于天未明时，即一再催丈夫起身，为后来成语"鸡鸣戒旦"的由来。这里是说，岂能怕衣裳穿错而长夜不醒有负天明，其意仍在鼓励人们"闻鸡起舞"及时奋起。

拒贿讽蒋联

闲来写画营生活
不要人间造孽钱

［背景］抗日战争期间，何香凝住在广西桂林郊外，全家依靠卖花和种菜、养鸡维持生活，因此十分艰苦。蒋介石曾派人送来纸币一百万元，并请她与全家到重庆居住。何香凝让来人把现款原封不动带回，还附上这副联语，直接表明自己不与国民党当局合作的态度。

［简注］（1）写：有描摹之意，绘画术语中有写生、写真、写意等说法。（2）造孽：制造罪恶。泛指做邪恶的事情。将国民党当局送来的钱视为"人间造孽钱"，可见作者不满黑暗现实且甘于清贫的精神品格。

7. 黄炎培

抗战春联

> 天地示人真善美
> 山河还我北南东

[背景] 抗日战争期间，黄炎培作为爱国民主人士、国民参政会参政员，撰写了这副颇具特色的春联，表达抗日军民追求真理的信念和收复失地的决心。

[简注]（1）真善美：真实、善良、美好，其反面则为"假丑恶"。20世纪二、三十年代之交，曾有刊物命名为《真善美》。此句意谓，天地亦示意于人们应当相信和追求世间真善美的事物。（2）北南东：即指除中国尚在控制的西南、西北以外的北部、南部、东部广大沦陷区。

挽穆藕初联

> 四十年交好，到老犹新，最难赤手成功，万方衣被，付与儿曹好模范，唯自力乃获生存，由来富厚场中，几见飞黄上进
> 五千里流亡，相依为命，不意刚肠招祸，永别尘缘，处分家事尚从容，信暴敌必然败覆，料定凯旋门外，会看扶榇东归

[背景] 1943年10月6日，中央农业实验所、中国工业合作协会等团体在重庆举行穆藕初追悼会，作者撰送此长联致悼。

[简注]（1）四十年：1903年黄穆二人开始交往，至1943年正好四十年。（2）赤手成功：指穆氏早年依靠个人力量，创办德大、厚生、豫丰纱厂。（3）万方：多种方法。（4）衣被：养护，加惠。（5）儿曹：儿辈、晚辈。（6）富厚场中：富裕厚实之人集中的场所，此指实业界。（7）飞黄上进：飞黄腾达仍求

上进。指逝者虽系实业界名流，且在政府担任要职，仍积极投入抗日爱国运动。（8）五千里：指作者抗日战争爆发后从上海流亡到重庆，曾与逝者相依为命。（9）刚肠：刚直的性格。（10）尘缘：佛教名词。此指人间。永别尘缘意即离开人世。（11）处分家事：指临终前处理家庭事务。（12）败覆：溃败与覆灭。（13）凯旋门：古罗马及以后欧洲封建帝王为炫耀对外侵略战绩而建的一种纪念性建筑，后亦泛指战争取得胜利。（14）东归：指从重庆到逝者故里上海。

8. 柳亚子

挽沈联璧联

十载论交，最忆夷门侯季血
九原可作，毋忘家祭放翁诗

［背景］沈联璧，江苏松江人，早期同盟会员。20世纪20年代，曾创办新松江社，经常往来于松江、上海之间，支持柳亚子等人的革命活动。1939年因病逝世，柳亚子撰送挽联致哀。

［简注］（1）十载论交：指与逝者从20年代末至1939年间十年交往的历程。（2）夷门：本战国魏都大梁的东门，故址在今开封城内东北隅，以在夷山之上得名，后人遂以夷门指开封。（3）侯季：即战国时魏国隐士侯嬴，年七十岁，任大梁夷门的守门小吏，后被信陵君迎为上客。侯嬴与信陵君告别时曾言："北向自刎，以送公子。"可谓血性男儿，其心一片血诚，这里用以喻逝者。（4）放翁诗：指宋代诗人陆游（放翁）的《示儿》："死去元知万事空，但悲不见九州同。王师北定中原日，家祭毋忘告乃翁。"

三、社会各界名人对联

赠张华灵、陈宛璁夫妇联

卡尔良俦推燕妮
孟光清德媲梁鸿

[背景]1942年4月,柳亚子作为爱国民主人士,在香港沦陷后,由中共地下组织安排转移至广东兴宁县石马村,暂住张华灵、陈宛璁夫妇家中。张陈二人毕业于广州中山大学,均为中共地下党员。他们悉心照顾这位爱国老人。柳亚子住了半月有余。离开时,手书此联相赠。

[简注](1)卡尔:即无产阶级革命导师卡尔·马克思。(2)良俦:良好的伴侣。(3)燕妮:马克思夫人,一生全力照顾丈夫创立马克思主义学说。(4)孟光:东汉梁鸿妻,夫妻隐居于霸陵山中,以耕织为生。夫妻相敬如宾。丈夫每次归家吃饭时,孟光均举案齐眉以示敬重。(5)清德:清廉的德行。(6)媲:匹敌,比得上。(7)梁鸿:东汉扶风平陵人,家贫博学,不求仕进。因事过京城作《五噫歌》讽刺朝廷,后避祸去吴地,给人春米为生。其妻孟光对之仍举案齐眉,恩爱有加。

吊马君武联

在艰险之中,能为广育英才,自足千古
距胜利不远,最感复兴文化,又少一人

[背景]1939年马君武因病逝世,柳亚子不在国内,后于1942年自香港历尽艰险到达桂林,亲往马氏墓地凭吊,有感而成此联。

[简注](1)千古:不朽,大多用作悼念之词。这里是说,逝者在抗日战争爆发前后,能够不避艰险,为国家广育英才自足以名垂千古。(2)距胜利不远:此联成于1942年,作者预言距抗日战争胜利已经不远。(3)复兴文化:复兴祖国文化。马君武是近代著名教育家(广西大学校长)、科学家(我国第一位工学博

士）。作者深为已距胜利不远而将来复兴祖国文化"又少一人"感到惋惜。

愤题联

<blockquote>
半壁有人娱富贵
中原无地哭苍生
</blockquote>

［背景］抗日战争后期，柳亚子作为国民党左派元老之一，在重庆有感于不少国民党政府要员大发"国难财"，依然过着花天酒地的生活，愤而题写此联。

［简注］（1）半壁：即半壁江山，指国家领土已沦陷大半的残局。此指当时国统区只是据守我国西南一隅。（2）娱富贵：实为"富贵娱"，即有钱有势的人却在半壁江山之内，依旧寻欢作乐。（3）中原：原指河南一带，后亦泛指黄河中下游地区。（4）哭苍生：实为"苍生哭"，即中原沦陷区广大百姓无不为之痛哭失声。

9. 谢侠逊

题广州棋赛联

羊城爆竹，忽报新春，今又竞驱驰，望当局手奠河山，马上功名昭奕代

泗岛为帆，倏经两月，吾非争胜负，愿大家胸罗兵甲，个中运动遍全球

［背景］1936年春节期间，广州青年集会，欢迎著名爱国棋人谢侠逊从海外归来。会后，谢侠逊与广州棋手黄松轩、冯敬如等名将对弈，并当场写了这副赛联。

［简注］（1）羊城：广州市的别称。（2）驱驰：策马疾驰，亦含奔走效力

之意。(3) 手奠：亲手奠定。(4) 马上：语见《史记·陆贾列传》，谓以武力征服天下。(5) 奕代：一代又一代。(6) 泗岛：指印度尼西亚大城。(7) 帆：张帆行驶。(8) 倏：疾速，忽然。此指海外乘船归来，很快已有两月。(9) 兵甲：铠甲和兵器，泛指武备。《诗·秦风·无衣》："王于兴师，修我兵甲，与子偕行。"亦用作军事的代称。(10) 个中：犹言此中。

题全菲华侨抗日救亡大会联

廿年霸越，三户亡秦，抗战奋前途，莫辜负菲岛潮声，岷江月影
汉患匈奴，唐遭突厥，古今同劫局，应急效班超投笔，卜式输财

[背景] 1937年10月，谢侠逊只身充任南洋巡回大使，利用象棋表演宣传抗日。当抵达菲律宾马尼拉时，报见南京失守，旋即召开规模宏大的"全菲华侨抗日救亡大会"，并自撰联语悬于会场两侧，宣传抗日救亡，激励广大侨胞。

[简注] (1) 廿年霸越：即经过二十年，越国成为霸主。公元前494年越国被吴国打败，越王勾践卧薪尝胆、发愤图强，经过"十年生聚，十年教训"，终在公元前473年攻灭吴国，称霸四方。(2) 三户亡秦：典出《史记·项羽本纪》："自怀王入秦不反，楚人怜之至今，故楚南公曰：'楚虽三户，亡秦必楚也。'"(3) 奋前途：全民奋起才有前途。(4) 菲岛：即菲律宾群岛。(5) 潮声：指广大侨胞所发出的抗日救亡呼声。(6) 岷江：在四川省中部，源出岷山，经乐山纳入大渡河，至宜宾并入长江。这里以菲岛、岷江为代表，希望海外华侨与国内同胞共同投入抗日救亡运动。(7) 匈奴：古代北方民族之一，散居大漠南北，过着游牧生活，善于骑射。因常入侵中原，成为汉朝最大祸患。(8) 突厥：古阿尔泰山一带的游牧民族。隋唐之际占有漠北土地。唐初连年入寇，攻城略地，甚至长安亦受威胁。(9) 劫局：造成劫难的局面。(10) 班超：东汉名将。早年投笔从戎，

奉命出使西域三十余年，官至西域都护，封定远侯。（11）卜式：西汉洛阳人，以牧羊致富。汉武帝时匈奴屡犯边陲，卜式将家产之半捐作军费。武帝召为中郎，给以赏金，他又将赏金全部献给国家。

题万隆棋赛联

由岷江重到隆中，数局谱灾情，那堪烽火惊心，亿万流离长痛哭

向狮屿前赴眉上，一枰传战讯，只望侨胞努力，满盘胜利可操持

［背景］1938年初夏，谢侠逊抵达印度尼西亚著名游览避暑胜地万隆。当即设置赛场，开展抗日救国宣传。在与当地著名棋手林祥藩等人比赛时，手书此联悬于赛场两侧。

［简注］（1）隆中：本为诸葛亮早年隐居地，在湖北襄阳城西。联中代指湖北。这里是说，从四川再次来到湖北，通过几局象棋意在谱写（记述）国内的灾情。（2）流离：转徙离散，流落他乡。（3）狮屿、眉上：均为南洋群岛地名，指作者当时的行程。（4）枰：古代的博局，亦指棋盘。这里是说，一盘象棋即可传出战争的讯息。

赠陈洁如联

殷忧启圣，多难兴邦，弈史耀千秋，欣看祖国军民，团结精诚，为自由而战

象能渡河，马可压脚，棋经通四海，愿合全球俊彦，雍容揖让，作君子之争

［背景］1940年3月，谢侠逊从南洋返回重庆，国民党中央监察委员、国民参

政会秘书长邵力子夫妇在国际联社举行聚餐晚会，为棋王接风洗尘。席间还介绍国民党中央委员陈洁如与棋王认识。二人晤谈之后，谢侠逊即以此联赠陈洁如。

[简注]（1）殷忧：深忧。（2）启圣：开启圣上的明智。（3）多难兴邦：谓国家遭遇困难可以促使内部团结，因而兴盛起来。语出刘琨《劝进表》："或多难以固邦国，或殷忧以启圣明。"（4）弈史：记载棋艺发展的历史。（5）象能渡河、马可压脚：均为象棋规则用语。（6）棋经：谈论象棋法则典范的书。

即兴抒怀联

陕边难越三重险
董老确高一着棋

[背景]1940年初夏，有一次谢侠逊在重庆与周恩来对弈时，询问延安棋艺活动的情况。周即告知延安象棋活动很普及，毛泽东、朱德等都很爱好。其中，董必武水平最高，在延安象棋比赛中得过冠军。周还邀请棋王亲赴延安指导，谢也很想前去，只是难越重重封锁，不胜遗憾，遂即兴口吟成此联。

[简注]（1）陕边：即陕甘宁边区，辖有二十余县，首府延安。当时已成敌后抗日根据地的中心。（2）三重险：即重重险阻。此指国民党当局对于陕北抗日根据地实行层层封锁，因此难以逾越。（3）董老：对董必武的敬称。当时延安民众习惯上将徐特立、吴玉章、林伯渠、董必武、谢觉哉称为"延安五老"。（4）确高一着棋：即棋高一着，这是谢侠逊自我谦虚的说法，也是对董必武棋艺的赞许。

题重庆劳军棋赛联

三十二棋子，分列眼前，登场作战，觉一时严重非凡；看士马纷腾，卒兵汹涌，炮车直追，相象斜飞，将帅运筹决胜，龙从虎斗，何妨人手争先；趁白日青天，堪举办劳军竞赛，纵然就蛮疆绝域，也可供抗敌宣传，莫辜负弈秘阵法，谢傅戎机，古代武

功，中原文化

四百兆华胄，尽归枰底，尝胆卧薪，望九世仇雠早雪；溯台湾割据，高丽并吞，黑吉沉沦，热辽失陷，陆空联袂齐进，豕突狼奔，已到关头最后；尽枪林弹雨，应使他匿迹销声，更须奋赤血丹心，即乘此兴邦建国，且听那晋西偷营，鄂东劫寨，桂南捷电，湘北佳音

［背景］1940年夏，重庆有关部门组织劳军棋赛，谢侠逊为了宣传抗日爱国思想，仿云南昆明大观楼长联，自撰长联一副，悬于棋赛会场。

［简注］（1）三十二棋子：象棋红黑双方，合计32枚棋子。登场作战，相互拼搏。（2）士、马、卒、兵、炮、车、相、象、将、帅：均为象棋棋子名称。（3）龙从虎斗：比喻双方势均力敌，斗争或竞赛激烈。（4）蛮疆绝域：指文化落后、偏僻边远之地。（5）弈秘阵法：象棋神秘奥妙的阵法。（6）谢傅：指晋代名臣、征讨大都督谢安。苻秦攻晋之时，谢安遣侄谢玄等大破苻坚于淝水，以总统功，拜太保。辛赠太傅，因称谢傅。（7）戎机：指战争或军事。古乐府《木兰诗》："万里赴戎机，关山度若飞。"（8）四百兆华胄：四亿华夏民族的子孙。（9）枰底：棋局之内，实指抗战这一棋局。（10）九世：九代。（11）仇雠：仇人，此指日本侵略者。以下"溯台湾"七句，追溯"九世仇雠"的具体内容。（12）台湾割据：1895年日本强迫清政府签订马关条约，从此台湾割让给日本。（13）高丽并吞：1910年日本侵吞朝鲜（史称高丽）。（14）黑吉沉沦，热辽失陷：指1931年九一八事变后，黑龙江、吉林、辽宁、热河等省相继被日寇占领。（15）联袂：手拉着手，一同行动。（16）豕突狼奔：如野猪冲撞，似饿狼奔窜，喻指七七事变后，日本陆军、空军联合进攻，深入中国内地，已将中国逼到危急存亡的最后关头。（17）匿迹销声：隐藏踪迹和声音。此指打击日本侵略者，使其不敢公开露面。（18）"且听那"四句：指全国人民奋起抗战已取得不少局部性的胜利。在山西西部、湖北东部、广西南部、湖南北部，无论偷营劫寨，还是正面交锋，均已传出不少捷报佳音。

三、社会各界名人对联

赠贾题韬联

雪泥鸿爪，吾原从海外归来，胜迹跃蓉城，每瞻仰丞相祠堂，校书古井

楚界汉河，今又向蜀中呼吁，雄风惊日寇，即凭此输金救国，储券兴邦

［背景］1940年10月，谢侠逊为募捐慰劳抗战将士，又从重庆到成都举行象棋义赛。义赛结束后，游览成都名胜古迹，还拜访了贾题韬。贾题韬，山西赵城县人，从小热爱象棋。抗战初期从山西流亡到四川，仍依《竹香斋》棋谱反复揣摩，棋艺大进，成为当地棋坛高手。二人对弈，棋逢对手，相见恨晚，临别题赠此联。

［简注］（1）雪泥鸿爪：鸿雁在雪地踏过留下的爪印。语出苏轼《和子由渑池怀旧》："人生到处知何似，应似飞鸿踏雪泥。泥上偶然留趾爪，鸿飞那复计东西。"后比喻往事留下的遗迹。（2）海外归来：指从南洋宣传抗日募捐归来。（3）蓉城：亦作芙蓉城，成都市的别称。（4）丞相祠堂：即武侯祠，在成都市南郊。西晋末年建，祀三国蜀丞相武乡侯诸葛亮。（5）校书古井：即薛涛井，在今成都市东望江楼公园内。薛涛为唐代女诗人，幼年随父由长安入蜀，后为乐伎，能诗，时称女校书。（6）楚界汉河：象棋用语，红黑双方的分界线。此代指象棋义赛事。（7）输金：捐献钱财。（8）储券：即储蓄债券，指购买政府发行的债券。

10. 许德珩

挽吉鸿昌联

仗义灭贼豪情，君死更增血恨
为国捐躯惨痛，我生必报深仇

[背景]吉鸿昌（1895—1934），字世五，河南扶沟人。抗日爱国将领。曾任冯玉祥部师长，后任国民政府军第21军军长和宁夏省政府主席。1931年因反对进攻中国工农红军，被蒋介石强令出国。1932年"一·二八事变"后回国，同年加入中国共产党。1933年5月，联合冯玉祥、方振武等在张家口组成察哈尔民众抗日同盟军，任同盟军第2军军长、北路军前敌总指挥兼察哈尔警备司令。在日伪军和国民党军夹击下于9月失败，后在平、津等地继续从事抗日活动。1934年11月在天津被捕，在北平陆军监狱遭国民党杀害。许德珩闻讯撰联致哀。

[简注]（1）仗义灭贼：高举抗日义旗，英勇杀贼，收复失地。（2）血恨：因反动派杀人流血而引起的仇恨。（3）惨痛：吉鸿昌不是战死在抗日战场，而是死于国民党政权屠刀之下，因言"惨痛"。

[链接]吉鸿昌已列入中华人民共和国民政部于2014年9月1日公布的第一批300名著名抗日英烈和英雄群体名录。

11. 陈寅恪

偶成联

见机而作
入土为安

[背景]此联写于抗日战争期间。当时，他在昆明西南联大教书。为躲避日机袭击，国民一听到空袭警报，纷纷钻入防空洞。陈寅恪信手拈来两句成语，构成一副妙联。

[简注]（1）见机而作：语见诸葛亮《将苑·应机》："夫必胜之术，合变之形，在于机也。非智者孰能见机而作乎？"原指看准时机，灵活行动。联指一见空袭敌机，立即有所动作，亦即钻入防空洞。（2）入土为安：旧时民间俗语：

"死者长已,入土为安。"即安抚死者亲属早点埋棺入土,好让死者安息。联中"入土为安"者,并非死者,而是生者,即国民一见日机,连忙钻进防空洞,以求"入土为安"。

挽许地山联

人事极烦劳,高斋延客,萧寺属文,心力暗殚浑未觉
乱离相倚托,娇女寄庑,病妻求药,年时回忆倍伤神

［背景］许地山(1893—1941),祖籍福建,生于台湾。现代著名作家、学者。文学研究会发起人之一,著有《空山灵雨》《缀网劳蛛》等文学作品。曾任燕京大学、清华大学教授,对于印度文学、佛学均有精湛研究。1935年出任香港大学中文系主任,后兼中华全国文艺界抗敌协会香港分会常务理事。1941年8月病逝于香港。陈寅恪撰此联挽之。

［简注］(1)高斋延客,据《南史·庾肩吾传》记载,梁简文帝(萧纲)为太子时,开文德省,命庾肩吾、吕孝威等多人并充学士,抄撰众籍,丰其果馔,号为"高斋学士"。联中活用此典,说明许地山作为香港大学中文系主任亦善于网罗人才。(2)萧寺:佛寺。相传梁武帝(萧衍)造佛寺,命萧子云飞白大书曰萧寺。(3)属文:写作,连缀字句而成文章。许地山精通梵文,一度专攻宗教史、印度哲学与佛学,常在佛寺躲避尘嚣,安心著述。(4)暗殚:暗中因劳致病。此指许地山平日教务繁忙、治学勤奋,身体状况变得越来越不好,自己却没有觉察。(5)庑:堂下周围的走廊,廊屋。这里写作者与逝者在抗战艰难岁月中的交往情景。1939年,作者偕夫人、女儿到香港,受到许地山热情接待。作者计划到云南昆明西南联大任教,但因夫人正患心脏病,只好只身一人前往昆明,将妻女寄寓许地山家,托其照顾。1941年春,作者应聘英国牛津大学教授,到香港候船赴英。因国际形势突变,使欧洲轮船中断,只好留在香港大学任教。(6)"年时"句:1941年8月许地山突然病逝,由作者接替香港大学中文系主任,想起近年友人对自己一家的关心照顾,备感伤神。

12. 续范亭

讽蒋介石联

井底孤蛙，小地小天，自高自大
厕中怪石，不中不正，又臭又顽

[背景] 1935年11月，续范亭在西安同杨虎城将军面谈抗日救国大计，并赶赴南京，和老友于右任先生共同向国民党总裁蒋介石陈述抗日救国大计。然而事与愿违，蒋介石拒不"纳谏"，坚持其"攘外必先安内"的政策。于是他写下此副对联加以讥讽。

[简注] 不中不正：嵌蒋介石名"中正"。

纪念七七事变五周年联

民族一大难，汉满蒙回藏，万众一心好儿女
寇迹五年深，工农兵学商，誓死打败法西斯

[背景] 1942年7月7日，是七七事变五周年，作者撰此联以纪念。

取高尔基诗意成联

白玉有瑕，仍不失为白玉
苍蝇无疵，却依旧是苍蝇

[背景] 1943年11月，作者读苏联无产阶级作家高尔基早年写的散文诗杰作《鹰之歌》，有感而撰此联。

挽朱德母钟太夫人联

一

老帅悼母，三军齐恸
慈云返空，同志尤哀

二

全凭着八旬慈母两双手
成就了一代伟人老英雄

三

为革命斗争三十余年，亲娃娃无暇探母，半生致力新民主
作劳动神圣八十六岁，老太太依门望儿，临死犹摇旧纺车

四

艰苦卓绝劳动英雄，党内党外北与南，齐声赞扬真慈母
节用爱人妇女模范，三军将士悲而壮，同来追悼太夫人

五

劳动人民的母亲，为革命而倍辛勤，太夫人就是绝好榜样
革命将士的领袖，与劳动者共生死，总司令可谓大孝仁人

六

劳动人民的母亲有似丈夫，建立家务撑危局
革命将士的领袖宛如慈母，教养青年破难关

［背景］1944年4月，延安各界追悼朱德总司令母亲钟太夫人，正在延安养病

的续范亭作六副白话联以挽。

挽邹韬奋联

法西主义对头，鞠躬尽瘁，韬奋毕生五十岁
革命文化旗手，誓死不屈，鲁迅而后第一人

[简注] 法西主义：即法西斯主义。

13. 叶圣陶

为推鸡公车者题写的春联

有子荷戈庶无愧
为人推毂亦复佳

[背景] 此联写于1942年春。1941年，叶圣陶全家避居四川成都郊区。每次进城回家，常坐姓俞的鸡公车（独轮手推车），因此结识，遂以"老俞"相称。次年春节，老俞请他拟副春联，于是写成此联。老俞听解释后高兴地说："好，确实好，切，切得很，就是我要说的话。有个儿子在前方打国仗，总算对得起国家。推鸡公车，凭力气换饭吃，比哪一行正经行业都不差。"

[简注]（1）荷戈：肩扛武器。戈原为我国古代的一种兵器，后亦泛指武器。（2）庶：庶几、差不多。这里是说，有个儿子扛枪上了前线，庶几问心无愧。（3）毂：原为车轮的中心部分，有圆孔，可以插轴。后亦用以指车。这里是说，为人推车也是一件好的差事。

14. 茅盾

桂林文化市场有感联

饭桶酒囊亦功德
鸡鸣狗盗是雄才

[背景] 此联写于1942年6月，附在桂林通讯《雨天杂写》（之四）文中。当年3—12月，茅盾由香港返重庆途中，曾在桂林住了一段时间。当时桂林已成大后方有名的"文化城"，大批进步文化人云集于此，积极展开抗战文艺运动。但当地文化市场却在表面热热闹闹之下，存在某些消极现象。茅盾对此深有所感，并著文加以批评。他在《雨天杂写》（之四）文中指出：我想用八个字来概括此间文化市场的几个特点，就是"鸡零狗碎，酒囊饭桶"。在作具体分析说明之后，则以这副联语结束全文。

[简注]（1）饭桶酒囊：意同"酒囊饭袋"，用以讥讽只会吃喝，不会做事的无能之人。（2）功德：佛教语，指诵经、念佛、布施等善事。这里是指桂林文化市场中某些出版者与文化人，或出入酒馆自命风雅，或依靠布施勉强糊口。大家均靠文化市场支撑着，因而这也算是当地文化市场的一种"功德"吧。（3）鸡鸣狗盗：典出《史记·孟尝君列传》。孟尝君一度在秦被囚，曾靠会鸡鸣、狗盗者的帮助而得以脱险。后多用作贬义，以"鸡鸣狗盗"称有微末技能的人。（4）雄才：具有杰出才能的人。这里针对桂林文化市场中存在的抄袭行为，指出有人依靠剪刀糨糊肢解他人作品拼凑成书。作者将其讥之为鸡鸣狗盗之徒。但此辈居然成了雄才，岂不让人啼笑皆非。

挽邹韬奋联

失地见机先，未睹北定中原，吐气且期家祭告

埋名隐敌后,共图东北三岛,腐心总为国威扬

[背景]1944年7月邹韬奋因病逝世后,宋庆龄、郭沫若等72人在重庆发起举行追悼会,茅盾与曹靖华、孙伏园、叶以群联名送此联致哀。

[简注](1)机先:事机的先兆,亦即事物初露的苗头。(2)北定中原:即收复祖国北方大片山河。(3)吐气:发泄怨气而感到痛快,有扬眉吐气之意。(4)埋名隐敌后:抗日战争期间,邹韬奋因皖南事变而被迫流亡香港。日军攻陷香港后,又辗转赴广东东江游击区,于1942年底到苏北解放区。次年秘密赴上海治疗癌症。这一时期经常隐姓埋名,坚持敌后斗争。(5)东北三岛:指东北三省。(6)腐心:痛心。指逝者常痛心疾首投入斗争。

15. 郁达夫

祭母联

无母可依
此仇必报

[背景]郁达夫之母陆氏(1866—1937),浙江富阳人。长期在家操持家务。自丈夫去世之后,靠替人家缝补洗衣服抚养孩子。1937年12月,日寇占领富阳,郁母躲到住屋与鹳山的夹弄里,于大雪纷飞中冻饿至死。1938年1月18日,郁达夫接到母亲饿死故里的噩耗,悲恸欲绝,即在福州光禄坊寓所设灵堂致祭,并在母亲遗像旁手书此联。联句言简意明,既是哀挽亡母的悼词,也是投身抗日的誓言。

挽郁曼陀联

天壤薄王郎,节见穷时,各有清名闻海内

三、社会各界名人对联

乾坤扶正气，神伤雨夜，好凭血债索辽东

[背景] 郁曼陀（1884—1939），名华，郁达夫长兄，浙江富阳人。早年留学日本，回国后曾在京师高等审判厅、大理院任职。1932年到上海任江苏高等法院第二分院刑庭庭长。1939年11月，这位上海著名法官因拒绝与日伪合作，被汪伪76号特工总部特务暗杀。1940年3月，上海各界爱国人士举行郁曼陀追悼会。郁达夫远在新加坡，特撰此联致哀，并以《曼兄殉国沪上寄挽》为题发表于3月25日上海《申报》。

[简注]（1）天壤薄王郎：典出《晋书·列女传》："（谢道蕴）初适王凝之，还，甚不乐。安（谢安）曰：'王郎逸少（王羲之）子，不恶，汝何恨也？'答曰：'一门叔父，则有阿大、中郎；群从兄弟，复有封、胡、羯、末；不意天壤之中，乃有王郎！'"此指王、谢两家独有凝之不称其意。后遂以"天壤王郎"为妻子对丈夫不合意之词。作者活用此典，谓天地之间何以如此鄙薄王郎呢？暗喻郁氏兄弟受到社会上某些人的歧视。（2）节见穷时：语出宋代文天祥《正气歌》："时穷节乃见，一一垂丹青。"谓人的气节只有处于困境时才会表现出来，表示兄弟两人在抗战时期都坚贞不屈。（3）清名：高洁清白的名声。此指兄弟两人各在司法界和文学界都有好名声。（4）辽东：指已被日寇占领的东北三省，时正沦为伪满洲国。

挽许地山联

嗟月旦停评，伯牛有疾如斯，灵雨空山，君自涅槃登彼岸
问人间何世，胡马窥江未去，明珠漏网，我为家国惜英才

[简注]（1）嗟月旦停评：由"月旦评"一语化出，典出《后汉书·许劭传》："初，劭与靖俱有高名，好共核论乡党人物，每辄更其品题。故汝南俗有月旦评焉。"后称品评人物为"月旦"。这里是说，可惜再也看不到逝者评论世事的

文章了。（2）伯牛有疾如斯：典出《论语·雍也》。伯牛为孔子的弟子，以德行著称。他生了重病，孔子去看望，感慨地说："命矣夫，斯人也而有斯疾也。"此指许地山生了重病。（3）灵雨空山：逝者有散文集名《空山灵雨》。（4）涅槃：佛家语，佛教徒命终谓涅槃或圆寂。（5）彼岸：佛教所指的脱离生死的境界。作者因许地山精通佛学，遂以佛教用语入联来表达哀挽之情。（6）胡马窥江未去：胡马即胡人的兵马，谓宋高宗时金兵两次南侵，窥伺欲渡长江。此指日军侵华。（7）明珠漏网：由许地山另一代表作《缀网劳蛛》书名化出，暗喻友人逝世。

16. 章乃器

挽鲁迅联

一生不曾屈服
临死还在斗争

［背景］1936年10月19日，我国现代文学家、思想家鲁迅因病逝世于上海。上海各界隆重举行鲁迅追悼会，章乃器撰送挽联致哀。

自勉联

无此闲情算旧账
有腔热血效前驱

［背景］1937年7月底，在抗日战争全面爆发的形势下，救国会七君子——沈钧儒、邹韬奋、李公朴、沙千里、史良、章乃器、王造时全部获释。章乃器出狱后写成此联，表示了渴望奔赴抗日前线工作的决心。

［简注］（1）闲情：安闲舒适的心情，此句意谓，没有这种闲适的心情去算

过去的老账。作者胸怀旷达,不咎既往,准备为推动抗日民族统一战线作出自己的努力。(2)前驱:前导。《诗·卫风·伯兮》:"伯也执殳,为王前驱。"也指导引的人。此句意谓,我有一腔鲜血愿效前驱,即迅速奔赴抗日前线投入战斗。

17. 田汉

挽郑正秋联

早岁代民鸣,每弦繁管急,议论风生,胸中常有兴亡感
谁人纾国难,正水深火热,老成凋谢,身后惟留兰桂香

[背景]郑正秋(1888—1935),原名芳泽,号伯常,广东潮阳人。近代电影编剧、导演,早期话剧活动家。1913年从事电影工作,参与编导的《难夫难妻》,是我国拍摄故事片的开端。后参加新剧活动,编演过一些有爱国思想和社会意义的戏剧。1922年起参与创办明星影片公司,编导影片二十余部。1935年7月因病逝世,田汉撰送挽联致悼。

[简注](1)民鸣:民众的呼声。(2)弦繁管急:弦管即弦乐与管乐,此指在热烈的音乐声中。(3)议论风生:指他早年在《民吁》《民言》等刊物上发表的反封建文章,议论内容广泛,生动而又风趣。(4)纾:解除。(5)老成:年高有德或有声望。语出《诗·大雅·荡》:"虽无老成人,尚有典形。"(6)兰桂香:化用成语"兰桂齐芳",以喻子孙兴旺发达。

题赠衡岳佛道教救难协会联

自从悟及如来佛
又向人间树战旗

[背景]抗日战争初期,湖南衡山上的爱国僧人和道教徒亦积极投身抗日救亡运动,着手组织佛道教救难协会这一群众团体。会址设在南岳衡山著名庙宇之一的祝圣寺。1939年1月,田汉率领抗日宣传队赴南岳衡山慰问演出,应佛道教救难协会要求,以此联相赠。

[简注](1)如来:佛教名词。据梵文意译,为释迦牟尼的十种称号之一。"如来"即从如实之道而来,开示真理的人。佛常用以自称。此句意谓,自从僧徒参悟及于我佛如来,亦即领悟佛祖开示的真理。(2)战旗:战斗的旗帜。这里紧承上句,宗教徒们面对日本侵略者践踏自己神圣的国土,亦将秉承我佛如来救苦救难的意旨,又向人间树起战斗的旗帜。

19. 丰子恺

为房东题联

天下兴亡,匹夫有责
抗敌必胜,妇孺皆知

[背景]此联写于1938年春。当时抗战初起,丰子恺来到武汉参加抗日救亡运动,曾为房东题写此联。

[简注](1)上联自清代顾炎武《日知录·正始》:"保天下者,匹夫之贱,与有责焉耳矣。"又见孙中山《行易知难》:"吾国人果知天下兴亡,匹夫有责,则人人当自奋矣。"(2)妇孺:妇幼,妇女和孩子。

19. 老舍

即事联

将军出资办三户，意在亡秦
文豪挥笔理千篇，心为抗日

［背景］此联写于1937年底。老舍在武汉与友人一起创办了通俗文艺刊物《抗到底》。国民党抗日爱国将领冯玉祥为支持进步文化人宣传抗日，特筹资开办"三户"印刷厂。老舍有感于此写了这副联语。

［简注］（1）将军出资办三户：指冯玉祥将军出资办了一个"三户"印刷厂。（2）意在亡秦：这里用了一个常见的典故。楚虽仅存三户，终将灭亡秦国。这正是冯玉祥将印刷厂取名"三户"的原因，意在表明抗战到底的决心与必胜信念。（3）文豪挥笔理千篇：文豪，本谓杰出的、伟大的作家。此指作者周围的作家们，为与上联"将军"相应，因称"文豪"。理，梳理，意即写作。作者当时在《大时代与写家》说："救国是我们的天职，文艺是我们的本领，这二者必须并在一处，以救国的工作产生救国的文章。"

自题联

报国文章尊李杜
攘夷大义著春秋

［背景］1938年3月27日，中华全国文艺界抗敌协会在汉口成立。会间老舍赋七律一首《贺全国文艺界抗敌协会成立》，表达了广大文艺战士的壮烈情怀。老舍此联亦写于同时，既用以自勉，亦激励文友。

［简注］（1）李杜：即李白与杜甫。此句意谓，写作报国文章自当推崇李白

与杜甫,要用自己手中的笔报效祖国。(2)攘夷:排除外国的侵略。(3)春秋:儒家经典之一,编年体史书。相传为孔子根据鲁国史官记载整理修订而成。此句意谓,抗击外国侵略者的要义(大道理)早就标举于《春秋》书中。我国自古以来,夷夏之别、华夷之防,向为春秋大义之一。

贺茅盾五十寿辰联

鸡鸣茅屋听风雨
戈盾文章赴斗争

[背景]1945年6月24日,由郭沫若、老舍等人联合发起,在重庆举行茶话会,庆祝茅盾50寿辰和创作生活25周年,文化、文艺界有700余人到会。会上宣读了老舍的贺信。老舍还送上这副嵌名祝寿联,上联嵌入"茅"字,下联嵌入"盾"字。

[简注](1)茅屋:抗日战争时期,重庆文化界人士多居乡野茅屋,可见生活之艰难。(2)鸡鸣、听风雨:语见《诗·郑风·风雨》:"风雨如晦,鸡鸣不已。"风雨交加之时,天色昏暗,群鸡啼鸣不止。这就点出了当时国统区的政治形势。还暗用"闻鸡起舞"的典故,耳听风雨鸡鸣之声,自当催人奋起。(3)戈盾:戈与盾为古代用以进攻和防御的主要武器。戈盾文章,指作者文章充满战斗色彩,犹如戈盾一样。

四 各地抗日烈士陵园公墓纪念碑联

爆革命火花,
生有光芒昭日月
作献身金鉴,
死留正气壮山河

四、各地抗日烈士陵园公墓纪念碑联

1. 抗日烈士陵园联

晋冀鲁豫烈士陵园联

晋冀鲁豫烈士陵园位于河北省邯郸市内。这座陵园是为纪念八路军总部前方司令部、政治部和晋冀鲁豫军区及129师牺牲的烈士而修建的。陵园始建于1946年3月，1950年10月落成，是我国建设较早、规模较大的烈士陵园之一。陵园中有以下几副题联：

爆革命火花，生有光芒昭日月
作献身金鉴，死留正气壮山河

作者：董必武

壮志长存漳河畔
英灵横贯太行山

作者：徐特立

纪念丰功，记取艰难昔日
继承遗志，创造灿烂明天

作者：郭沫若

陆军第5军昆仑关战役阵亡将士纪念墓园联

1940年，陆军第5军昆仑关战役阵亡将士纪念墓园建成后，国民政府党政军要人蒋介石、李宗仁、白崇禧、何应钦、陈诚、杜聿明、张治中、张发奎、顾祝同、于右仁、余汉谋、徐永昌、林蔚、黄旭初等均为墓园题词撰联，刻于牌坊、纪念塔及碑亭，至今基本保存完好。纪念墓园及昆仑关战役遗址经维护整修，已于2000年公布为广西壮族自治区重点文物保护单位，2006年列为全国重点文物保护单位。前录蒋介石题联刻于南门牌坊正面中央，杜聿明题联刻于正面两侧；于右任题联刻于背面中央，顾祝同题联刻于背面两侧；林蔚题联刻于北门牌坊正面中央，黄旭初题联刻于背面中央。

血花飞溅，苦战兼旬，攻克昆仑寒敌胆
华表巍峨，扬威万里，待清倭寇慰忠魂
作者：杜聿明

昆仑关下英雄记
革命军前金石光
作者：于右任

战绩令人怀壮烈
国殇为鬼亦雄奇
作者：顾祝同

百战尚留苌氏血
九攻更轶狄青勋
作者：杜　蔚

编成战史勋名垂

合葬雄关俎豆新

作者：黄旭初

江苏洪湖峰口抗日阵亡烈士陵园联

洪湖峰口抗日烈士陵园坐落在峰口镇镇中心偏北处，占地面积20余亩，呈长方形，东西长约120米，南北长约180米。兴建于1940年夏。由国民革命军陆军128师师长王劲哉委司令部秘书汝芳舞督修，土港村保长白淇章组织工匠、民工承修，历时半年竣工。解放战争时期，陵园因无人维护而衰败，后毁于1954年大水。

禀天地正气以生，生岂甘作奴隶
为国家民族而死，死有重于泰山

作者：汝芳舞

江苏连云港抗日山烈士陵园联

抗日山烈士陵园位于江苏连云港市赣榆区王洪村抗日山南坡。由八路军115师教导二旅、山东军区、滨海军区军民于1941年春兴建，至1944年先后四次为抗日牺牲的先烈建塔树碑。新中国成立后，党和政府又多次拨款整修扩建，形成了由塔、亭、堂、碑、冢和东西墓群为主的大型烈士陵园。1991年为纪念建园50周年，又拨款扩建。陵园依山而建，共有8个坡段363级台阶。现占地600亩，分为墓区和陵园。墓区建有751座坟墓，安葬着1800余位烈士的忠骨，墓碑上铭刻着3576位烈士英名。彭雄（1915—1943）为新四军第3师参谋长，1943年2月在连云港与日军作战时牺牲。已列入中华人民共和国民政部于2014年9月1日公布的第一批300名著名抗日英烈和英雄群体名录。

徐福故里再现，须珍视两千里友谊

四、各地抗日烈士陵园公墓纪念碑联

彭雄新馆落成,休掀动八十载风雷

江苏洪泽朱家岗抗日烈士陵园联

江苏洪泽县朱家岗烈士陵园位于洪泽湖西畔泗洪县曹庙乡朱岗村,抗日战争时期隶属淮北苏皖边区泗阳县曹庙区朱家岗乡。陵园埋葬着73位革命烈士的忠骨。还埋葬着当年日本侵略军没来得及运走的13名官兵的遗体,这在中外战史上是绝无仅有的,体现了在中国共产党领导下的中国人民的宽阔胸怀,已经在国际上产生了积极影响。

七十丹心光宇宙
八年汗马壮山河

江西萍乡文昌宫烈士祠联

1944年夏,日寇侵陷萍乡,军民奋起抗敌,阵亡四千余人。敌退,经当时"萍乡县寇灾善后委员会"与萍乡县参议会共同议定,将萍乡城内原文昌宫改建为烈士祠,以纪念抗日阵亡的军民。

前不见古人,后不见来者
下则为河岳,上则为日星
　　　　　　　　　　作者:萧师兆

河南卫河抗战烈士陵园联

河南卫河抗战烈士陵园位于大屯乡。陵园坐北面南,占地面积4.7亩。1941年,中共直南特委在清丰县的西北部,南乐县的西部,内黄县东北部设卫河县。当时,相继有650余名将士为抗日献身。抗战胜利后,1945年,卫河县人民政府在大屯

集修建了烈士陵园。在烈士祠廊下两方卧碑上镌刻有650名烈士的姓名、籍贯、生前职务。陵园北面建有烈士公墓，公墓两侧为58名烈士墓冢。陵园于2000年9月公布为河南省重点文物保护单位，被确定为市级爱国主义教育基地。园内有佚名联四副：

功贯日月
气壮山河

壮志未酬，青山不老留遗恨
英灵宛在，卫水长流仰烈风

国家孔急，视死如归诚烈士
民族危亡，舍身不顾大英雄

倭寇肆猖狂，想当时壮烈牺牲，何等勇气
群众同悲悼，看此日馨香俎豆，足慰英灵

江苏海安新四军联抗烈士陵园

新四军联抗烈士陵园位于海安县墩头镇。"联抗"是抗战期间苏中地区一支团结抗日的特殊武装部队的简称，全称为"鲁苏皖边区游击总指挥部直属纵队"、"鲁苏战区苏北游击指挥部第三纵队司令部"，于1940年10月组建。1944年10月"联抗"撤销编制，两个团正式编入新四军序列。四年内，"联抗"大小作战百余次，上百官兵为抗日捐躯。为纪念联抗历年阵亡烈士，1944年11月，原联抗指挥部与紫石县政府决定建立联抗烈士公墓。初建时墓地占地50亩，安葬着"联抗"161位烈士忠骨。1973年改称海安县烈士墓，1979年改称海安县新四军联抗烈士陵园。现陵园占地325平方米，建有新四军联抗烈士纪念碑、明理堂、烈士桥等建筑。园内刻有"联抗"司令黄逸峰的题联及陵园门联：

愿将烈士血
唤起国人魂

作者：黄逸峰

保卫地方国家，抛却头颅洒尽热血
效忠民主真理，做下榜样留得英名

山东东营牛庄抗日烈士祠联

东营牛庄烈士祠是华北地区最早的革命烈士纪念祠之一，系原渤海区党政军民为悼念抗日烈士而修建。祠为南北向，呈长方形，总面积1500平方米。祠内共刻有3914名抗日烈士的英名，为山东省省级"爱国主义教育基地"。祠内有联三副：

英灵永存，头颅换来根据地
忠魂堪悼，血汗尽为百姓流

高山区民众

战血染渤海，使天下人廉顽立懦
烽火望全国，愿后死者继往开来

姚孙庄民众

血溅疆场，马革裹尸，白水滚滚壮士泪
忠勇磊落，为国捐躯，青山巍巍志长存

田镇镇公所、农救会

湖北安陆忠烈祠联

安陆忠烈祠为1936年冬,国民革命军陆军第26军为纪念抗日阵亡将士而建,位于安陆城内考棚旧址。建祠一楹及两亭一坊。祠内有楹联三副:

威武靖萑苻,百战殊勋昭汉水
精忠报党国,千秋浩气护燕云
　　　　　　　　作者:蒋介石

经百战浴血功,洗清汉水
留一片伤心地,还我长城
　　　　　　　　作者:于右任

退寇虐用逊蛮方,尸当裹以马革
执干戈而卫社稷,死有重于泰山
　　　　　　　　作者:朱培德

湖北大悟抗日烈士祠联

大悟抗日烈士祠位于湖北省孝感市大悟县城东南34公里处的大悟山南麓。抗战胜利后,为纪念国民革命军第513团暨20纵队抗日殉国将士而建。祠内存联两副:

祠宇祀崇勋,千百年文人访碣,壮士寻碑,犹有风流遗过客
园林留胜迹,三五夜看剑刮杯,检书焚烛,频将战史话当年

提兵大别山头,敌忾赋同仇,任教壮丁殉身,堪遏止塞上风云,酒间波浪

安殡达摩岭畔,报功留胜绩,空候英雄吊古,犹爱护小堂翡翠,高冢麒麟

山东宁津抗日烈士祠联

宁津县抗日烈士祠,又称烈士陵园,始建于1946年4月。当时园址在县城西街路北,为在抗日战争中牺牲的革命烈士立碑碣五幢,修建平房四间,占地近一亩。1958年县人民委员会决定迁至城北重建,修建烈士祠堂一座,移来碑碣和陵墓。以后又陆续进行扩建整修,形成现在占地面积12亩的规模。

浩气冲霄汉
英名著丹青
作者:张照时

昔日戚继光将军率部平倭吴越地
当年马振华烈士导民抗战冀鲁边

(马振华时任冀鲁豫边区区委书记。1940年9月11日在宁津县薛庄壮烈牺牲。)

湖南长沙岳麓山忠烈祠联

长沙麓山忠烈祠是长沙市文物保护单位,位于岳麓山赫石坡岳王亭下方(湖南师范大学内)。1939年为纪念国民革命军第4军抗日阵亡将士而建。檐柱刻有楹联三副:

凭栏望七二峰峦,慷慨念同胞,浩气长存,岳湘增色
此地瘗三千组练,登临来赫石,忠魂不朽,申南重生

江水滔滔，共一片斜阳，长写出壮士当年血泪
赫石珞珞，添几椽庙貌，好留与后人终古馨香

马革裹尸，千载岳云留浩气
羊碑堕泪，万年湘水吊忠魂

湖南南岳忠烈祠联

南岳忠烈祠位于衡山香炉峰半山腰，为纪念抗日阵亡将士而建，1938年筹备，1940年动工，1943年告竣。仿南京中山陵形制，占地180余亩。下有七七纪念碑，中有过厅，登三百余石阶可达纪念堂。祠宇四周建有13座烈士墓、塔。祠内有国民革命军陆军第37军60师公墓，共埋忠骨2728具。享堂在上部最高处，享堂正门上有蒋介石题写的"忠烈祠"牌匾。有当时国民政府党政军要人多副题联。

集百千骸以茔封，一寸山河，一腔血泪
振亿万年之国运，永怀壮烈，永奠精忠

作者：董　煜

尽国族兴亡之重任
惜精忠烈魂之长埋

作者：董　煜

英风撼三岛
浩气壮千秋

作者：喻济时

湘水忠魂齐永壮

四、各地抗日烈士陵园公墓纪念碑联。

衡岳正气共长存
　　　　　　　　　　作者：何应钦

汉简应彰新战绩
精灵永奠好河山
　　　　　　　　　　作者：薛　岳

百战雄心存祚国
千秋忠骨瘗名山
　　　　　　　　　　作者：罗卓英

湖山有地昭忠烈
日月经天照千秋
　　　　　　　　　　作者：欧伯川

射马擒王，英风浩气
有我无寇，虽死犹生
　　　　　　　　　　作者：白崇禧

报国尽英风，平时决胜运筹，常志在三户亡秦，一旅兴夏
成功待后死，异日招魂告捷，应记取麓山西峙，湘水东流
　　　　　　　　　　作者：邱玉昆

煌煌功烈，成仁取义
郁郁佳城，千载如生
　　　　　　　　　　作者：李济深

志驱胡马功何著
血溅沙场事可传

作者：王宠惠

2.抗日烈士公墓联

南京航空烈士公墓联

南京航空烈士公墓位于南京东郊紫金山北麓的王家湾，始建于1932年8月。1937年抗日战争全面爆发南京沦陷后，公墓遭到破坏。抗战胜利后，国民政府迁回南京，于1946年对公墓进行整修，举行公葬、公祭，共计安葬自"一·二八"淞沪抗战至1945年9月间牺牲的159名抗日空军烈士。建有钢筋混凝土牌坊一座，楹联为何应钦所撰，背面横额"精忠报国"及楹联皆蒋中正题。1949年以后，当地政府对公墓进行了精心保护。后在"文革"中遭到破坏。1985年重新修葺，1995年新建抗日航空烈士纪念碑，上刻烈士的英名以及生平业绩。其中中国籍870名，美国籍2197名，苏联籍237名，韩国籍2名。纪念碑分主、附碑两部分。主碑高15米，用花岗石雕制成飞机机翼式样，一面中文，另一面英文，构成象征Victory（胜利）的"V"字形，顶部的题额镌刻着"抗日航空烈士纪念碑"九个大字，为张爱萍将军手书。在纪念碑的下方有四组浮雕，表现了中、美、苏空军将士奋勇杀敌的动人场面，是中、美、苏等国人民在抗日战争中并肩作战共同反对侵略的历史见证。

捍国骋长空，伟绩光照青史册
凯旋埋烈骨，丰碑美媲黄花岗

作者：何应钦

英名万古传飞将

四、各地抗日烈士陵园公墓纪念碑联

正气千秋壮国魂

作者：蒋中正

北京密云古北口抗日阵亡将士公墓联

古北口抗日阵亡将士公墓坐落于北京市密云县古北口镇长城脚下，是一座用黄沙土堆积而成的高大墓丘（俗称"肉丘坟"），高6米，底部直径15米，墓的四周用青砖砌着2米多高的花墙，门楼高3米。墓前立古北口战役阵亡将士公墓碑。1933年1月长城抗战爆发，3月10日至5月12日中国守军东北军和国民政府第17军爱国官兵在古北口地区英勇抗击日寇的进攻，700多名将士为国捐躯。长城抗战失败后，由古北口道士出面收敛阵亡将士遗体合葬于此。在2米多高的门斗上刻有一副佚名挽联。

大好男儿光争日月
精忠魂魄气壮山河

天水行营三·七殉难烈士公墓联

天水行营三·七殉难烈士公墓位于西安郊外翠华山。1938年11月第一战区司令长官程潜任天水行营主任，驻陕西西安，统筹北方抗日事宜。1939年3月7日，14架日机轰炸西安，行营人员躲进地道，因地道被炸塌，当场死难64人。死者安葬地命名为"天水行营三·七殉难烈士公墓"。程潜亲自题写了"为国捐躯"横额，并在牌楼上题写挽联。

六十四人同殒命
三月七日最伤心

作者：程　潜

湖南长沙比家山史思华营烈士墓联

史思华营烈士墓位于湖南长沙县福临铺的比家山。1939年9月中旬长沙会战开始后,国民革命军第52军195师131团第3营守卫比家山草鞋岭阵地。9月22日,日军集中一个旅团的炮兵和步兵强攻草鞋岭,营长史思华率全营战士奋勇抵抗,终寡不敌众,全营阵亡。战后,国民政府在比家山建起史思华营烈士墓。墓碑上刻195师师长覃异之撰写的挽联:

比家山千秋不朽
福临铺一战成功
作者:覃异之

湖南岳阳铜鼓山抗日阵亡将士公墓联

铜鼓山抗日阵亡将士公墓位于岳阳县杨林乡杨林村下湾屋场对面的铜鼓山上。1941年9月和12月,日军第二次、第三次大举进犯该地,守军国民革命军第58军官兵与敌激战。战后,该军新11师奉命收集殉国将士的忠骨,安葬于铜鼓山,并建碑亭一座,在碑亭石柱刻有新11师师长梁德奎题写的挽联:

天生铜鼓埋忠骨
地就杨林话英雄
作者:梁德奎

湖南湘阴白骨塔联

湘阴白骨塔位于湘阴县城南郊平家湾。1941年9月,日军大举进犯湘北,直逼长沙,驻守长沙前哨湘阴县的国民革命军第99师295团曹克人营腹背受敌,与敌短兵相接,伤亡惨重。营长曹克人身负重伤,为敌所逮,遭受酷刑,壮烈牺牲。1942

年9月，第99师造具阵亡人员名册，由湘阳地方筹资，将死难将士遗骨合葬，并建白骨塔与石坊。湘阴县各界送有挽联。

丹心悬日月
白骨镇山河

率孤军以守孤城，湘水竟无情，波涛不尽英雄血
摧敌锋而寒敌胆，楚疆今再捷，千古长留节烈名

山枕横流，听拍岸涛声，犹疑鼓角
气吞顽虏，汇干城碧血，永壮湖湘

湖南常德保卫战阵亡将士公墓联

常德保卫战阵亡将士公墓位于湖南省常德市城内东北隅。抗日战争时期著名的常德会战5000多名阵亡将士的英灵就埋葬在这里。1943年11月，日军分三路进犯鄂西南和常德地区，国民革命军有8个军参战，其中第74军57师坚守常德，该师6000多人参战，阵亡5000多人。1945年抗战胜利后，在此地修建了常德保卫战阵亡将士公墓，并建有纪念塔坊。

孤军浴血千秋壮
公墓埋忠万姓哀
　　　　　常德参议会

壮志成仁，衡岳云飞思烈士
丹心卫国，楚江月冷吊忠魂
　　　　　作者：李子新

已表精忠光日月
长留浩气壮湖湘
作者：孙　科

御侮身殉国，绩勋耀九州
名成瘗忠骨，壮烈永千秋
作者：于右任

湖北通城天岳关抗日无名英雄公墓联

　　天岳关抗日无名英雄公墓位于湘、鄂、赣三省边界的幕阜山脉主峰黄龙山的天岳关湖北通城县境内。1938年，国民革命军第46军92师据守此地，阻敌南侵，保卫长沙，所部一个团与敌浴血奋战两昼夜，歼敌数百名，全团官兵全部阵亡。其后，第58军也在此镇守七个月。为纪念牺牲在此地的抗日阵亡将士，1939年5月，第92师师长梁汉明历时八个月在这里修建了天岳关抗日无名英雄墓群，并建有纪念碑亭，以旌忠烈。国民政府党政要人为墓碑题词多达400多块。公墓在"文革"中遭破坏，1987年重新修复后列为省级文物保护单位。它是湖北省境内少有保存相对完整的抗战遗迹，已作为爱国主义教育基地。

灵护天岳
气壮山河
作者：薛　岳

景望天岳关，追思太史藏军，名垂今古
居近崇虚寺，好寻鄂王遗墨，还我河山
作者：赵鼎盛

四、各地抗日烈士陵园公墓纪念碑联。

灵护靸岳
气壮黄龙

英雄无名无以能名
烈士有功有所表功
题永久亭

湖南长沙陆军73军阵亡将士公墓联

陆军73军阵亡将士公墓位于长沙岳麓山赫石坡岳王亭上方。抗日战争期间三次长沙会战,由三湘子弟组成的陆军73军于长沙外围抗击日军。该军所属暂编第5师师长彭士量等以及第77师、193师、50师及军司令部直属部队众多官兵壮烈殉国。1946年春,73军最后一任军长韩俊指令专人督修公墓于此。公墓由忠义观、陵墓、墓碑、石阶、墓庐等几部分组成。

忠昭大麓
义塞苍冥
题忠义观

誓死卫国家,以昭来者
壮气塞天地,是曰浩然
题墓碑

碧血丹心,光耀天地
名山忠骨,万古长存
题碑座

鹤唳猿啼，神藏幽宅
龙盘虎踞，秀毓名山
第73军首任军长王东原题归宿亭

缅甸抗日阵亡将士公墓联

缅甸抗日阵亡将士公墓遗址位于中缅边境野人山南麓的新平洋镇。建于1947年9月。1943年冬，中国政府派出新编陆军第1军等部队开赴印度、缅甸等地协助英国盟军对日军作战，保卫滇缅公路。新1军和总部直属坦克营、重炮团、工兵团以及美英部队等均在此地反击日本侵略军，有一批官兵阵亡。抗战胜利后，为纪念在印缅作战中阵亡的将士，新1军在此修建阵亡将士公墓。公墓原面积约8万多平方米，由墓门、忠魂亭、纪念塔、墓冢等组成。牌坊两边悬挂一副木质楹联：

为人类正义而战，牺牲小我成大我
争民族生存而死，抛掷忠魂换国魂

3.抗日烈士纪念碑联

骆建郎碑联

骆建郎，四川古蔺人。1932年"一·二八"淞沪抗战中殉国后，古蔺县为他建了纪念碑。

血战淞江，千秋赢得英名在
猿啼巫峡，万古长为烈士悲
作者：张治中

盛德是吾兄,一万里投笔从戎,竟至为国捐躯,蔺水相衡兄独远

至亲唯有我,十余年通函达电,顿失沙场殒节,巫山遥葬我何依

作者:罗问宣

陈光勋墓碑联

陈光勋(1914—1939),江西兴国人。1931年参加工农红军,长征到达陕北,1938年抗大毕业后,随彭雪枫支队东征,投身抗日前线,任新四军游击支队1团2营副营长。1939年在河南商丘丘墙战役中牺牲。安葬在河南永城县书案店,墓前有碑,碑上刻联。

红军十年,长征万里,锻炼出钢铁一样的民族战士
吃苦在前,享乐在后,留下了光芒万丈的革命典型

白乙化墓碑联

白乙化墓碑在北京市密云县石城镇河北村南山顶的白乙化烈士纪念馆内。白乙化(1911—1941),字野鹤,满族,辽宁省辽阳人。1930年加入中国共产党。1931年九一八事变爆发后,投笔从戎,次年在家乡组织东北抗日义勇救国军。1939年任华北抗日联军副司令,后任八路军冀热察挺进军第10团团长,是丰滦密抗日根据地的创建者之一,人称"小白龙"。1941年2月4日,在密云县马营西山不幸被日军冷枪击中,壮烈殉国。1944年,丰滦密联合县和冀东第五区队为白乙化烈士建立纪念碑,时任晋察冀军区副司令员的萧克手书碑联。白乙化已列入中华人民共和国民政部于2014年9月1日公布的第一批300名著名抗日英烈和英雄群体名录。

血沃幽燕
名垂千古
　　　　　　　　作者：萧　克

山东邹平马氏兄弟纪念碑联

马氏兄弟即兄马耀南（1902—1939），原名马方晟，原为长山中学校长，1924年加入国民党。七七事变后投笔从戎，曾任山东人民抗日游击队第3支队司令员、八路军山东纵队第3支队司令员。1939年1月加入中国共产党。当年7月在桓台县遭日军伏击壮烈牺牲。二弟马晓云（1906—1944）、三弟马天民（1910—1939）继承兄志，弃商投军，分别担任八路军渤海军区第6军分区副司令员、八路军山东纵队第3支队独立营营长，先后英勇献身。家乡邹平县为马氏三兄弟修建了纪念碑，并刻碑联。马耀南、马晓云已列入中华人民共和国民政部于2014年9月1日公布的第一批300名著名抗日英烈和英雄群体名录。

气壮长白山，历经百战敌寒胆
血溅小清河，慷慨捐躯志长存

荥兰阶墓碑联

荥兰阶，山东鄄城县荥庄村人。抗日战争爆发后，任鄄城县第七区区长。1940年10月，在日军的重围中壮烈献身。1944年，鄄城县为他修建了墓庐和纪念碑。碑首为半圆形，雕刻有日寇跪受审判的浮雕，浮雕下刻联。

陷重围，浴血战，英勇牺牲千秋壮
处危境，操弗渝，忠贞巍立万古传

四、各地抗日烈士陵园公墓纪念碑联

华侨陈村生墓联

陈村生（1917—1945），福建晋江人。1935年前往菲律宾谋生。日寇占领菲律宾后，化名平波，从马尼拉到南吕宋建立抗日地下组织，任"华支"总部参谋长，屡建殊勋，威震南吕宋。1945年4月25日不幸中弹身亡，年仅28岁。他墓前石柱刻有一副对联：

平寇除奸酬壮志
波光剑影悼英雄

国际友人汉斯·希伯墓碑联

汉斯·希伯（1897—1941），著名国际主义战士。出生于波兰，成年后到德国上大学，加入德国共产党。知名记者，通晓英、德、俄、波兰和中国五国文字。二三十年代曾几次来中国，先后参加过国民革命军、新四军和八路军，1938年到延安，采访过毛泽东等中共主要领导人。后到皖南、苏北和山东抗日根据地进行战地采访和考察，写出大量文章向世界报道中国共产党及其领导下的抗日军民的斗争业绩。1941年11月29日，在沂蒙山区反"扫荡"中与敌遭遇，持枪战斗，不幸壮烈牺牲，年仅44岁。烈士牺牲后，山东军民将其遗体隆重安葬在牺牲之地。次年为他建了一座白色圆锥形纪念碑，墓碑上刻罗荣桓、徐向前、聂荣臻等的题词及一副罗荣桓、萧华、黎玉联名题联。汉斯·希伯已列入中华人民共和国民政部于2014年9月1日公布的第一批300名著名抗日英烈和英雄群体名录。

为国际主义奔走欧亚
为抗击日寇血染沂蒙

狼牙山五勇士纪念塔联

狼牙山位于河北省易县西南部，海拔1105米。因其山势险峻酷似狼牙，故称狼牙山。有"五坨三十六峰",离山顶100米处称"棋盘坨"。1942年1月,晋察冀一分区决定,在棋盘坨顶峰五勇士跳崖处修建纪念塔。在边区政府的大力支持和建筑民工的艰苦努力下,"三烈士纪念塔"于当年9月底基本建成。1943年9月,在日寇再次大扫荡中,"三烈士纪念塔"遭敌军山炮轰击被毁。1959年,易县人民重修纪念塔,聂荣臻亲自题写"狼牙山五勇士纪念塔"塔名。后由于"文化大革命"和地震,60年代末再次遭到毁坏。1986年,第三次修建了"狼牙山五勇士纪念塔"。新塔呈乳黄色,塔身5层,呈正五边形,塔身正面嵌有聂荣臻题写的"狼牙山五勇士纪念塔"9个金黄色大字。五勇士浮雕像镶嵌在与塔底同高的一面汉白玉旗上。并建有碑廊、碑亭,石碑上刻有彭真、聂荣臻、杨成武、刘澜涛等12位领导人的题词。

　　视死如归,本革命军人应有精神
　　宁死不屈,乃燕赵英雄光荣传统
　　　　　　　　　　　作者:聂荣臻

山西吉县人祖山抗日烈士碑联

人祖山位于山西吉县县城西北部30公里处,西距黄河壶口瀑布20公里。1938年3月18日,晋绥军66师206旅431团2营5连,与5000余日军展开众寡悬殊的激战,全连126名官兵全部壮烈殉国。史称"人祖山阻击战"。当年10月,在人祖山立碑纪念阵亡官兵,碑刻楹联两副:

　　养天地正气
　　法古今完人
　　　　　　　作者:蒋中正

　　树国家独立基础
　　建民族自由精神

山西左权麻田十字岭左权将军纪念亭联

左权将军纪念亭于1987年建在山西左权县麻田东部十字岭山巅西侧，坐北向南，正面为徐向前元帅题额"左权将军纪念亭"，两旁檐柱刻有一副楹联：

伟烈丰功卓著，集民族正气贯古今
忠肝义胆长存，铭华夏英雄迪后人

五 民间散联分类汇编

抗日战争期间的各式对联,除国共两党及社会各界名人联以人传,后被收入各类联书得以流传外,大量对联则散存于民间。因年深日久,很多已湮没无闻。出于尽可能多地保存抗战对联资料的初衷,编者从坊间各类公开或内部出版物及众多报刊所录存的有关抗战内容的散联中,遴选600余副,大致分为七个板块,分类汇编,予以录存。

五、民间散联分类汇编

1. 述志联

清贫兴赤县
热血救苍生
　　　作者：赵一曼

宁为战死鬼
不做亡国奴
　　　作者：宋哲元

耻，莫大于亡国
战，虽死而犹生
　　　作者：马相伯

兴亡皆有责
敌我不俱生
　　　作者：冯玉祥

穷经安有息肩日
抗日即为绝顶人
　　　　作者：冯玉祥

松间明月长如此
身外浮云何足论
　　　　作者：吉鸿昌

鲲鹏空展凌云志
精卫难将恨海填
　　　　作者：郑宝莹

死后愿为沙场鬼
生前不做故乡人
　　　　作者：解固基

汉节倚天临北海
鲁戈挥日出虞渊
　　　　作者：韩国钧

勿忘黄帝儿孙任人鱼肉
相率中原豪杰为国干城
　　　　作者：陈嘉庚

报国歼仇，崇拜煌言舜水
闭门痛哭，徒追皋羽所南
　　　　作者：曾谷芳

视死如归,病殁无如刀下快
舍生取义,身亡更取后人哀
作者:曾儒凤

大劫降群生,空剩青山无骨葬
寸衷随流水,难恢汉室有谁怜
作者:曾儒凤

奋翼凌云霄,杀尽倭寇方解恨
侬间纵失望,有儿忠烈最光荣
作者:蔡振东

替父兄报仇,举义旗征战大江南北
为工农解放,挥铁戈誓斩倭寇貔貅
作者:邱惠莲

志性笃忠诚,忍受百折千磨,务争人格
家国逢丧乱,唯不贪生畏死,乃成吾仁
作者:彭兆璜

平居应寡欲养性,临大节则达生委命
治家宜量入为出,循大义当芥视千金
作者:项松茂

生不害世,死不累人,雄心无愧,吾亦可去

志在救国，举在济众，伟业未成，我应重来

作者：陈法轼

世事类洪涛，看人群古往今来，淹没多少英隽，遗留多少悲哀，五十无闻，祖鞭猛着
红羊罹浩劫，恨日寇横行霸道，屠戮几许军民，炸毁几许城镇，一朝有变，华夏重光

作者：郑　泽

2. 悼挽联

挽王铭章联

［说明］王铭章烈士以身殉国后，其灵柩在运回家乡时，沿途城市各界都举行公祭。毛泽东、周恩来、林森、李宗仁、张群、何应钦、张治中等国共两党要人及社会各界人士致送挽联追悼。

国之蒙难士之羞，相将并辔长征，为我蜀军纾义愤
我也负伤君也死，亟应裹创再战，擒他倭帅祭英灵

作者：陈　离

守一城以遮蔽江淮，古之睢阳，今之滕县
为民族而牺牲性命，在地河岳，在天日星

作者：居　正

气吞倭夷舍生取义

血溅腾邑杀身成仁
　　　　　　　　　　作者：刘文辉

殉国许丹忱，往古同追张世杰
保民为赤子，至今人拜武乡侯
　　　　　　　　　　作者：尹昌衡

血滴鲁南，取义成仁完夙志
魂归蜀道，衢歌巷哭吊英灵
　　　　　　　　　　作者：徐永昌

昆山碑泐几经存，共苦推甘，遗爱堪同羊叔子
大地氛霾犹未靖，抗寇御侮，典谟永忆戚将军
　　　　　　　　　　作者：贺耀祖

早书遗命别家人，真可谓慷慨捐躯，从容就义
更有贤声光国史，最难得子遵葬礼，妻却赗金
　　　　　　　　　　作者：林山腴、方鹤斋

死难宛同谢忠愍
御倭早比戚将军
　　　　　　　　　　作者：刘厚存

杀身成仁，效死勿去
时日曷丧，逆天者亡
　　　　　　　　　　作者：赵　熙

一死殉孤城，前有广德，后有滕县
　　千秋留正气，生为人杰，死为鬼雄

挽郝梦龄、刘家骐联

　　[说明] 郝、刘为国捐躯后，国民政府曾举行隆重的追悼会，除前录蒋中正、林森、何应钦、李宗仁等要人致送的挽联外，这里录存当时部门及各界人士致送的挽联10副。1946年，在纪念抗日战争胜利一周年之际，武汉各界再次祭吊郝、刘二位烈士，敬送挽联33副，亦在此一并存录。

　　　　誓死保疆圻，大节昭垂芳百世
　　　　舍身殉主义，万方振奋慕双忠
　　　　　　　　　国民党中央执行委员会、中央监察委员会

　　　　匡时风闻韬铃略
　　　　遗烈常垂简册光
　　　　　　　　　国民政府行政院

　　　　铭鼎策奇勋，功业难忘，合树丰碑新节烈
　　　　抚髀思宿将，河山重整，应留铜柱表英雄
　　　　　　　　　　　　　　　国民政府立法院

　　　　风雨二陵秋，回思忻口鏖兵，仗剑争先杀倭寇
　　　　河山三楚壮，展拜灵台绘像，同胞从此仰英灵
　　　　　　　　　　　　　　　　　　武汉日报

　　　　巩洛共驰驱，谋勇兼资，早识雄才骁将略

张南媲壮烈，精灵不沐，忍挥清泪吊国殇

　　　　　　　　　　　　　作者：何成浚

锐志复燕云，力悍重关，取义成仁光战史
雄师驻江汉，灵归旧地，衢歌巷哭动哀思

　　　　　　　　　　　　　作者：程　潜、杨　杰、熊　斌

赣水识旌旗，厚重少文，早钦义士心如铁
晋灵护舆榇，忠贞共命，长使英雄泪满襟

　　　　　　　　　　　　　作者：蒋作宾

慷慨赋同仇，正气日星昭百代
艰危齐授命，哀思江汉纪双忠

　　　　　　　　　　　　　作者：王宠惠

血战悍危疆，看山河表里依然，允为乾川留正气
悲风闻楚些，赋袍泽戈偕作，长驱豹豕靖中原

　　　　　　　　　　　　　作者：徐源泉

死者固可悲，死于此民族最后关头，死得其所，虽死犹生，死亦何憾
　生者虽云庆，生在这国家危亡时候，生不逢时，虽生犹死，生实堪羞

　　　　　　　　　　　　　作者：王亚明、宋　洁

寇氛虽靖，国失长城，九载赋招魂，忻口风云犹惨淡

战史所传,人怀名将,千秋书敌忾,中原河岳表声威

作者:程 潜

百战相依,随处念将军鼓角
重泉永隔,怆然对烈士祠堂

作者:何成浚

千秋灵爽过三晋
一瓣心香爇万家

作者:孙蔚如

并骑晋北疆,天胡不仁?降书未受音容杳
遗爱留中土,人所共知,庙貌长存姓名香

作者:周鲠生

故人大勇竟成仁,骎骎又九年,每思同学韶华,无限惊心无限恨
忻口盛名堪副实,烈烈怆万古,若论平生期许,一番回首一番悲

作者:王天鸣

敌忾赋同仇,当年忻口成仁,正气千秋光碧血
凯旋怀壮烈,此日汉皋设奠,悲歌万户泣黄花

作者:林逸圣

曾记把昭汉皋,敌忾同仇,深佩两公怀壮烈

相偕成仁忻口，忠忱共著，好教千古仰英名

作者：沈肇年

舍生取义成双绝
马革策师又九秋

作者：邓定远

生为人杰，死作军神，羡烈士英灵，黄鹤晴川同不朽
还我河山，歼彼顽寇，正凯旋胜利，素车白马共招魂

作者：袁　雍

鼎钟事业，史乘功勋，长思双忠同伟烈
鼓角悲哀，旌旗惨淡，空余斗酒吊英魂

作者：习文德

百战树勋劳，驱鳄屠鲸靖汉海
千秋怀义烈，青磷碧血壮山河

作者：周苍柏

书剑兼成，记曾虎帐谈兵，公真健者
烽烟甫炽，遽丧龙城飞将，我愧斯人

作者：邓翔薪

关塞云愁，痛先轸还元，文渊裹革，壮烈又精忠，浩荡乾坤留正气
河山光复，看白头老母，黄口孤儿，秋风当九月，凄怆江汉

赋招魂

作者：黄焕如

取义成仁，英雄本色
精忠报国，袍泽同钦

作者：吴光朝

髫龄知己，廿载同袍，忧患惜余生，落日忠魂曾入梦
大义永垂，千秋景仰，烽烟思往事，临风噎泪不胜悲

作者：张振汉

尽军人天职，为同学先驱，殉难近十年，俯仰未安输一死
增民族光荣，伸世界正义，临危争一息，当仁不让亦千秋

作者：袁济安

虚生今世浑无颜
战死沙场是善终

作者：梅　铸

绩著南天，气吞东鲁，提师北指，血洒西垂，男儿志在四方，超前亦复轶后
英雄不二，国士无双，殉职第一，同难有二，英名永垂千古，成仁即是成功

作者：陈汉炳

破敌共宵征，许国同心，衔枚并辔，忆当年壮烈牺牲，钟鼎

旌旗真不忝

报忠宜社祭，闻笛兴感，挂剑增怀，痛此日孤儿老母，燕云梦树尽含悲

作者：夏光宇

忻口御仇雠，取义成仁，百代勋劳辉日月
河山庆光复，报功崇德，九秋风雨极哀思

作者：熊 裕

国士无双双国士
忠臣不二二忠臣

作者：刘梦文

壮志仰凌云，忆当年血战沙场，拼一死展开搏击
知心同钦痛，趁今日追怀往烈，伸九载未尽哀思

作者：旋 博

功名赫奕，远播三岛
牺牲伟烈，恰届九年

作者：曹振武

生命应无休，孔曰成仁，孟曰取义
光荣当自在，下为河岳，上为日星

作者：白如初

张巡啮齿，许远殉城，杀敌竞争先，万古精忠同一慨

黄鹄招魂，青山埋骨，成仁原不朽，九载英气闭重泉
作者：胡亦遇、万启熙、吴芝生

忻口捐躯，碧血丹青昭万古
汉皋设奠，黄花秋雨吊双忠
作者：徐远明

成仁已九年，热血犹温三晋土
受降才周岁，丰功同念两将军
作者：田亚丹

大节迈睢阳，一死挽回唐社稷
昭忠隆祀典，千秋永镇汉江山
作者：蔡文治

五昼夜杀敌捐躯，大义精忠，万里河山俱惨淡
九寒暑抚今追昔，报功崇德，千秋俎豆共馨香
作者：邹安众

与张巡许远同功，寸土摅孤忠，俎豆千秋天下望
看梁山汉水犹在，九州瞻伟烈，蘋蘩一奠故人情
作者：丁治磐

千古双忠，剩碧血青磷，三晋云山追往迹
九年一瞬，荐黄蕉丹荔，满城风雨近重阳
湖北通志馆

先知先觉，和衷共济
成功成仁，殊道同归

汉口市参议会

挽罗芳珪联

裹革尸还，终古英灵傍衡岳
拔山力尽，千秋姓名照台庄

作者：钱大钧

微山湖畔阵云深，拔帜先登，誓扫萑苻平壁垒
台儿庄前将星陨，噩音远播，心伤桃李萎门墙

作者：何炳麟

挽张自忠联

革命烈士，碧血丹忱昭日月
爱国将军，英风浩气壮山河

作者：张鹤舫

丰功盛烈，已勒鼎彝而铭旌常矣！自济南沦陷，顽敌若狼奔豕突，海滋被兵，徐淮告警。于时苍头特起，提一垒孤军，力挫凶锋，遂振台庄胜利先声。年来抚绥荆楚，鏖战汉津。少保旄旗，尽识精忠二字；关侯刀镮，奚止斩馘万级。今夏寇虏狡狷思逞，亟飞桡横渡，策马直前，方期歼彼丑类，还我河山，复兴勋业媲林戚。

诔德招魂，宁志金兰以抒悲痛呼！忆苏北订交，挚情如蹶负驱侬,聚米指画,借箸运筹。当日赤诚互披,竭两人智虑,激励疲敌,共支临沂阽危之局。从此析解疑难,咨商巨细。季布高义,快得诺重千秋;温峤守要,无越雷池半步。讵知噩耗远道惊传,何渗戾为菑,将星遽陨,轸怀顿杳琴声,不殊风物,怅望辒辌愧范张

作者：徐燕谋

要死个样子,没有给先生丢脸
遗言更沉痛,大家要杀敌报仇

作者：王梓木

已使日寇灭亡,忠魂可慰
再令生灵涂炭,民命何堪

中共四川省委

挽唐淮源、寸性奇联

国士古无双,溯频年迹迈长征,气壮山河,六诏笃生双国士
将军志不二,有此日开追悼会,名垂竹帛,千秋同仰二将军

作者：龙云

百战阵中条,殉国睢阳同义烈
千秋留正气,招魂汉水壮风云

作者：蒋鼎文

沙场效命是善终,最堪钦:前仆后继,视死如归,惨淡风云齐变色

轩盖旌忠厚大典，请共看：书尝祭蒸，有功必录，高空马甲定闻声

作者：胡宗南

落日赋招魂，胡马未容窥敌垒
渡河杀倭贼，义乌于此待传人

作者：王宠惠

不成功，便成仁，六字服膺，马革裹尸完大节
生同乡，死同地，一年纪念，旌头犹痛殒中条

作者：祝绍周

率廿年余革命之师，驰骋中条，为国效忠身尽瘁
怅十数省严疆待复，缅怀先烈，同仇敌忾志弥坚

作者：熊　斌

抗日勋名光国史
千秋碧血洒中条

作者：熊庆来

追悼具同心，看醴酒香花，宏开大会
成仁偿夙愿，有英风浩气，其镇中条

作者：段克昌

实邦人之荣、乡党之光，浩气两询，留作大名垂宇宙
为国家而死、民族而战，精神独住，长使痛泪满衣襟

作者：曾恕怀

212

守中条血刃四年，纵横扫荡，气震山河，大勇大节大仁，二将军精神不死
抗敌寇身经百战，壮烈牺牲，忠贯日月，可旌可钦可泣，诸烈士正义长存

作者：唐继麟、王炳章

死事足千秋，看烈烈轰轰，常留天地正气
勋名垂万古，愿生生世世，再作民族干城

作者：王炳章

四年血战，同日捐躯，二将丹心昭百世
河北扬威，中条殉国，诸公浩气耀千秋

作者：吴佩衡

为国捐躯，中条山前流碧血
杀贼殒命，抗战史上著丹青

作者：杨问梅

非成功，便成仁，有我无敌，如此烈烈轰轰的奋斗，诚不愧干城党国
枪在手，剑在腰，视死如归，这样慷慷慨慨的牺牲，真算得模范军人

作者：何凤武

想当年武校讲兵，伐袁共契，志合苔芩，功推独步
看今日中条血战，取义成仁，情同张许，节配双忠

作者：杨如轩

不甘作楚囚，二将殉国，三军共命
但待称鬼雄，一日碧血，千载白虹

昆明市政府

报国竟殉身，中条千秋留伟绩
招魂归故里，南天万姓共悲伤

云南省妇女会、妇运会

气壮中条吞倭寇
血染黄河流千古

云南日报社

诸君建大将旌旗，铁血溅中条，至今草木馀生气
同仇破倭奴肝胆，金戈酬壮志，永共山河有全人

云南宪兵司令部

蔓草埋忠，苍山有幸
短兵歼寇，赤日无光

云南中学

敌忾同仇，看公等联袂成仁，碧血凝为国家干
捐躯起义，是健儿齐心抗战，忠魂常荐几筵香

云南公路总局

挽戴安澜联

天道无凭世道衰，君斯壮烈成仁，已侥倖薄取勋名，略酬素志
国难未纾家难续，我忽强肩巨负，应如何勤侍二老，教托孤儿

作者：王荷馨（戴安澜夫人）

革命失良朋，想当年昆仑破敌，河溯鏖兵，入死出生同患难
成仁留浩气，际此日马革还尸，天涯布奠，悲歌慷慨悼英雄

作者：舒适存

挽李家钰联

马革裹尸还，是男儿得意收场，亦复何恨！惟怜老母衰颓，养生送死，瞑目尚余难了愿
鹃声啼血尽，痛夫子招魂不返，奚以为情？犹若诸孤幼稚，衣食教诲，伤心空剩未亡人

作者：安淑范（李家钰夫人）

为民族争光荣，与国家争存亡，前敌声威资坐镇
比汾阳之勋业，继武侯之遗志，全川父老望旌旗

作者：唐宗尧

挽"平江惨案"烈士联

[说明]"平江惨案"发生后，在延安、重庆及武汉、南昌、长沙等地相继举行追悼会。各个会场挽联如林。参见前录毛泽东、周恩来、朱德、聂荣臻、王稼祥、叶挺、吴玉章、陈毅、贺龙、刘伯承及宋庆龄、沈钧儒等诸多挽联。此另录存各种文献资料登载的挽联34副。

痛同志忠诚事业,百折不回,壮志未酬遭毒手
恨奸徒倒行逆施,视友如敌,阴谋暗害做帮凶
国民革命军第18集团军政治部

杀身成仁,舍生取义,是共产党员本色
认贼作父,视友如仇,实顽固分子罪行
中央妇委会

遗恨满江潭,不死于敌,竟戕于友
诵诗伤袍泽,称快在仇,忍痛在亲
八路军留守处

求生存,求解放,同舟共济,何期自相煎迫,忍教忠烈沉冤血海
反投降,避摩擦,众志难摧,还当加强团结,哪容宵小坏我长城
第18集团军驻贵阳交通站全体同志

任务未完身遭害,遗留历史伟业,我辈应担承,创造出一个崭新的中国
敌气虽馁势犹张,需要各方拼命,奸徒偏破坏,掀起来几回逆转的狂澜
新四军政治部

为着民族,为着正义战,为着世界和平,努力做先锋,竟向平江遭陷害

肃清汉奸，肃清亲日派，肃清顽固分子，同心驱暴敌，庶教华夏放光辉

新华日报社

枉道而行，泾渭安能淆众目
舆评尚在，芳臭分流到百年

《新华日报》编辑全体同志

烈士具抗敌雄姿，曾树立游击巷战奋斗英名，且被细人所忌
吾辈亦救亡团体，应反对汉奸托匪投降分子，争取最后成功

《新华日报》救亡室

恩怨分明，相煎何太急
死生同道，此去应无前

《新华日报》印刷部全体同志

亲者所痛
仇者所快

《新华日报》自贡读者

鉴往追来，国人应俱同舟之谊
逆来顺受，死者已尽报国之忱

抗日军政大学

壮志未酬，冤沉血海
典型尚在，誓挽狂澜

延安女子大学

嘉义捐躯，精神不死
湘赣遗泽，浩气长存
　　　　　　　陕甘宁边区各界妇女救国联合会

曲直未明，九泉饮泣
古今同慨，六月飞霜
　　　　　　　川康盐务管理局重庆分局

到危险处工作，在困难中斗争，革命党人应该如此
暗害民族英雄，甘作日寇奸细，顽固分子罪不容诛
　　　　　　　陕甘宁边区政府

你杀敌人，竟有帮助敌人杀你者
谁负民族，可曾看见民族负谁乎

抗战无言君且死
同情有碍我何言
　　　　　　　作者：张恨水

奇祸见萧墙，孰是孰非，自有人言表公道
忠魂锁嘉义，堪哀堪泣，更须国法惩顽凶
　　　　　　　作者：傅秋涛

试思大敌当前，尚复有何嫌怨
仍须通力合作，庶几还我山河
　　　　　　　作者：凯　丰

秣马厉兵,携手戎行贵团结
保疆杀敌,齐心征战漫分歧
                作者:滕代远、萧劲光

既为了国家民族,复为了世界和平,堪称志洁
不死于日本枪弹,而死于奸人毒手,实属伤心
                    作者:周子昆

因公殉难,大义好传青史
为国相忍,此心足慰苍生
                作者:徐竹齐

非炸非轰,如遭空袭
可歌可泣,且慰幽魂
                作者:汤长章

同室操戈,亲者所痛仇者快
全民抗战,和则共存分则亡
                作者:潘梓年

明朗前程,奋友漫愁行蜀道
抚怀时局,论谈不忍话平江
                作者:卢竞如

真理何存,抗战健儿遭惨戮

　　大仇未复，操戈齐祸足哀思
　　　　　　　　　作者：熊瑾玎、苏予、朱瑞绥、朱慧

　　不死于敌死于家，志士仁人，同声一哭
　　欲灭我种忘我国，阴谋诡计，构煽万般
　　　　　　　　　作者：易吉光、许涤新、闵廉

　　大敌未剪除，大仇为报复，何竟尔我摧残，祸起萧墙，徒令华夏健儿九泉饮恨
　　国难尚严重，国运尚玷危，至应彼此团结，坚同钢铁，庶使炎黄胄裔万古流芳
　　　　　　　　　作者：宗　群

　　游击著勋劳，抗战救亡资健将
　　平江作留守，蛮烟瘴雨锁归魂
　　　　　　　　　作者：孙及民、金梓林、王树标

　　煮豆而燃豆萁，煎逼难堪，无怪万人慨愤
　　卫国反戕国力，阴谋毕露，岂仅我辈伤怀
　　　　　　　　　作者：刘述周、郭于鸣、王敬先

　　共产党员是革命先锋，为抗战流血，为救国舍身，死而不朽
　　顽固分子乃民族蟊贼，对暴敌屈服，对同胞残害，罪无可逭
　　　　　　　　　作者：陈绍禹

　　坚持统一战线，团结全民族伟大的力量，奋斗到底，流血牺

牲，威武不能屈，仰望革命先烈，共产党员应有气节

　　帮助凶恶仇敌，破坏抗战最坚强的堡垒，反共投降，亡国灭种，万劫永难复，甘为民族罪人，顽固分子岂无心肝

作者：陈云、李富春

　　招万里阴魂，云山惨淡
　　洒民族血泪，延水沸腾

作者：高自力

　　对敌寇作瓜蔓，对同胞作豆萁，余连长何人竟为此铸成大错
　　于国法为擅杀，于党纪为违反，汪兆铭去后想不再认做小题

作者：李道扬

挽唐惠洽联

[说明] 唐惠洽（1908—1937），海南万宁县人。抗战前任上海保安总团上校参谋主任。"八一三"淞沪抗战中奉命率两个团的兵力在昆山一带与敌鏖战，壮烈牺牲。次年5月20日，家乡万宁县为其举行追悼会。

　　为国家民族争取生存，马革裹尸君无憾
　　念淞沪苏常相继奋斗，岘山坠泪我衔哀

作者：文尚炯

挽解固基联

[说明] 解固基（1887—1937），四川崇宁人。1927年加入中国共产党。1928年参加川军任营长、团长。抗战爆发后随军出川抗日，参加淞沪会战，壮烈牺牲，尸骨无存。1939年其衣冠运回家乡安葬时，崇宁县各界为其举行追悼会。时任国民

革命军第45军军长、川康绥靖公署主任邓锡侯撰送的挽联悬于其遗像两侧。

枕戈以待,破釜而来,撑持半壁河山,黄埔滩头催鼓角
裹革无尸,沉沙有铁,留得一抔净土,青枫林下葬衣冠

作者:邓锡侯

挽蒋伟才联

[说明]蒋伟才(1909—1938),湖南桃江人。毕业于黄埔军校。抗日战争爆发后,任国民革命军陆军第98师583团团副、二营营长。参加淞沪抗战,在广福镇与敌激战,壮烈殉国。

壁垒震吴淞,楚庭种子将军树
斜阳依广福,沙场战骨武潭魂

作者:汤掬星

挽李继昌联

[说明]李继昌(1903—1939),湖南双峰人。1926年入黄埔军校第7期。抗日战争爆发后,在国民革命军第5军任营长。1939年在昆仑关战役中担任主攻,英勇牺牲。次年1月13日,在家乡为其举行追悼会。

若论抗日奇功,先生算一个
如此舍命救国,家乡能几人

挽鲁雨亭联

[说明]鲁雨亭(1899—1940),新四军第6支队1总队总队长。1940年4月

1日，在河南省永城县与日寇作战中牺牲。永城县群众为他在芒砀山上建"雨亭祠"，塑像纪念。鲁雨亭已列入中华人民共和国民政部于2014年9月1日公布的第一批300名著名抗日英烈和英雄群体名录

  雨亭壮烈牺牲，劝父老何必哭哭啼啼，啼啼哭哭
  同志救亡要紧，嘱健儿定能承承继继，继继承承
作者：朱子美

挽魏春波联

[说明] 魏春波（1890—1940），河北迁西人。1933年加入中国共产党。抗日战争爆发后，任冀东抗日联军顾问兼丰（润）滦（县）迁（安）联合县县长。1940年5月4日在敌占区秘密召开村干部会议时，被日伪军袭击牺牲。

  为革命牺牲一切，毁家纾难，死兄死弟死妻死侄，鲜血洒遍燕山麓
  与倭奴搏斗数年，捐躯殉国，成仁成义成英成烈，勋献洋溢滦水滨
冀东军区

挽董天知联

[说明] 董天知（1911—1940），河南荥阳人。原名董亮，又名董旭生。1931年加入中国共产党。八路军第129师决死队3纵队政治委员。1940年8月20日，在晋东南潞城县前线与日军搏斗中壮烈牺牲。董天知已列入中华人民共和国民政部于2014年9月1日公布的第一批300名著名抗日英烈和英雄群体名录。

  英气横贯比干岭

壮志长存鸭绿江
作者：杨尚昆

挽郑作民联

［说明］郑作民（1902—1940），湖南新田人，黄埔军校一期毕业。国民革命军陆军第2军中将副军长兼第9师师长。抗战爆发后，曾参加淞沪会战、徐州突围战和武汉会战。1940年2月在广西昆仑关战役中殉国。郑作民已列入中华人民共和国民政部于2014年9月1日公布的第一批300名著名抗日英烈和英雄群体名录。

忠烈报国，碧血丹心垂宇宙
救亡图存，成仁取义照日月
　　　　　　　　　　作者：黄　维

北伐东征，扫军阀残余，将生死置度外
杀敌卫国，冒倭奴锋刃，以血肉作长城
　　　　　　　　　　作者：周　道

挽谢晋元联

不成功，便成仁，五千里外魂来格
可夺帅，难夺志，八百人存岛不孤

劲敌当前，率八百健儿，守四行仓库，真视死如归，狂澜独挽
雄风盖世，怀三年苦志，留万古芳名，痛变生不测，薄海同悲
　　　　　　　　　　作者：欧阳立徵

挽左权联

茅山忠骨未寒，漳河水浪又起，敌后斗争艰苦，吾党著英，于斯尽瘁
世界酣战方殷，中华民心益奋，沙场义愤填膺，真理文明，昭然彰著

作者：赖传珠、曾山

参谋八路军，武能戡乱，文能安邦，方期一战成功，早平日寇
捐躯三晋地，此为街哭，彼为巷祭，哪料五原奏捷，又陨将星

作者：胡庭奎

挽朱程联

[说明]朱程（1901—1943），浙江平阳人。1939年加入中国共产党。八路军冀鲁豫军区第5军分区司令员。1943年9月28日在单县、曹县抵抗日军扫荡中牺牲。时任冀鲁豫军区司令员的杨得志撰此挽联致哀。朱程已列入中华人民共和国民政部于2014年9月1日公布的第一批300名著名抗日英烈和英雄群体名录。

处华北敌后，出生入死，壮哉战斗意志
以身殉战场，卫国卫民，信矣党军模范

作者：杨得志

挽许国璋联

[说明]许国璋（1898—1943），四川成都人。早年加入川军，抗战爆发后随军出川抗日，任国民革命军陆军第67军150师少将师长。1943年率部参加鄂西会战，11月在常德会战中驻守常德、桃源一线，在激战中以身殉国。许国璋已列入中

华人民共和国民政部于2014年9月1日公布的第一批300名著名抗日英烈和英雄群体名录。

大忠大孝，以国家民族为先，频传常桃鏖兵，光复名城摧敌虏
成功成仁，继钟之弼臣而去，远昭睢阳授命，长留正气满潇湘

作者：潘文华

挽韩子衡联

［说明］韩子衡（1906—1943），山东长山人。抗日战争爆发后，任山东抗日救国军第5军第19中队队长、八路军山东纵队3旅营长、清河军区第2分区参谋长兼独立团参谋长。1938年10月加入中国共产党。1943年，在高苑根据地"反扫荡"中壮烈殉国。

长白山前，戎马驰骋，倭寇丧胆
小清河畔，义旗高擎，万众齐心

挽安博联

［说明］安博（？—1944），湖南邵阳人。国民革命军第73军7师2旅3团2营机关枪连连长。1944年，长沙沦陷后，奉命率加强连死守宁乡县城，壮烈牺牲。所部全体殉难。战后，宁乡县军民召开追悼会，举行公祭。

锡命荷殊荣，十五年上尉，何惭死守
捐躯完大节，四百里昭陵，誓不生还

作者：曾异三

挽李世林联

[说明]李世林(？—1944)，抗战时期任湖南沅江县卫生院长，曾负责抗日青战队医护工作。1944年在一次对日作战中牺牲。

噩耗到春江，泪洒桃李都是血
忠骸遗阵地，魂栖潭水不胜寒
作者：祝钦波

挽邹韬奋联

言满天下行满天下
生呼渡河死呼渡河
作者：贺连城

残山剩水度中秋，凭吊文豪，百感苍茫，无非是孤愤韩非，离骚屈子
棘天荆地怀蜀史，低徊往事，神州破碎，写不尽宫中黄皓，座上谯周

历廿余年文化斗争，卓识匡时，很早就提到民主政治
有数十万读者拥护，真诚爱国，永远都站在大众立场
全国各界救国联合会

忆当瀛海班荆，伦敦话雨，每共论入闽军兴，已是相期同志
值此中原败战，柳桂沉沦，正万众齐争民主，弥深痛失良才
作者：杨秀峰

为救亡投身囹圄，为民主走出山城，国事蜩螗，缅怀往事
在顽寇网里穿行，在义军阵中作战，大江南北，痛失斯人
　　　　　　　　　　　　　　　　　　作者：胡　风

高名遍播寰区，一代文章匡大计
昊天遽夺国士，中流砥柱仰何人
　　　　　　　　　　　　　　作者：阎宝航

下笔千言，独以文章励末俗
香花一束，忍挥涕泪吊先生
　　　　　　　　　　　　作者：马寅初

功业救中国，属念在延安，追求新民主，胜利在望愈遗憾
迫害离重庆，困逝于上海，消灭法西斯，英才早逝有余悲
　　　　　　　　　　　　　　中共中央书记处办公厅

唤起救亡，拘上海，囚苏州，为民族解放，留得精神千古在
笔炳千秋，走百粤，入淮海，怀三户亡秦，长昭斗志薄海悲
　　　　　　　　　　　　　　　　　　　读书出版社

挽齐学启联

[说明] 齐学启（1900—1945），湖南宁乡人。早年毕业于清华大学，后赴美留学，回国后任上海市保安第2团团长。曾率部参加"一·二八"淞沪抗战。1942年随中国远征军入缅作战。当年受伤被俘，被囚禁三年，坚拒诱降，坚贞不屈，于1945年被日军杀害。抗战胜利后，遗骸葬于湖南长沙岳麓山。

九载同窗，同笔砚，同起居，情如手足，彪炳震蛮域，威名撼寰宇，君酬壮志，功垂青史，湘水湘云存浩气
十年共事，共生死，共患难，倚若股肱，杀身惊天地，成功泣鬼神，我迎忠骸，泪洒红叶，秋风秋雨吊忠魂

作者：孙立人

挽黄华杰联

[说明]黄华杰（1912—1941），广东斗门人。旅美爱国华侨，曾参加"美洲华侨回国服务团"。归国后，在昆明机械厂任空军机械佐。1941年1月3日日机炸毁该厂，不幸遇难。在当年公祭灵堂的照片里，可以辨认的挽联有以下三副：

海外留学，遄返祖国扫除倭寇
壮志未成，名留千古浩气长存

最后胜利，找倭奴算账
贤者不寿，叹造物忌才

瀛海赋归来，万里鹏搏天不禄
灵堂伤永别，双袖龙钟泪未干

挽陈梅生联

[说明]陈梅生，湖南岳阳县新开乡龙湾村人，邑人余立人之妻。1940年春，陈梅生在村边百家湖畔采蔬，被几名日寇发觉，逼近身边，陈无法摆脱，当即跃入湖中自沉而死。村民慨其死事，因易湖名为梅花湖，在湖岸植梅百余株，并挽以此联以寄哀思。联中南湖即指百家湖。

　　一死抗倭奴淫威，不愧身出名门，族称佳妇
　　此女具天地正气，应使哀深碎玉，泪涨南湖

挽朱惺公联

[说明]朱惺公（1900—1939），江苏丹阳人。报刊编辑，1938年2月应聘为上海《大美晚报》中文版副刊《夜光》编辑，多次发表文章，宣传抗日。因不屈于汪伪特工总部的恐吓，于1939年8月30日被汪伪特务杀害。

　　读书明气节，挽士林之颓气
　　严词斥叛徒，为民族而增光
　　　　　　　　　　　　上海文化界联谊会

挽茅丽英联

[说明]茅丽瑛（1910—1939），浙江杭州人。上海海关职员。1938年加入中国共产党。任上海中国职业妇女俱乐部主席、中共职妇会支部委员，积极领导组织上海各界妇女开展抗日爱国活动。1939年12月12日被日伪特务暗杀。上海各界为其举行追悼会。茅丽瑛已列入中华人民共和国民政部于2014年9月1日公布的第一批300名著名抗日英烈和英雄群体名录。

　　暴力恐怖，毁灭不了正义的斗争
　　烈士热血，开辟了后继者的道路

　　无愧于国家，无愧于民族，处孤岛上，为抗战而牺牲，精神不死
　　是何等卑怯，是何等凶残，在黑暗中，施阴谋杀忠良，天理

难容
上海各界联谊会

挽韦一青联

[说明] 韦一青，国民革命军空军某部中队队长，在1939年12月下旬反攻昆仑关之战中，27日驾机轰炸南宁附近日军阵地时，遭敌机围攻，壮烈牺牲。第二副挽联撰于抗战胜利后成都军民在凤凰山空军烈士公墓举行春祭时。

如今马革裹尸还，且与名关同不朽
未驱残敌领空外，犹留遗憾在人间
作者：刘隆民

俯仰两间，纵横万里，百战著英名，取义成仁，赢得抗战史中辉煌一页
禹甸重光，金瓯无缺，普天庆胜利，报功崇德，比美黄花岗上俎豆千秋
作者：刘隆民

挽曾儒凤联

[说明] 曾儒凤（1886—1939），湖南临湘人。抗战前从事教育工作。1938年临湘沦陷后，以县伪维持会为掩护，暗中为我方提供情报。后被敌怀疑，在一次传递情报时暴露，惨遭日寇杀害。

以义是图，硕望追随湘水远
为民代痛，耗音传到陆城哀

奉命侦敌情，甘心殉难，正气长存湘水远
闻耗吊浩帛，好友伤怀，哀声一动楚天低

忠炳日月，义薄云天，世事叹无常，赢得国存音容渺
功昭史册，名垂千古，春秋笔有幸，评来公重泰山轻

挽昆仑关阵亡将士联

［说明］1940年清明节，柳州各界公祭昆仑关阵亡将士，有此挽联。

驱除倭寇，还我河山，惟此民族英雄，人人值抗战史中，各书一页
弥天芳草，大地皆春，行见万家寒食，年年赴昆仑关上，为赋招魂

挽抗日阵亡将士联

马革裹尸偿夙愿
国家修史纪奇勋

长使忠魂瞻大别
不教胡马渡英山

救国献身，增光面目
复仇雪耻，无愧须眉

前线寒衣，多由素手
后方医院，空仰慈颜

勤俭相夫，作相邻柱石
义方教子，成民族英雄

陷阵冲锋，痛歼暴倭酬国族
成仁取义，长留浩气壮山河

饮马狼山下，取义成仁千古事
挥戈江海边，抗敌救国万民雄
作者：陈非同

忧国身先殉，耆宿归天，世上同声歌薤露
游仙梦不成，敌寇未灭，人间何处觅桃源

先轸面如生，浩气成云，长护神州壮华胄
同胞心未死，精诚屈铁，誓扫夷氛复国仇

看兵气未销，九州规复饶歌壮
祇丹心不死，百战艰难烈骨芳
作者：薛 岳

挥泪叙从头：抗战三四年，吾伯有死，吾叔有死，吾兄有死，吾弟有死，吾师有死，吾友有死，吾徒有死，吾侄有死，到如今五亲离散，六眷飘零，总算为国家尽忠、替民族尽孝

伤心话遗裔：悲愁千万种，饥者无依，病者无依，老者无依，幼者无依，鳏者无依，寡者无依，孤者无依，独者无依，徒令我两鬓枯萧，百忧丛集，真不知何处抱怨、到几时报仇

卢沟桥畔，遍兴抗战雄狮，四年来壮烈牺牲，救亡不懈同仇志
神鼎山前，权作招魂胜地，千里外英灵宛在，杀敌承怀报国心

波撼洞庭秋，遽怜戟折沙沉，剩有深闺萦远梦
魂归明月夜，对此江流石转，得无遗憾失吞吴

作者：谢宝树

万里赴戎机，身埋异域，义震盟邦，男子合当如此死
三军怀往绩，泪洒同袍，气吞倭虏，丈夫原不负生平

作者：舒适存

好男儿醉卧沙场，何须用马革裹尸，燕然勒石
大孝子致身民族，说什么春闺梦里，无定河边

作者：舒适存

悼君壮烈牺牲，忠烈名高等桥岳
使我滂沱涕泗，悲伤泪洒比环江

作者：胡庭奎

王孙归不归？车辚辚，马萧萧，遽怜歧路爷娘，送君涕泪
男儿死则死，鼓鞳鞳，旗整整，相率中原豪杰，还我河山

挽郭朝沛联

通达计然才，货殖韬光还济众
神明绛县志，匡扶看子始辞臣

作者：陈布雷

蓬瀛浪未平，济世贤豪，已肃嘉模成哲士
巴蜀游重至，当代耆老，咸多好德说先生
作者：贺衷寒

挽吴佩孚联

不忧身死，唯恐国衰，当代英雄尊上将
索我寿言，成公绝笔，展书涕泪弔中原
作者：何其巩

本色是书生，未见太平难瞑目
大名垂宇宙，长留正气在人间
作者：杨圻

不爱钱，不蓄妾，不入租界，执简以书，是以真不朽
同投军，同就学，同拯国难，扶棺痛哭，岂独念私情
作者：李际春

是奇男子，是真将军，家国系安危，斯人胡可死
为天下忧，为民众惜，行藏系劫数，天道竟难论
作者：李际春

南巡湘鄂，北略幽燕，二十年戎马追随，兵法亲传姜伯约
东亚风云，西欧烽火，数万里生灵涂炭，大星先陨武乡侯
作者：张席珍

晚节喜能全，忆当年横槊赋诗，直欲戎衣成霸业

　　　诤言曾见纳，痛此日盖棺定论，犹凭正气表孤忠
　　　　　　　　　　　　　　　　　　作者：曾　琦

　　　志在春秋，隐公以还悲绝笔
　　　心存揖让，泰伯而后惜斯人
　　　　　　　　　　　　　　　作者：刘泗英

挽钱玄同联

[说明] 钱玄同（1887—1939），江苏湖州人。现代文字学家，积极投身五四新文化运动，提倡文字改革。曾任北京师范大学国文系主任。1939年1月17日病逝于北京。留日同学、挚友许寿裳撰此挽联致哀。

　　　滞北最伤心，倭难竟成千古恨
　　　游东犹在目，章门同学几人存
　　　　　　　　　　　　　　作者：许寿裳

挽汪兆镛联

　　　节拟西山，学传东塾
　　　词刊雨屋，诗著晴簃
　　　　　　　　　　　作者：陈　垣

　　　国仇家恨，卒于一身，居夷廿余年，何惭西山高卧
　　　孔思周情，期望终古，著书数百卷，卓然东塾正传
　　　　　　　　　　　　　　　　　　作者：张尔田

　　　岭南文献赖公传，惊闻绝笔空山，薄海共悲颓鲁殿

濠上风烟堪自悦，留得避兵故宅，小楼长记傍湖船
作者：王悍岸、徐佩芝

水云大隐，志节皎然，著述有千秋，身后益为公论重
汐社旧游，凋零尽矣，迁流方万变，海内弥伤吾道孤
作者：张学华

子美卧沧江，寄身濠镜烟波，钓罢严滩客星殒
仲宣哀故国，惨目海珠烽燧，归来华表鹤声凄
作者：陈鸿慈

挽薛岳父薛宗元联

淡泊表情操，泉石寤歇，五岭九峰瞻隐风
精忠遵末命，背嵬大捷，三湘七泽倚长城
作者：张自忠

月冷照寒枫，空谷深山同悲耆旧
霜凝封宿草，素车白马毕吊仪型
作者：蒋经国

民族祭艰危，教子挥戈寒敌胆
河山看破碎，哭公有泪洒征鞍
作者：李萌春

方期湘水靖顽寇
忽报越山陨德星
作者：许孝炎

冲澹处世，世称崇德仁厚，不应星沉南极
义方教子，子能尽瘁国族，会看威震东夷

　　　　　　　　　　　　作者：张云逸

挽张善子联

载誉他邦，画苑千秋正气谱
宣劳为国，艺人一代大风堂

　　　　　　　　　　　　作者：张治中

天地为之久低昂。挺身巴蜀，写照山林，扬虎威而厉人壮志，大长精神。看今日遗墨淋漓，悬壁能惊风雨
　　丹青不知老将至。遨游外邦，伸张正义，任兔颖以济国多金，未私囊橐。待他年敌尘净扫，论功应图凌烟

　　　　　　　　　　　　作者：张采芹

挽马君武联

译著峙两雄，若论昌科学、植民权，收功应比又陵为伟
国家值多难，方赖造英才、匡正义，惜寿不及相伯之高

　　　　　　　　　　　　作者：李任仁

抚我若亲生，慈父心肠，大人风度
现身而说法，桃花旧恨，木兰新辞

　　　　　　　　　　　　作者：小金凤

挽刘仲彬联

［说明］刘仲彬，甘肃庆阳人。陕甘宁边区爱国抗日民主人士。1940年病逝后，当时驻庆阳城的八路军129师385旅王维舟等领导人送挽联致悼。

作抗日先导，为民主先锋，壮志未酬君竟死
愤寇焰旋腾，怅妖氛待扫，老成凋谢我何言
作者：王维舟、耿飚、谢扶民、甘渭汉

生历四十九年，正称尔戈，比尔干，立尔矛，誓清倭寇
我来三八五旅，意践其位，行其礼，奏其乐，哭奠先生
作者：胡庭奎

挽董维键联

［说明］董维健，湖南桃源县人。留美博士，现代学者。20世纪20年代曾任广东革命政府湖南省教育厅厅长兼外交特派员。抗战期间，积极从事抗日宣传工作，任国民政府军事委员会政治部第三厅七处第二科科长，担负国际宣传。1942年3月病逝于香港。5月，重庆各界为其举行追悼会，熊瑾玎致送挽联：

劳不怨，苦不辞，汉水携游豪气壮
寇未除，志未竟，巴山凭吊泪痕多
作者：熊瑾玎

挽龚振鹏联

［说明］龚振鹏（1881—1942），安徽合肥人。早年参加同盟会。军人出身，抗日战争时期主张抗日，任国民政府军事参议院参议。

晚节更难能，垂老相逢，壮志豪情，犹见云龙风虎
旧交多不在，怀人最苦，伤今思古，况值地棘天荆

作者：朱蕴山

挽石瑛联

从政清廉自守
处世刚正无私

新华日报社

律身以俭，接物以诚，造次必于是，颠沛必于是
贫贱不移，威武不屈，君子哉若人，尚德哉若人

作者：居　正

国少一元老，巍巍龙山顿减色
民挥几行泪，潺潺雉水助哀声

作者：阳新袍泽

挽宋哲元联

共患难三十年，直如左右手，自长城战役挫敌氛，铁铮铮同服有胆
抱疾疚一二载，曾作奋斗思，闻西蜀电函告噩耗，天梦梦莫名伤心

作者：冯玉祥

应知创始难，大功未竟公何恨
谁说令终易，晚节无亏死犹荣
第18集团军驻重庆办事处

往日寇奸交织，境复危疑，卒能汉旗飘扬，民族英雄足千古
今兹河岳未还，时方艰险，忽报将星陨落，清明风雨悼先生
新华日报社

3. 庆贺联

祝寿联

东洋强寇必消灭
南极老人应寿昌

鲁连抗议定完赵
烛武老年犹见秦

[说明] 此联为章太炎于1934年为马相伯94岁时写的祝寿联。

为民族存正气
是抗战之前驱

[说明] 此联为徐冰、张晓梅于1942年11月14日重庆各界举行的冯玉祥60岁寿辰祝贺会上联名致送的祝寿联。

诚意爱民，必得其寿
忠心抗日，定能成功

［说明］此联是甘肃庆阳城工商联于1943年6月10日为时任八路军129师385旅旅长兼政委王维舟60寿辰时致送的祝寿联。

学道爱人，必得其寿
精忠报国，乐观厥成

［说明］此联为胡庭奎为王维舟60寿辰撰送的祝寿联。

五十年生活，几历沧桑，教学从军，散布了无数革命种子
廿余载勤劳，不断写作，启新考古，创造下如许文化根基

［说明］此联为徐冰、张晓梅、陈家康于1941年11月16日在重庆文化界举行的郭沫若50寿辰庆贺会上联名致送的贺寿联。

贺婚联

亲爱精诚，同心救国
坚强团结，合力除倭

意志集中，精诚无间
行动统一，团结向前

公尔忘私，推小我及于大我
诚而不伪，去二心乃成一心

五、民间散联分类汇编

大敌当前，言爱不如雪耻
私情何小，保国而后谋家

创造新家庭，建立新中国
团结好儿女，保护好江山

提起蓬勃精神，担当非常事业
实值战时生活，扩大亲爱行为

上校晋云阶，衣冠卓尔
佳人披绣闼，剑气森然

［说明］1937年抗战军兴，国民革命军某部上校团长李坦结婚，塾师陈晋阶为他题此贺婚联。

喜气溢江夏，喜报上林春，喜廿年订就良缘，喜今朝吹箫引凤
幸寇退浠川，幸从离乱出，幸三生结成佳偶，幸此日淑女乘龙

［说明］据传，湖北武昌（古称江夏）一青年男子与浠水县一女子自幼订婚，直至日本投降始得完婚。成亲当日，新郎出嵌四个"喜"字上联，新娘则以嵌四个"幸"字的下联相对。

抹抹擦擦，是为了治病救人
说说唱唱，是为了教育群众

［说明］此联为著名作家赵树理在抗战期间为一演员与一护士结婚撰写的贺

婚联。

广西新郎，湖北新娘，订婚在安徽，同是异乡为异客
粤南得官，鄂东得妇，合叠来宿邑，果然佳境又佳人

［说明］此联为吴灿庭于1940年为广西籍某军官在安徽宿松县与一湖北籍女士结婚撰送的贺婚联。

迟我二八天，西岭月生，东篱菊盛
欣逢双十节，努力建国，同心建家

［说明］此联是吴缣于1942年10月为在延安工作的辛波新婚时请谢觉哉代撰的贺婚联。

两小无猜，一个古钱先下定
四方多难，三杯淡酒便成亲

［说明］此联为方地山抗战期间为女儿出嫁时撰写的嫁女联。

为大伯主婚，此际国难当头，岂敢铺张扬丽
与小侄完婚，自问家道寒微，只是节约从简

［说明］此联为抗战期间广东韶关一副新婚贺喜联。

秦晋迭联姻，侄后姑先，又见荆庭迎淑女
中倭犹转战，暮婚晨别，莫因柳色怨封侯

［说明］此联是抗战期间王绍湘为湖南益阳军医田子谷与教师李咏兰结婚时撰写的贺婚联。

庆胜联

玉泉生光，干戈所化
堂阶焕彩，邦国生辉

作者：林　颂

历八年奋战，化干戈为玉帛
保千载和平，呈锦绣于堂阶

作者：林　颂

昔日赖诸路英雄奋起敌后，洒热血，抛头颅，将寇虏驱除，光复故土
如今喜各方俊彦集中都城，谱同心，主盛会，把和平捍卫，走向明天

作者：林　颂

三岛倭奴，于三十年代，竟三举侵略，血风腥雨漫长夜，当日三军民众深陷水火，痛遭屠戮，休忘却，回头记昔日
八千子弟，经八载抗战，奋八面雄威，刀光剑影启晴天，今朝八方将士齐集甋瓿，欢聚笑谈，且开怀，放眼看明朝

作者：林　颂

［说明］此为林颂贺菲律宾华侨退伍军人联合总会成立联，共四副。

抗战必胜，建国定成，三户促秦亡，雄风犹与当年似
民生在勤，祸至无日，千秋怀楚训，褴路毋忘创业艰

［说明］此联为鲁荡平于1944年初为旅豫湖南同乡庆祝常德大捷会题写的会场联。

普天同庆，当庆、当庆、当当庆
举国若狂，群狂、群狂、群群狂

［说明］此联为1945年重庆军民庆贺日本投降时的庆贺联。

庆五千年未有之胜利
开亿万世永久之和平

［说明］此联为1945年8月21日在日军洽降地湖南芷江县城东门悬挂的巨型对联。

正义大道
和平桥梁

［说明］此为湖南芷江沅水大桥东西两端搭起的牌楼上各悬四个大字，遥相对应，恰成一联。

八年血泪成河海
一纸降书出芷江

［说明］此为芷江洽降事宜结束后在县城出现的一副对联。

八年抗战震天威,马关耻,卢沟仇,一洗辛酸光上国
两颗原弹寒敌胆,太和魂,武士道,尽随尘土化轻烟

［说明］此联为南京庆祝抗战胜利联。

中国捷克日本
南京重庆成都

［说明］此联为成都庆祝抗战胜利嵌国名、地名联。

四川成都,重庆新中国
三岛归化,永宁太平洋

［说明］此为1945年9月四川《重庆日报》为庆祝抗战胜利,以地名征对,下联为李良模应对夺魁句。

雪百年耻辱,复万里河山,秦汉无此雄,宋元无此杰
写三楚文章,吊九原将士,风雨为之泣,草木为之悲

［说明］此联为1945年9月长沙军界集会庆祝抗战胜利暨追悼抗日阵亡将士时的对联。

日丧喜有时,挽后羿弓,笙鼓齐歌破阵曲
天骄笑难恃,衔子婴璧,海山坚筑受降城

［说明］此联为邱峻于1945年8月湖北省通城县各界庆祝抗日战争胜利大会撰写的会场联。

日寇树降旗，八年苦战收全胜
欢声动华夏，四国同盟致太平

[说明] 此联为1945年8月湖南辰溪县庆祝抗战胜利大会会场联。

剪裁大雅文章，宣扬民治
波送无边风月，装点湘湄

[说明] 1945年10月2日，湖南临湘县政府由战时临时所在地大云山谢家山迁回临湘县城长安镇，全县军民庆祝抗战胜利，县府迁回，在县城四门皆悬挂对联。此联为东门联。

剪裁绣平原，汗马八年征战士
波光摇碧落，楚江一览太平天

[说明] 此联为南门联。

剪除荆棘奠长安，问百二秦关奚似
波静湘乡抒南顾，较三千虎贲何如

[说明] 此联为西门联。

剪裁南国冠裳，万户弦歌湘水北
波动中天云影，三军凯歌大江东

[说明] 此联为北门联。

凯歌忆当年，忧乐毋忘戡大难
旋朝看此日，河山重整庆长安

［说明］此联为东街口凯旋门楹联。

东征告捷，将军三箭大功成
西山日落，强虏万众解甲归

［说明］此联为西街口凯旋门楹联。

战鼓声轻花鼓闹
东洋号绝白羊兴

［说明］此为临湘县白羊田镇当日上演花鼓戏庆贺抗战胜利的戏台联。

巩固抗战成果，实现和平、民主、团结总方针，君等已站定严正立场：人若犯我，我必犯人，不屈不挠，不惜牺牲，终成壮志
　捍卫人民利益，建立独立、自由、幸福新中国，我辈应胸怀远大理想：各尽所能，各取所需，再接再厉，再图奋斗，始尽全功

作者：罗立斌

4.行业联

军政界联

明耻教战
后乐先忧

发扬救国道德
提高服务精神

捐除私见私欲
一秉至公至诚

集中精力办事
坚持气节做人

办事无声无息
打仗不慌不乱

提倡战时节约生活
养成公仆廉洁高风

犯难率躬,诚而无我
先忧后乐,公尔忘私

因地制宜,相机应变

见危授命，临难向前

除欲去私，大公无我
爱国守土，至诚感人

福国利民，诚心无我
先忧后乐，公而忘私

军民同心，守望相助
官兵一体，甘苦共尝

艰苦勤学，官兵一体
坚强团结，军民同心

保国卫民，军人天职
杀敌除奸，战士功勋

慷慨捐躯，巍巍志士节
忠贞殉国，浩浩军人魂

坐论起行，为民众表率
耐心苦干，是抗战前锋

为国家尽忠，为民族尽孝
望革命成功，望自己成仁

不顾困苦艰难，尽吾言责
唯愿精诚团结，还我河山
新华日报楼门联

为国家而牺牲乃忠臣品格
与士兵共甘苦是大将风徽

商界店铺联

水果店联

敌似破橙，层层剥尽
我如啖蔗，渐渐回甘

相率荔子桃娘，从军赴敌
待看橙红桔绿，歼寇收功

未复沦区，莫想吃南海香蕉、山东梨子
且收失地，再来买中州红柿、关外枣儿

杂货铺联

修理弃财，充实国用
保存杂物，紧缩战时

即兹破铁烂铜，事事备充国用
莫谓竹头木屑，般般都是物资

五、民间散联分类汇编

伞店联

  操节持身，所许以栋梁自见
  肩危任重，挺然立天地之间

扇店联

  扫荡娇氛谋万民福
  转移风气为天下先

  抵抗暴日侵凌，同心御侮
  制止炎阳肆虐，众手挥戈

  教万家枕席凉生，扫荡妖氛指顾倾
  看大地鼓笳风动，扑除小丑笑谈中

金银首饰店联

  骨格坚贞，百战琢磨成劲旅
  精神焕发，万人锻炼作雄师

  热血换自由，全民族斑斓焕彩
  丹心持抗战，我中华璀璨辉煌

鲜花铺联

  看此日姹紫嫣红，自由花发
  祝来年欢香喜色，抗战功成

  百世流香，好共名花称抹丽
  同心雪耻，寄言芳草莫含羞

蔷薇为帐，芰荷为裳，用致捐者
兰芷如环，玫瑰如珮，以奠国殇

鸟店联

布谷相催，下复仇种子
提壶以祝，遍杀敌歌声

口舌莫私争，且罢勃姑巧妇
樊笼先解放，勿为燕婢雁奴

力争解放自由，句句未忘脱却袴
好劝将军赴敌，声声莫唤不如归

香烟店联

嘴郁含辛，味同尝胆
振颓起敝，功足流芳

尽瘁鞠躬，借此竭殚思虑
宣劳为国，与君奋发精神

呼吸贯通，所系危亡一寸脉
精诚表里，宁徒热烈五分钟

浴室联

不逐倭奴，终身含垢
未雪国耻，满面蒙污

五、民间散联分类汇编

　　　　　　杀敌矢众心，热汤沸沸
　　　　　　驱倭坚此念，朝气蓬蓬

茶店联

　　　　　　解醉醒眼，唤起全民自觉
　　　　　　沁脾清肺，宁容大地胡腥

　　　　　　莫使半日偷闲，黾勉好除怠惰习
　　　　　　且自及时做事，艰危共矢忧勤心

理发店联

　　　　　　倭寇不除，有何颜面
　　　　　　国仇未复，负此头颅

　　　　　　贯彻始终，勿作两面
　　　　　　捐除私利，莫为一毛

　　　　　　凭我双拳，打尽天下英雄，谁敢还手
　　　　　　就此一刀，剃过世间豪杰，无不低头
　　　　　　　　　　　　　　　　　作者：吴稚晖

纸笔书店联

　　　　　　发扬民族意识
　　　　　　广布抗战文章

　　　　　　充实精神粮食
　　　　　　加强抗战宣传

　　　　　　投笔从戎方称志士

上马杀贼不愧书生

纸版书笺记建国事业
笔花墨池写抗战文章

鞋帽成衣店联

华族簪缨，同心救国
中国冠冕，合力驱倭

勿作奸邪，戴虎以帽
莫为傀儡，沐猴而冠

足之蹈之，奔往前线
剑及履及，赶上战场

守住哨岗，人人脚踏实地
保卫领土，个个赶上战场

要合力，要同心，整齐步伐
不动摇，不妥协，立定脚跟

处处灯辉，共代征人制军履
家家刀剪，同为战士缝寒衣

棉布百货店联

裁制征衣，慰劳前线
推销土布，挽回利权

流畅运销，加强生产
平衡交易，调节供需

戒决浮华，服装宜整饰
厉行节约，衣著莫侈奢

米店联

调节战时民食
运输前线军粮

百谷丰登，以教以养
长期抗战，足食足兵

肉店联

敌寇方张，忍使人为刀俎
沦区待复，莫教地失膏腴

眼见牵羊，应视自由可贵
声闻缚豕，当知奴隶莫为

油烛店联

驱逐倭奴，高擎火炬
复兴中国，大放光明

照抗战明灯，同心赴敌
擎自由火炬，一举歼倭

怒火遍中华,歼倭寇为灰烬
热潮坚抗战,启国运于光明

药店联

支援前方药物
救护病院伤兵

调养精神,保存国家元气
坚强体魄,讲求大众健康

振作精神,革除国民痼疾
坚强体魄,莫当东亚病夫

照相店联

一霎留名,盍求诸己
千秋顾影,无愧尔躬

耻重辱深,表表复仇相貌
邦危寇亟,堂堂报国身材

打铁店联

百煅于斯,全民成铁汉
长期抗战,大地是红炉

敌寇似煤炭,渐烧渐烬
我军如钢铁,越打越强

豆腐店联

　　　　午夜弥勒，担当艰巨
　　　　长年刻苦，磨炼精英

　　　　朴素无华，清白以明志
　　　　尘埃不染，方正而规人

酒食店联

　　　　试味同尝胆
　　　　驱倭等割鸡

　　　　抗敌驱倭，投箸而起
　　　　复仇雪耻，每饭不忘

　　　　玉盏金瓯，祝抗战胜利
　　　　眉飞色舞，颂民族复兴

　　　　相将杯酒筹谋，排除国难
　　　　共出搏拳身手，打倒倭奴

　　　　抗敌结同心，有似出锅热气
　　　　留名争报国，如闻扑鼻奇香

茶馆联

　　茗碗捧时，念念不忘救国
　　烟筒放处，人人共起驱倭

　　抗战期在必成，业余何妨作乐
　　劳心不宜过度，闲里尽可谈天
　　　　　　　何怀犀题四川宜宾县乐天茶社

　　莫分罗汉观音，看兹大地骚腥，何心清话
　　休问雨前霜后，且待沦区收复，再试名茶

旅店联

　　今夜望门投宿
　　明朝万里从军

　　共起逐倭奴，好安乐田园，团圆骨肉
　　相看收失地，以抚绥离散，保护行商

合作社联

　　人人为我
　　我为人人

　　发展经济
　　保障供给

　　以抗战而设立合作
　　为生产而巩固后方

民居联

大门联

八年坚卧
一旦升平
　　　作者：陈含光

抗战必定胜利
妥协就是灭亡

不计个人利害
争取民族生存

卧薪毋懈同仇志
杀敌争怀报国心
　　　作者：郑　源

万里经商渐报国
中兴有日始还乡
林召棠1938年题重庆北碚"建国书店"门联

革除自私自利观念
发扬爱国爱群精神

争取国家生存，民族独立
维护人类正义，世界和平

雪耻复仇，驱逐倭寇齐努力
淬砺奋发，打倒强盗庆和平

一鼓下平型，毛先生名齐诸葛
全民同抗战，蒋委座威同周郎
四川蓬溪县盐场门联

会客室联

相见以诚，不谈客套
当前大难，少说私情

敌寇方张，与客妥筹抗战策
倭奴未灭，会谈宁及稻粮谋

歼敌好筹谋，抵掌畅谈天下事
驱倭凭划策，当头猛省艰危时

厅堂联

扫寇矢丹忱，休让前人光史册
复仇收失地，好看今日显英雄
作者：郑源

细省日常生活行为，应使内心无丝毫愧疚
贡献一切精神物质，好教国力得大量补充

课子复课孙，好教子孝孙贤，合力同心驱寇盗
保家先保国，怎忍家危国破，低身下首作奴才

儿童妇女尽服役从军，坚持此全面动员、长期作战
祖父子孙共驱倭杀敌，争取我国家独立、民族生存

满庭兰桂乃汉室儿孙，好教他服役从戎，共为炎黄雪耻
一日米盐为战时节约，即此是持家谋国，行看华夏中兴

厨房联

儿曹莫谓食无鱼，应晓当头国难
主妇勿糜厨下米，须知节约战时

柴米酒烟茶，件件珍存，一物当如二物用
油盐糟酱醋，般般节约，今天留作明天资

鼎鼐好调和，即兹薪米持家，事事是饷需经纪
油盐凭节约，岂仅肥甘适口，在在关国计民生

学校联

闻鸡起舞
枕戈待旦
<small>河南开封高中、开封师范学校门联</small>

光复失地
建设中华

263

壮志饥餐东虏肉
笑谈渴饮鬼子血

同仇敌忾驱逐日寇
痛饮黄龙收复河山
　　以上三联为湖南芷江罗山小学门联

实施抗战教育
培养建国人才

培养英才兴邦国
驱逐倭寇复河山

转移颓风，因材施教
肩危任重，为国献身

雪耻复仇为第一课
成仁取义是无上荣

大陆龙蛇，愿我毋忘天下事
妙中桃李，劝君惜取少年时
　　　　方克刚题长沙妙高峰中学校门联

营火为欢，独乐何如众乐
国家多难，先忧则免后忧
　　　方克刚为妙高峰中学初中部营火会撰联

到此开怀，从此已是弦歌地
大家努力，别后毋忘风雨时
方克刚为学校庆祝南轩书馆成立10周年撰联

儋耳古名区，还期阖属士绅，爱护本校，造就青年，为国育英才，展开文化
中原今板荡，雅望识时俊杰，莫做汉奸，羞当傀儡，委身同革命，挽救河山
卓浩然1937年题海南儋县中学校园联

戏台联

教子劝夫，精忠报国
勤王骂贼，热血除奸

子孝臣忠，提高民族气节
锄奸杀敌，发扬抗战精神

笑他傀儡，衣冠下台不易
看我罗网，埋伏奸敌何难

匡正义，扶和平，一元复始
抗倭奴，救中国，万象更新

除夕好消息，既听川腔又京调
春来多乐事，一杀倭寇二锄奸

浩劫慨曾经，好凭一曲阳春，将此地生机唤起
倭夷犹未灭，展望漫天烽火，愿大家热血同挥
1939年9月郑源题湖南湘阴县新市镇武昌庙军民联欢会戏台

民气不振，国势阽危，民国总多艰，为祝升平歌大有
工业凋残，农村破产，工农今合作，全凭弦管勖同人
朱冕华1937年题湖北鄂州宝聚寺戏台

光复盼明朝，且听北调南腔，铁板铜琶歌夜月
声威扬古寺，伫看文韬武略，英雄儿女整戎装
朱黻华1942年题湖北鄂州宝聚寺戏台

青云直上，来听高唱大风，唤起国中猛士
年序推移，好教连挝羯鼓，催开坪上桃花
陈德超题湖南邵阳桃花坪青年戏院

抗战不分男妇老幼
守土无论南北东西
广东三水县大塘粤剧团戏台

东洋鬼子是狼心狗肺，侵略中国
中国民众有铁掌钢拳，打杀东洋
湖南平江县万寿宫戏台

装男亦好，扮女亦好，举起刀枪剑戟，但愿排演抗日戏

蒲剧也罢，秦腔也罢，无论生旦净丑，大家齐唱爱国歌
姚文蔚题陕西铜川戏台

不出力，便出钱，慷慨激昂，歼敌才消《生死恨》
欲同归，且同乐，欢欣鼓舞，为君试唱《凤还巢》
洪传经题成都抗日义演京剧

铁板铜琶，高歌大江东去
厉兵秣马，岂容小丑西来
舒适存题驻防湖南湘西国民民革命军第8军俱乐部戏台

传播爱国思想
提高胜敌信心

舌啭喉回，一曲好传抗战史
遏云绕月，与君细谱自由歌

风月话秦淮，豪竹哀丝，依然半壁升平象
莺歌连蜀道，金戈铁马，谱出全民抗战声

5、讽喻联

讽天皇联

本日果真降日本

皇天竟不佑天皇

作者：龙逸才

讽"皇军"联

河岳日星，民族英雄歌正气
南天烽火，皇军将士哭途穷

作者：朱午迟

讽"武士道"联

武士道焉足恃哉！以侵略始，以崩溃终。看石头城一片降幡，试问今朝谁屈膝
原子弹何其妙也！使同盟胜，使轴心败。受波茨坦几条拘锁，量无余地再翻身

作者：李毅人

反扫荡联

昨日，鬼子兵三百个，从西往东，拉网扫荡，办法实属狠毒
当时，游击队五十名，自南向北，地道转移，计谋可谓高强

讽汪伪政权联

国祚不长，八十多天袁皇帝
封疆何窄，二三条巷伪政权

讽汪精卫、陈公博联

选、特、简、荐、委,五官俱备(陈公博)
苏、浙、皖、鄂、粤,一省不全(汪精卫)

[简注]陈公博,抗日战争中与汪精卫投靠日本,任汪伪政权多个伪职。汪死后,任伪国民政府主席、军事委员会委员长、行政院院长。为二号大汉奸。1946年在南京被处死刑。

讽梁鸿志、吴用威联

孟光轧姘头,梁鸿志短
宋江吃败仗,吴用威消
作者:吴湖帆

讽汉奸联

忆当年少数起兵,金戈阶前向北指
叹此日多行不义,桃花潭水付东流

讽汉奸嵌名联

汝肯能让乎?会长任维持,富贵在你
君真无节矣!降臣供走使,笑骂由人

讽蒋中正联

主权零砉,坚持不抵抗主义
良心批发,弘扬大无畏精神

吊热河失陷联

旬日失十万方里，热汤滚得快，打破古今记录
打内战失热河口，冷齿已寒实，真乃天下罪人
作者：林语堂

嵌地名人名讽联

桂省府数次搬迁，宜山不宜，都安不安，百色百变，从此凌云直上，安居乐业
四战区再度撤退，向华失向，夏威失威，云淞云散，盼望龙光反照，气煞健生

讽王缵绪父子联

三十年书剑飘零，羽扇纶巾，先生未敢隆中卧
八千里云山迢递，金戈铁马，儿辈新从湿上扫

讽官联

纸糊三阁老
泥塑六尚书
作者：冯玉祥

讽刘竹轩联

修竹千竿，横拖直扫，扫金扫银扫国币
小轩一角，日煮夜烹，烹鱼烹肉烹民膏

讽何某联

镇长何，校长何，党何团何，看来如何下地
前方苦，后方苦，民苦国苦，弄得叫苦连天

作者：张溯滨

云南鹤庆讽贪官联

全面抗战，东也打，西也打
街坊筹款，左要钱，右要钱

民生有患多硕鼠
倭奴无端惹睡狮

藏名讽刺联

王师岂不能，啸聚山林，风（峰）声鹤唳，敌寇未来先丧胆
程度果合格，汝图富贵，淮（怀）安旦夕，人民生死不关心

王啸峰敌寇未来先破胆
程汝怀人民生死不关心

重庆茶馆联

警报无常，茶资优惠
官方有令，国事休谈

谈闲事休谈国事
泡沱茶或泡花茶

购物当心，留意小偷扒手
言行检点，谨防墨镜短枪

成都文殊院神座联

这征税，那征税，除夕菩萨都征税
英自由，美自由，只有国人不自由

重庆某学校春联

重道尊师，八成除旧岁
高官厚禄，十足过新年

讽时戏台联

时局腥，政治醒，团体腥，腥事腥人腥气象
君臣假，夫妻假，父子假，假仁假义假心肠

6、春联

短联（4言—7言）

四言联

涤荡丑虏

还我河山

誓扫倭寇
还我山河

毁家纾难
抗敌图存

支持抗战
建设国家

国光蔚起
民气昭苏

五言联

爱家先保国
明德在新民

驱倭真好汉
杀敌是英雄

背枪上战场
荷锄到田庄

敌退病也退
年新月更新

作者：柏文蔚

庆世界大同
祝同盟胜利

六言联

救国即是救己
革命必先革心

大家上前拼命
寸土不肯让人

要救家先救国
不成功便成仁

凭正义逐侵略
以战争求和平

坚持抗战国策
加强必胜信心

训练即是作战
治兵原为保民

加强必胜信念
提高苦战精神

发挥抗战力量

确立建国方针

行动重于理论
服务即是宣传

培养抗敌干部
造成救国人才

加紧战时生产
流畅后方资源

建立国防工业
流畅战时交通

献生命给民族
扬我威于人寰

爱民等于爱己
建国必先建军

研究国防科学
启发民族精神

发挥全民力量
参加抗日战争

不计个人利害

争取民族生存

整饬日常生活
养成奋发精神

淑气带来胜利
和风吹化强权

万事无如抗战
一年又见当春

欲驱海内倭寇
先除心上汉奸

七言联

坚持抗战逐日寇
自力更生建新邦

半壁河山堪对日
中原民气正回春

能将国事当家事
莫道今人逊古人

铁马金戈持久战
粗衣粝食过新年

个个当兵打日本
人人出钱救国家

端为正义打倭寇
主张和平是汉奸

打仗过年两件事
报仇雪耻一条心

齐心协力御外侮
节衣缩食卫国家

百货架上无仇货
万金账中有献金

男子前线杀敌去
妇女后方庄稼忙

小英雄留名千载
大汉奸遗臭万年

领袖一令日丧胆
俄胞百机寇寒心

冀东起义除旧岁
人牛太平过新年

新四军不来抗日
老百姓哪得团年

新四军拼命抗日
老百姓安心过年

双手创造新世界
一心收复旧山河

天地示人真善美
山河还我北南东

爱国心同春日永
抗倭情共柳丝长

伫看痛饮黄龙酒
定著长驱富士山

开展敌后游击战
创造抗日解放区

年年难过年年过
处处无家处处家

抗战建国为有守
复仇雪耻立自强

最后胜利终属我
空前事业岂让人

长联（8言以上）

八言联

国家至上，民族至上
意志集中，力量集中

上下同心，抗战到底
军民一致，团结向前

敌我分明，坚持抗战
存亡呼吸，摈绝私争

革除自私自利习性
养成不移不屈精神

冒险向前，养成朝气
淬厉奋发，蔚为时风

雪耻复仇，无落后人
冒险犯难，率先躬行

有钱出钱，有力出力
闻败勿馁，闻胜勿骄

革除苟且偷生习性
倡行率先犯难精神

众手同擎顶天好汉
万人共仰抗日英雄

晓起开门，蓬蓬朝气
春光启宇，灼灼新年

纾难毁家，捐输战费
从军服役，赶出倭奴

节己奉公，勿图私利
毁家纾难，莫敛私财

爱国献金，是寿者相
断机画荻，为母之仪

争取民心，提高士气
发展敌后，瓦解伪军

汉族簪缨，同心救国
中华冠冕，合力驱倭

培育英才，新兴中国
逐除狂寇，光复河山

卧薪尝胆，十年教训
救亡驱寇，全面抗战

出力出钱，众擎易举
足兵足食，胜算可操

春耕夏耘，努力生产
秋收冬藏，支援抗战

军民合作，抗战定胜
工农奋起，除倭必成

强固军心，提高士气
抚养伤卒，安慰病兵

军民齐心，守望相助
官兵一体，甘苦共尝

因地制宜，因物制用
闻败勿怯，闻胜勿骄

艰苦勤劳，官兵一体
坚强团结，军民同心

知己知彼，百战百胜
矢勤矢勇，善守善攻

建立新模，革除旧染
宁成焦土，莫作瓦全

时届三春，欢腾八表
抗战七稔，喜欢四强

同盟四强，共争胜利
天下一家，永享和平

三国声明，奠安百世
七年抗战，彪炳千秋

东海欲清，享和平福
春山如笑，迎胜利年

见利不趋，临危不避
抗战必胜，建国必成

华夏重光，全民感奋
景物丕转，薄海腾欢

新约告成，四强并立
旧邦再造，万象昭苏

白日高歌，春回大地
黄龙痛饮，光复山河

杯饮屠苏，中华更始
声喧爆竹，民族新生

九言联

以弱御强，在再接再厉
转败为胜，须愈挫愈坚

摈绝私图，为民族奋斗
牺牲小我，求国家生存

忍苦耐劳，求抗战胜利
节衣缩食，为民族解放

要食海山珍，快收失地
欲尝南北味，先复沦区

高朋满座，畅谈生产好
美酒好菜，全凭劳动来

今夜住店，好好喂牲口
明朝赶路，快快去驮盐

初一不放炮，节约救国
十五勿赌钱，好生做人

报国献身，争看真面目

复仇雪耻，莫负好头颅

地不论东西，同心救国
人无分老幼，合力驱倭

十言联

合力合心，秉至诚相亲爱
若手若足，共患难同死生

饼鼓汤箫，共祝收回失地
光天化日，行看克复沦区

户户抽丁，社鼓响如战鼓
家家驱寇，桃符新似兵符

万众一心，保障国家独立
百折不回，争取民族生存

愿建国成功，享共和幸福
祝抗战胜利，作自在神仙

活泼紧张，吸引优秀分子
坚强团结，培植干部人才

一日谋家，须晓来源不易
长期抗战，应将信念坚持

抡大刀，舞长枪，丈夫杀敌
穿花袄，戴新帽，孩子过年

以打击还打击，才有出路
从和平求和平，必做汉奸

莫言裹创负伤，退居病院
且看身体强壮，再上前方

百炼窑力，冶出全民意志
纯青炉火，锻成一代新型

节省虚靡，一物用如两物
扩大生产，后方功等前方

面目一新，全仗修改手段
河山再造，相看恢复版图

启迪现代新知，抗战建国
发扬民族潜力，继往开来

报国以传，千载共称志士
收场便晓，大家莫做汉奸

敬祖宗以诚，贻子孙以德
对民族尽孝，为国家尽忠

月月年年，誓雪中华奇耻
时时刻刻，不忘民族深仇

十一言联

加强盟国切实合作的力量
充实世界和平机构的权威

努力做人，莫谓匹夫无职守
精忠报国，当做壮士挽山河

抗战奋斗乃全民唯一生路
出力捐资是救国不二法门

洗旧染之污，重睹新兴气象
去蒙尘之秽，共持雪耻精神

高朋满座，打鼓先谈抗敌事
清茶半杯，吃水不忘凿井人

藏古今学术，充实精神粮食
聚天地精华，加强抗战宣传

战守同功，文化国防宜巩固
教学相长，师生感情要融合

冒暑冲寒，三百日临危授命

披风戴雨，四亿民犯难亲躬

全面动员，踏上空前大时代
长期抗战，坚持最后五分钟

节约战时，莫谓佐餐无佳味
畅充物力，即兹供膳有珍肴

阅报大家来，明了抗建动态
读书此地好，探究时代新潮

团结一心，哪怕他有枪有炮
支持三载，证明我愈打愈强

新中国在抗战摇篮中长大
小好汉于斗争炉火里诞生

摧毁轴心，重视和平新日月
驱除倭寇，收回完整旧河山

联合军民，抗战艰难同克服
驱除倭寇，河山光复共成欢

晓月照卢沟，我地难抛寸土
岁时纪荆楚，吾辈当惜分阴

个个打起精神布成新气象

人人拿出力量收复旧河山

十二言联

抗战有雄心，鲁阳公挥戈退日
运筹成妙算，狄将军灯火平蛮

军自民家来，爱护民家如本己
民凭军队保，尊重军队是英雄

中夜闻鸡起舞，有横磨十万剑
东瀛饮马胜利，在最后五分钟

自信互信公信，出人出钱出力
实干硬干快干，救国救己救家

玉垒好春来，扫尽烟尘归铁马
金陵他日复，辟开荆棘出铜驼

文字足驱倭，笔杆当做枪杆用
宣传能歼敌，纸弹原同炮弹看

杜绝仇货走私，拥护金融政策
流通内地产物，加强经济国防

脱去钗裙装，驰骋战场除日寇
节留脂粉费，购买军医送士兵

贯彻抗战主张，反对中途妥协
争取全民福利，勿图自己安全

保护好江山，赶出东洋小鬼子
建立新中国，共为一代主人翁

十三言联

振起新精神，方好实干硬干快干
除去旧习惯，勿须迎春送春打春

于整个民族解放中求妇女解放
在全国抗战动员下作家庭动员

聚首尽欢颜，军旅愈张，民气愈振
细心推结局，抗战必胜，建国必成

十四言联

过新年，件件革新，莫以新奇忘旧守
崇旧德，心心念旧，须防旧染有新疵

俭而不费，节而不糜，处处吃苦耐劳
忠以教儿，义以教女，念念复仇雪耻

实行政治民主，先要铲除封建势力
打倒日寇军阀，只有实行全民动员

科学也好，文艺也好，总之开卷有益

战况如何，事实如何，请君阅报即知

谁使我骨肉流离，共上战场驱倭盗
莫羡他田园安乐，好收失地保家乡

白日青天，宁容侵略妖魔，横行霸道
晴光淑气，欣听同盟将士，高唱凯歌

龙战今年，伫看海水群飞，岛夷灰灭
山呼此日，预祝王师北定，都护东封

莫笑我小米步枪，一代更生新中国
不怕他飞机大炮，同心打倒小东洋

十五言联

国际风云未乐观，蠢尔倭奴甘为祸首
蜀中山水皆春色，伟哉汉族复见天心

彻底清醒，一碗香茶，猛记起国仇身耻
从头觉悟，半瓯畅话，好劝君杀敌除倭

十六言联

不共戴天仇，底事倭奴杀我同胞焚我屋
拼将持久战，尤须同胞出其劳力献其财

打倒小东洋，好伸张世界和平，人类正义
复兴大中国，须争取主权独立，领土完全

拼血肉，换自由，忍教刀俎加身，听人宰割
大扫除，痛洗涤，宁许犬羊留迹，遍地膻腥

离散莫怀归，保我家乡，好举义旗驱寇盗
流亡今投止，安兹行旅，徒收失地复河山

十七言联

小胜负无足轻重，要最后五分钟才能决定
好年光何须留念，望当前千万众齐作声援

国有深仇，当学夫差三呼，日日不忘渖雪念
敌犹未灭，应效范蠡百炼，人人俱起抗战心

建立民族精神，坚忍不拔，以完成非常事业
提高国家观念，团结无分，好加强必胜信心

十九言联

百战敢辞劳，待他时扫穴犁庭，永奠和平止侵略
一心唯报国，愿从此卧薪尝胆，收回疆土慰英魂

莫云靡调繁音，听他细诉衷肠，句句是国仇家恨
即此鼓词小曲，动我满腔壮志，声声是教义成仁

二十一言联

前线将士努力抗战，驱逐日本，创开新世界，共和万岁
后方人民发愤工作，保持中国，还我旧河山，独立九州

二十二言联

　　腊鼓春融报平安，愿大家兴起轩昂，四六句凯歌从头唱
　　古话今谈诚有准，看倭寇横行残暴，三十年强盗倒肩枪

二十四言联

　　四强誓以同样行为，进行战争，结束战争，并保证战争的成果
　　万民共抱一个目的，获得和平，安享和平，更维护和平的永生

二十八言联

　　计划百年侵中夏，名区纵火，重镇加兵，须知狂暴倭奴，终无悔祸输诚意
　　气吞三岛壮山河，虎帐酣歌，鸡窗起舞，毕竟神明华胄，都富同仇敌忾情

二十九言联

　　加强战时军事、教育、财政、交通，以至家庭生活团体行为，彻底作革新准备
　　唤起全国民众、士兵、儿童、妇女，更多乡党缙绅耆贤父老，一齐因抗战动员

7. 特殊联

血书联

　　［说明］1932年4月21日，辽宁民众自卫军在辽宁省桓仁县成立，唐聚五任总

司令。当天,在县师范学校举行的抗日誓师大会上,唐聚五发表了鼓舞人心的演说,并当场抽出佩刀,割破中指,用鲜血书写了这副四言联语:

杀敌讨逆
救国爱民

床单联

[说明]著名爱国实业家卢作孚在20世纪20年代中期创办民生实业公司,艰苦创业,苦心经营二十余年,使民生公司成为当时中国最大的民营航运公司。对挽救长江航运主权,促进民族工商业发展,夺取抗日战争胜利,作出了贡献。抗战时期,为了激励全体职工爱国家、爱公司的抗日热情,卢作孚撰写一联并印在民生航运公司的每床床单上:

作息均有人群至乐
梦寐毋忘国家大难

地图联

[说明]1934年,国难当头,日寇步步进逼,华北危机日益严重,抗日救亡运动方兴之时,在北平鼓楼民众教育馆一张中国地图上,有人挥笔题写了一副对联,针对时局,警策国人投入抗日救亡。

蚕食鲸吞,举目不胜今昔感
鹰临虎视,惊心莫作画图看

扇子联

［说明］九一八事变后，邓铁梅在辽宁凤城县组织东北民众自卫军，任司令，率部在辽东半岛从事抗日游击战争，建立抗日根据地。不幸于1934年5月在辽宁岫岩落入敌手。他在狱中大义凛然，坚贞不屈，宁死不降，当年9月28日被秘密杀害于沈阳。就义前，一个日本军官拿出一把折扇请他题字，邓铁梅不假思索，提笔在扇面上题了一联，下联中"四省"即指九一八事变后被日军侵占的辽宁、吉林、黑龙江东北三省和热河省。

五尺身躯何足惜
四省失地几时收

镇纸联

［说明］丁炳权，湖北云梦人。黄埔军校毕业。抗日战争爆发后，曾任国民革命军陆军第197师师长、长沙警备司令等职。率部转战于湘鄂赣边境，参加第二、第三次长沙会战，屡立战功。1940年因病逝世。留给家人的遗物，是一对日常用于学书的铜质镇纸，上刻他写的一联。

致力东方民族解放
促进世界人类平等

象牙筷联

［说明］1941年太平洋战争爆发后，为保持中缅公路的畅通，国民政府组织一支由三个军10万人组成的中国远征军于1942年初赴缅对日作战。苦战三年，付出了惨重代价，歼灭日军16余万人，把侵略军赶出了缅北，重新打通了中国西南的国际运输线，有力地配合了盟军在太平洋地区的反攻。期间，有一位赴缅远征军成员于

1941年8月从缅甸撤至印度时购置了一双26厘米长的象牙筷子,后于1944年回国后在其上端刻了这副对联。这双刻有对联的象牙筷子的主人姓名已不可考,但它却作为中国远征军抗战史迹的见证,一直为民间藏友珍藏下来。

至缅驱倭三载苦战
返国摧敌一旦成功